FENNA JANSSEN

Der kleine Inselferienhof

AF177337

atb aufbau taschenbuch

Fenna Janssen wurde in Lübeck geboren und wuchs in Hamburg auf. Viele Jahre war sie als Journalistin für diverse Zeitungen tätig. Inzwischen arbeitet sie erfolgreich als Autorin und bleibt auch in ihren Büchern ihrer norddeutschen Heimat treu – widmet sich aber ebenso gern ihrer Wahlheimat Italien.

Im Aufbau Taschenbuch sind außerdem ihre Romane »Der kleine Inselladen«, »Das kleine Eiscafé«, »Die kleine Strandbar«, »Die kleine Inseltöpferei«, »Die kleine Inselschule« und »Ein Sommer in Rimini« lieferbar.

Levke hat Langeoog den Rücken gekehrt, nachdem sie vor Ewigkeiten ihre Schwester Silka dabei erwischt hat, wie sie Levkes damaligen Freund küsste. Seither besucht Levke ihre Familie nur noch sporadisch. Aber dann erhält sie einen verzweifelten Anruf von Silka, die Liebeskummer hat, und reist aus Zürich an. Auf der Insel angekommen, muss Levke jedoch feststellen, dass noch mehr im Argen liegt: Ihre Eltern sind zerstritten, und Großonkel Tjard verschwindet an sonnigen Abenden spurlos. Außerdem hat der Ferienhof der Familie kaum noch Gäste. Levke beschließt, Ordnung zu schaffen, müsste sich dafür allerdings erst einmal mit ihrer Schwester aussöhnen. Und dann ist da noch Luca, der ihr ständig über den Weg läuft und ihr Herz verräterisch zum Klopfen bringt – und irgendwie hat Langeoog ihr auch gefehlt …

FENNA JANSSEN

DER
KLEINE
Insel
FERIENHOF

ROMAN

atb aufbau taschenbuch

MIX
Papier | Fördert
gute Waldnutzung
FSC® C083411

ISBN 978-3-7466-4158-4

Aufbau ist eine Marke der Aufbau Verlage GmbH & Co. KG

1. Auflage 2025
© Aufbau Verlage GmbH & Co. KG, Berlin 2025
www.aufbau-verlage.de
10969 Berlin, Prinzenstraße 85

Umschlaggestaltung Christin Wilhelm, www.grafic4u.de
unter Verwendung von Motiven von © Shutterstock / papillondream,
sumire8, Pawel Kazmierczak, Pefkos, JazzLove, raymond orton
Satz Greiner & Reichel, Köln
Druck und Binden CPI books GmbH, Leck, Germany

Printed in Germany

1. Kapitel

Auf den ersten Blick sah alles genauso aus wie früher. Die schräg stehende Abendsonne beleuchtete das rote Backsteinhaus mit dem hölzernen Schmuckgiebel und dem schindelgedeckten Spitzdach. Durch ein offen stehendes Fenster wehten die himmelblauen Gardinen im Wind, die weiß gestrichene Haustür war nur angelehnt, damit die Gäste unbehelligt ein und aus gehen konnten. Auf der großen Terrasse standen mit bunten Kissen bestückte Korbsessel, und eine Hollywoodschaukel schwang sanft vor und zurück – ganz so, als sei eben erst jemand von ihr aufgestanden. Im Vorgarten rahmten Sanddornbüsche den kurzen sattgrünen Rasen ein, und der mit Ziegelsteinen gepflasterte Weg zum Haus lud Besucher und Passanten ein, näher zu treten.

Levke machte zwei Schritte durch die niedrige Gartenpforte und sog zum wiederholten Mal die frische, salzige Nordseeluft ein. Seit sie vor zehn Minuten am Bahnhof losgelaufen war, hatte sie jedoch schon so viele ausgiebige Atemzüge genommen, dass ihr nun schwindelig wurde. So viel puren Sauerstoff war sie nicht mehr gewöhnt. Normalerweise atmete sie Stadtluft mit einem großen Anteil an Abgasen ein.

Sie beugte sich nach vorn und stemmte die Hände in die Hüften. Das fehlte gerade noch, dass sie ohnmächtig wurde, wenn sie nach Jahren zum ersten Mal wieder nach Hause kam.

Nach Hause.

Wie das klang! Ungewohnt. Ja, sogar falsch. Sie war schon lange nicht mehr auf Langeoog zu Hause. Sie hatte sich ein neues Leben aufgebaut, fern der Insel, fern ihrer Familie und all dem Herzschmerz, der sie damals fortgetrieben hatte.

Als der Schwindelanfall vorüber war, richtete sie sich wieder auf. Jetzt bemerkte sie, dass der erste Eindruck sie getäuscht hatte. Haus und Vorgarten sahen keineswegs mehr aus wie früher. Vom Schmuckgiebel und den Fensterrahmen blätterte die weiße Farbe ab, und der Backstein wies an manchen Stellen golfballgroße Löcher auf, als hätte jemand auf die Wände geschossen. Die Korbmöbel und sogar die Hollywoodschaukel wirkten, als würden sie bei der kleinsten Belastung zusammenbrechen, und das Holzschild mit der geschwungenen Aufschrift »Ferienhof Dirks« hing schief in den Angeln. Die Sanddornbüsche mussten dringend zurückgeschnitten werden, und auf dem einst so gepflegten Rasen machte sich Strandhafer breit, dessen Samen von den nahen Dünen herangeweht worden waren.

Levke erinnerte sich daran, wie sie als Kind zusammen mit Silka diesem Übel zu Leibe gerückt war. Murrend, aber gehorsam, weil ihr Vater den Mädchen gesagt hatte, Haus und Garten würden von einer Düne verschluckt werden, wenn sie nicht den Anfängen trotzten. Irgendwann waren sie zu groß gewesen, um noch daran zu glauben, aber da hatte er sie schon mit Belohnungen gelockt. Einem Eis, einem Segelausflug am Wochenende oder einem Ausritt im Inselwäldchen.

Unwillkürlich stieß sie einen Seufzer aus. Es gab viele schöne Kindheitserinnerungen an Langeoog. Aber auch schlechte aus den Zeiten, in denen sie alt genug für Kummer und Verrat gewesen war, und seit Levke eine Stunde zuvor die Fähre verlassen hatte, stürzten sie auf sie ein wie ein Schwarm Möwen auf unvorsichtige Touristen, die ihre Fischbrötchen unter freiem Himmel verzehrten.

Vierzehn Jahre lang, seit Levke mit zwanzig erst nach Hamburg und dann nach Zürich gezogen war, hatte sie es geschafft, die Vergangenheit beiseitezudrängen. Nun wurde ihr mühsam aufgebauter Schutzwall mit einer Leichtigkeit niedergerissen, die ihr Angst machte.

Genau deshalb bin ich so weit weggegangen, schoss es ihr durch den Kopf. *Damit ich nicht ständig an damals denken muss.*

Es hatte ein paar wenige Stippvisiten gegeben, zu besonderen Anlässen wie der Silberhochzeit ihrer Eltern. Aber Levke war jeweils nur kurz geblieben, höchstens ein paar Stunden, und schnell wieder abgereist. Schnell genug, um den Erinnerungen keine Chance zu geben.

Diesmal war es anders. Diesmal würde sie länger bleiben. Zwei Wochen oder drei. Sie hatte es versprochen. Ihre Schwester zählte auf sie.

Ausgerechnet. Levke rieb sich die Schläfen.

Warum habe ich mich bloß breitschlagen lassen, überlegte sie. *Ich hätte es besser wissen müssen. Das hier ist keine gute Idee. Ganz und gar nicht.*

Sie blickte sich um. Noch war es nicht zu spät. Niemand hatte sie gesehen. Sie konnte kehrtmachen und genauso unauffällig verschwinden, wie sie angekommen war. Ganz bewusst hatte sie ihrer Familie verschwiegen, wann genau sie da sein würde. Sie hatte sich vor einer lautstarken Begrüßung am Hafen gefürchtet, vor Tränen, Vorwürfen und Umarmungen.

Levke stand unschlüssig auf dem schmalen Weg. Dann drehte sie sich um und rannte los. Es war, als hätten ihre Beine das Kommando übernommen, während der Kopf noch nicht ganz mitkam. Sie schaute nicht auf, als sie durch die Gartenpforte und dann in Richtung Ortszentrum stürmte.

Sie könnte sich irgendwo ein Zimmer mieten und dann entscheiden, was sie tun sollte – bleiben oder unbemerkt wieder abreisen.

Im nächsten Moment stolperte sie und landete an einer harten, wohlriechenden Männerbrust. Instinktiv registrierte sie, dass ihr Kopf dem Mann nur knapp bis zur Schulter reichte. Große Frauen achteten auf so etwas. Sie konnten sich ewig einreden, es sei überhaupt nichts dabei, wenn sie einen Kerl überragten, aber in Wahrheit riskierten sie einen Rundrücken, weil sie sich ständig klein machten.

»Hoppla!«, sagte der Mann mit einem warmen Timbre, das ihr durch und durch ging.

Schöne Stimme, muskulöser Brustkorb, hohe Gestalt, verlockender Duft.

Levke beschloss spontan, noch eine Weile so zu verharren. Fühlte sich gut an.

Es dauerte einen Augenblick, bis sie erkannt hatte, wonach er roch: Tannenwald und Meer. Was an sich ein Widerspruch war, aber zu ihm passte es irgendwie.

Dann fragte sie sich, ob der Rest von ihm ebenfalls attraktiv war. Rein theoretisch war es ja möglich, dass er schlechte Zähne, eine krumme Nase und kleine, kurzsichtige Augen hatte. Alles Merkmale, die Levke ebenfalls abschreckten. Glatzköpfe mochte sie auch nicht, was sie aber tunlichst für sich behielt, seit ihr eine Freundin mal vorgeworfen hatte, sie sei viel zu anspruchsvoll und werde deshalb nie den passenden Partner finden. Levke hatte darauf verzichtet, die Freundin daran zu erinnern, dass sie sehr wohl schon Beziehungen zu Männern gehabt hatte, die nicht ganz ihrem Ideal entsprachen. Dass diese nicht gehalten hatten, lag eher an ihrem grundsätzlichen Misstrauen in Liebesdingen.

Na gut, überlegte sie. *Ein klitzekleines bisschen hatte es vielleicht auch an der Optik gelegen.* Das mochte oberflächlich sein, aber man konnte schließlich niemanden zwingen, einen kleinen, kurzsichtigen Glatzkopf mit krummer Nase und schiefen Zähnen zu lieben, oder?

Es kam ihr vor, als läge sie schon seit einer kleinen Ewigkeit an dieser einladenden Männerbrust, aber in Wahrheit waren wohl nur ein paar Augenblicke vergangen, als der Mann sie sanft von sich schob und sagte: »Tut mir leid, aber Sie sind mir direkt in den Weg gesprungen.«

Gesprungen? Wirklich? Offenbar hatten es ihre Beine wirklich eilig gehabt.

»Mein Fehler«, murmelte sie.

Dann sah sie auf und zuckte erschrocken zusammen. Aber bevor sie verstehen konnte, was sie sah, hatte er sich schon abgewandt und war mit langen Schritten weitergegangen. Ohne sich noch einmal zu ihr umzudrehen schlug er einen Holzbohlenweg in die Dünen ein und verschwand aus ihrem Blickfeld.

Levke starrte ihm noch hinterher, als er schon längst nicht mehr zu sehen war.

Nein, dachte sie. *Hässlich ist er nicht. Ganz im Gegenteil. Aber er sieht aus wie …*

Weiter kam sie nicht. Ein Teil von ihr weigerte sich, diesen Gedanken zu Ende zu verfolgen.

Stattdessen trat sie nun doch wieder durch die Gartenpforte und ging auf ihr Elternhaus zu. Nach dem, was sie eben erlebt hatte, konnte sie so leicht nichts mehr erschrecken. Sie schaute auf den Weg vor sich, um nicht wieder zu stolpern, was aber auch ein Fehler war.

In der nächsten Sekunde wurde Levke umgeworfen und sah statt der roten Pflastersteine direkt in den blauen Himmel. Zum Glück war sie auf dem weichen Rasen gelandet. Einen verrückten Augenblick lang glaubte sie, der Mann sei zurückgekommen und habe sich auf sie geworfen. Aber die raue Zunge, die ihr übers Gesicht fuhr, war für einen Menschen definitiv zu lang. Außerdem nahm sie keinen Duft nach Tannenwald und Meer, sondern einen eher strengen Geruch nach feuchtem Hundefell wahr.

»Pfui!«, rief sie, und weil das nichts half, gleich noch einmal: »PFUI!«

Die Wirkung war erneut gleich null. Über ihr erhob sich ein riesiges Fellungeheuer, dessen Schnauze heiße Atemwolken ausstieß.

»Sorry!«, rief die Stimme einer jungen Frau, die Levke sofort erkannte. »Unser Theodor begrüßt die Gäste gern auf seine besondere Weise.«

Dann wurde das braun-weiß gefleckte Ungeheuer an seinem breiten Halsband von ihr hinuntergezerrt, und Levke setzte sich vorsichtig auf.

»Er ist noch jung und muss erzogen werden«, fuhr die Frau

fort. »Als Wachhund taugt er schon mal gar nichts. Der würde auch jeden Einbrecher ablecken.«

Erst dann drehte sie sich zu Levke um und erstarrte. Ihre Hände krallten sich fester um das Halsband, und es schien, als müsste sie sich nun an dem überdimensionalen Hund festhalten.

»Levke. Du bist gekommen.«

»Habe ich doch versprochen, Silka«, erwiderte sie und rappelte sich auf. »Seit wann haben wir einer Bernhardiner?«

»Papa hat ihn angeschafft. Vorletztes Weihnachten. Da war er ein süßer Welpe, und der Züchter hat uns versichert, dass er eher klein bleiben würde.«

»Der ist aber größer als ein Kalb.«

»Tja, wir können uns nicht mehr von ihm trennen. Wir lieben unseren Theodor heiß und innig.«

»Theodor?«

»Nach Großonkel Tjards bestem Freund, der bei der Sturmflut zweiundsechzig umgekommen ist. Tjard behauptet, der Hund erinnere ihn an Theodor.«

Levke unterdrückte ein Grinsen. Es war einfacher, über den Bernhardiner zu reden als über die wirklich wichtigen Dinge, die sie hergebracht hatten.

»Hat jener Theodor auch Leute umgeworfen?«

»Nee, aber Tjard sagt, er habe ganz genauso große und treue Augen gehabt.«

»Aha.«

Theodor hechelte und winselte, aber Silka ließ ihn nicht los.

Unauffällig musterte Levke ihre Schwester. Sie hatten beide die weißblonden Haare, die strahlend hellblauen Augen und die hohe Statur ihres Vaters Ubbo geerbt. Silka war jedoch seit jeher die Kurvigere der beiden Schwestern gewesen, und Levke hatte sie insgeheim immer darum beneidet. Als sie selbst vierzehn und Silka zwölf gewesen war, hatte sie miterleben müssen, wie ihre kleine Schwester einen Busen bekam, während sie selbst sich eher wie eine Schiffsplanke fühlte. Zwanzig Jahre später hatte sich daran eigentlich nichts geändert.

Feine Fältchen in Silkas Gesicht erzählten von zu viel Sonne und Wind, oder auch von zu viel Kummer.

Levke hingegen war stolz auf ihre glatte Haut, die sie äußerst sorgfältig pflegte.

Sie kam wieder auf die Beine und klopfte sich gründlich ab. Allerdings prangten auf ihrer hellen Leinenhose zwei große Grasflecken, die so leicht wohl nicht rausgehen würden. Levke nahm sich vor, ab sofort nur noch Jeans zu tragen, um ihre teure Garderobe nicht zu ruinieren.

»Du siehst so elegant aus«, sagte Silke prompt. »Neben dir komme ich mir vor wie Fischers Fru.«

Levke zuckte nur mit den Schultern. Sie hatte ganz bestimmt nicht vor, ihre Schwester mit Freundlichkeiten zu überschütten.

Silka verstand offenbar und seufzte verhalten. »Ich bringe Theodor nach hinten in den umgebauten Schuppen. Dort leisten ihm Anna und Elsa Gesellschaft.«

Levke sah ihre Schwester fragend an. »Noch mehr Tiere, die ich nicht kenne?«

Silka grinste. »Das sind unsere schneeweißen Zwergponys. Die Kinder unserer Gäste lieben sie.«

»Aha.«

»Ich hole uns einen Eistee. Oder möchtest du vorher auspacken?«

»Nein, mein Gepäck wird noch geliefert.«

»Okay.«

Mit einem unsicheren Schulterzucken wandte sich Silka ab und zog den Riesenhund hinter sich her.

Levke ging zur Terrasse. Sie wollte sich schon auf die Hollywoodschaukel setzen, schreckte aber im letzten Moment davor zurück. Dort hatten sie früher zu dritt viele Stunden verbracht. Sie selbst, Silka und Jasper – der Junge, den sie so innig geliebt hatte. Dort war auch ihre Welt zusammengebrochen.

Lieber wählte sie einen der alten Korbsessel, klopfte sich die Kissen zurecht und ließ sich vorsichtig hineingleiten, unsicher, ob der sie auch wirklich tragen würde. Aber er schien stabiler zu sein, als er aussah, außerdem wog sie für ihre Körpergröße zu wenig.

Müde lehnte sie den Kopf an die Wand hinter ihr und ließ ihren Blick schweifen. Von hier aus sah sie ein paar andere Häuser, sehr viel Himmel und Wölkchen und natürlich den Wasserturm. Das achtzehn Meter hohe Wahrzeichen Langeoogs stand am Ende der Hauptstraße auf einer der Kaapdünen und dominierte hier im Westen der Insel das Panorama. Das achteckige weiß gestrichene Bauwerk mit dem roten Dach und einer wie aufgesetzt wirkenden Spitze mit Aussichtsfenstern war Anfang des 20. Jahrhunderts errichtet worden und diente heute als Attraktion und Fotomotiv. Unzählige Besucher hatten schon die Treppe zur Plattform erklommen und den weiten Blick über die Dünen auf die Nordsee genossen. So grell schien der Turm in der Abendsonne, dass Levke unwillkürlich die Augen schloss.

Sie lächelte, als sie daran dachte, wie sie einmal mit Silka und Jasper nach oben gelaufen war und eine Flasche Wein geleert hatte. Damals waren sie noch Teenager gewesen, die ausprobieren wollten, was an Alkohol so Besonderes sein sollte. Ihr war davon schlecht geworden, Silka hatte albern gekichert und Jasper ...

Schnell riss Levke die Augen wieder auf. Nicht an Jasper denken!

Lieber konzentrierte sie sich auf den heruntergekommenen Eindruck, den der Inselferienhof auf sie machte.

Seit wann ging es mit dem Familienbetrieb bergab?

Warum kümmerte sich niemand mehr um die Gartenpflege und die nötige Renovierung?

Solche Arbeiten wurden traditionell im Winter erledigt, wenn wenig oder gar kein Gästebetrieb herrschte. Jedes Jahr im Frühjahr erstrahlten Giebel und Fensterrahmen dann in neuem Anstrich, und die Löcher im Backstein, die von den starken Nordwestwinden geformt wurden, wenn diese Flugsand und Kieselsteine vor sich her trugen, waren ausgebessert. Der Rasen war frei von zugeflogenen Samen, und die Korbmöbel waren nach Monaten im Schuppen frisch aufpoliert worden.

Nichts davon war jetzt zu sehen, und dabei war bereits Anfang Juni.

Levke fragte sich, ob sie zufällig das erste Jahr erwischt hatte, in dem die Vernachlässigung sichtbar wurde.

Als Silka zurückkehrte und ein Tablett mit einer Karaffe Eistee und zwei Gläsern auf dem niedrigen Glastisch abstellte, fragte Levke sie danach.

Ihre Schwester ließ sich in den Korbsessel neben ihr sinken, bevor sie antwortete. »Letztes Jahr war es nicht ganz so übel. Da hat Papa das meiste noch geschafft, und ich habe geholfen, wo ich konnte. Aber ich habe ja auch noch einen Beruf, und seit Mama keine Lust mehr auf den Ferienhof hat, wird es immer schwieriger.«

Silka arbeitete als Krankengymnastin in einer Kurklinik und konnte ihren Eltern nur in der Freizeit zur Hand gehen.

Levke bekam ein schlechtes Gewissen, aber sie drängte es beiseite. Sie selbst fühlte sich nicht mehr verantwortlich für den Erfolg des Familienbetriebs. Sie hatte ihr eigene Karriere verfolgt, war mittlerweile Managerin eines Luxushotels in Zürich und arbeitete bis zu vierzehn Stunden am Tag.

Weil sie nichts sagte, fuhr Silka fort: »Ich habe dir ja schon erzählt, dass es schlecht aussieht. Und ist dir sonst gar nichts aufgefallen?«

Levke schenkte sich Eistee ein und trank einen Schluck, bevor sie zurückfragte: »Was soll mir den aufgefallen sein?«

»Die Stille und die Leere. Heute ist Freitag vor Pfingsten, und normalerweise ist unser Haus voll. Jetzt sind von zehn Zimmern gerade mal zwei belegt.« Die Räume für die Gäste waren im Erdgeschoss und in dem Anbau untergebracht, der nach hinten rausging. Im ersten Stock wohnte die Familie.

»Ich dachte, die Leute wären am Strand.«

Silka lächelte schmal. »Du warst wirklich lange nicht mehr hier. Es ist fast sieben. Um die Zeit herrscht nach einem langen Tag am Wasser normalerweise Hochbetrieb. Die Urlauber duschen, ziehen sich um, und machen sich auf den Weg zum Abendessen. Na ja, woher sollst du das auch noch wissen.«

»Ich war zuletzt zu Onkel Tjards Siebzigstem da«, entgeg-

nete Levke und fragte sich gleichzeitig, warum sie sich vor ihrer Schwester rechtfertigte.

»Das war vor vier Jahren. Seitdem ist viel passiert.«

Vier Jahre?, überlegte sie erschrocken. *So lange ist das
schon her? Wo ist die Zeit geblieben?*

Silka trank selbst von dem Eistee, bevor sie versöhnlich
hinzufügte: »Du bist eben schwer beschäftigt in Zürich.«

Levke versuchte herauszuhören, ob da ein bissiger Ton mit-
schwang, doch ihre Schwester schien es nur ehrlich zu meinen.

»Na, jetzt bin ich ja da«, sagte sie, ebenfalls friedlich ge-
stimmt. »Aber ich dachte, es geht um dich und deinen Liebeskummer und nicht um die Existenz unserer Familie.«

Silkas Blick verdüsterte sich. »Um beides.«

Dann blickte sie stumm in ihr Teeglas.

2. Kapitel

Levke wartete darauf, dass ihre Schwester weitersprach. Erst als sich das Schweigen in die Länge zog, schlug sie vor: »Vielleicht erzählst du mal von Anfang an.«

»Ist nicht so einfach. Noch im Winter habe ich gedacht, alles läuft so weit gut. Aber auf einmal ist Mama immer komischer geworden, und ich habe die Wahrheit über Emil herausgefunden.«

Emil, das wusste Levke bereits, war seit zwei Jahren Silkas Freund. Ein erfolgreicher Chefkoch aus Esens, wie es noch bis vor einigen Monaten geheißen hatte. Was sich jedoch als Lüge herausgestellt hatte.

Tja, dachte sie bitter. *Da lernst du mal, wie es ist, wenn man von den liebsten Menschen hintergangen wird.*

Sie erschrak über sich selbst. Normalerweise war sie nicht boshaft. Aber was Silka ihr damals angetan hatte, saß tief.

Levke atmete tief durch. Ihr war nicht klar, ob sie ihrer Schwester in der Sache helfen konnte oder ob sie das überhaupt wollte. Sie erinnerte sich daran, wie überrascht sie gewesen war, als Silka sie einen Monat zuvor in Zürich angerufen hatte. Seit Jahren schon beschränkte sich der Kontakt zwischen den Schwestern auf kurze Textnachrichten. Zu mehr war Levke nie bereit gewesen, aber Silkas Stimme hatte an jenem Tag so verzweifelt geklungen, dass sie nicht einfach wieder auflegen konnte.

Vor lauter Weinen hatte ihre Schwester kaum ein Wort herausbekommen, aber schließlich war es Levke gelungen, sich einen Reim auf das Gestammel zu machen. Demnach hatte Silka wirklich an die große Liebe geglaubt und bereits ihre Zukunft mit Emil geplant. Bis zu dem Tag, als sie ihn im Sternerestaurant in Esens besuchen wollte und ihn in einer Pommesbude fand. Der Mann hatte sie zwei Jahre lang belogen! Nun legte er ein volles Geständnis ab und erzählte ihr, dass er geschieden sei und drei Kinder habe. Die Alimente hätten ihn an den Rand des Ruins getrieben, und er hielt sich nur knapp über Wasser.

Silka sagte am Telefon, sie hätte ihn trotzdem geliebt, wenn er von Anfang ehrlich zu ihr gewesen wäre, und Levke glaubte ihr. Sie beide hatten sich nie viel aus dem Status eines Mannes gemacht. Ein gutes Herz und Ehrlichkeit waren ihnen wichtiger gewesen. Nun gut, und ein anziehendes Äußeres. Aber den Betrug, war Silka fortgefahren, könnte sie ihm niemals verzeihen.

Dazu hatte Levke lieber geschwiegen, war es ihr doch selbst nie gelungen, einen lang zurückliegenden Verrat zu vergeben.

Dann hatte Silka von ihren Eltern erzählt. Anscheinend wollte ihre Mutter Gunda den Ferienhof verkaufen und im Alter von sechzig Jahren ein neues Leben beginnen. Ohne Verpflichtungen, ohne ihren Mann Ubbo. Vielleicht würde sie auf Reisen gehen, möglicherweise hatte sie sich einen jungen

Liebhaber zugelegt. So genau wusste das niemand. Ubbo war jedenfalls kurz vorm Durchdrehen. Der sonst so gemütsstarke Ostfriese, den nicht mal der schlimmste Sturm erschüttern konnte, wurde nervös und vernachlässigte seine Aufgaben. Mal vergaß er, dass er neu angekommene Gäste am Bahnhof abholen sollte, mal brach er allein zu einer Dünenwanderung auf und kehrte erst am nächsten Tag zurück.

Es war Silkas Bericht über ihren Vater gewesen, der Levke nicht lange hatte zögern lassen. Ubbo Dirks war stets ihr Leuchtturm in der Nacht gewesen. Das durfte sich nicht ändern. Und so hatte sie versprochen, sich Urlaub zu nehmen und in den Norden zu reisen. Dennoch hatte sie geglaubt, ihre Schwester hätte maßlos übertrieben, um sie nach Langeoog zu locken. Nun begriff sie, dass es allen Grund zur Sorge gab. Sie brauchte sich ja nur umzusehen.

»Wo sind unsere Eltern überhaupt?«, fragte sie nun.

»Mama ist bei Freunden, und Papa nimmt an einer Wattwanderung teil. Er behauptet, er muss mal den Kopf freikriegen.«

Levke ließ sich nichts anmerken, aber innerlich war sie enttäuscht. Andererseits – was hatte sie erwartet? Ein Empfangskomitee und eine Spruchband mit »Willkommen zu Hause«?

Erst jetzt wurde ihr bewusst, dass sie inzwischen eine Fremde in ihrem Elternhaus war.

Bevor sie Silka weiter nach ihren Eltern fragen konnte, erschien wie aus dem Nichts eine Gestalt in der offenen Haustür, blickte weder nach rechts noch links, marschierte schnurstracks über den Ziegelweg zum Fußgängerweg und verschwand.

»Da geht er wieder hin«, sagte Silka und seufzte. »Onkel

Tjard ist übrigens Problem Nummer drei. Ich bin nicht dazu gekommen, dir auch von ihm zu erzählen.«

Levke, die es gewohnt war, viele Probleme gleichzeitig zu lösen, massierte sich nachdenklich die Schläfen. »Was ist denn mit ihm los? Er hat mich noch nicht mal begrüßt.«

»Mach dir nichts draus. Wenn der am Abend seinen Rappel kriegt, kennt er keinen mehr.«

»Seinen Rappel? Was meinst du damit?«

»Das geht jetzt schon seit zwei Monaten so. Den Tag über ist er normal, hilft Papa, trifft sich mit seinen Freunden oder holt am Hafen Pensionsgäste ab.« Silka seufzte gleich noch einmal. »Aber zu einer bestimmten Uhrzeit ist er zu Hause, und dann rennt er plötzlich los in die Dünen und taucht erst wieder auf, wenn es dunkel ist.«

»In die Dünen?«, hakte Levke nach. Unwillkürlich musste sie an den wohlriechenden Fremden denken. Der war auch in Richtung Dünen verschwunden. Vielleicht gab es da ja neuerdings einen Treffpunkt für Leute mit seltsamem Gebaren?

Silka nickte. »So sieht es jedenfalls aus. Ob er dann noch die Richtung ändert und ins Dorf läuft, weiß keiner so genau. Wir sind noch nicht dazu gekommen, ihm mal nachzugehen. Aber eines ist komisch daran.«

»Was denn?«

»Er macht das nur an sonnigen Tagen. Bei Schietwedder bleibt er hier.«

»Das ist wirklich ziemlich rätselhaft«, stimmte Levke ihr zu. »Aber nicht das dringendste Problem, richtig?«

»Stimmt«, erwiderte Silka. »Ich bin froh, dass du da bist. Hoffentlich kannst du mir helfen, Ordnung in das Chaos zu bringen.«

Levke ahnte, dass da eine Mammutaufgabe auf sie zukam, aber sie hob die Mundwinkel zu einem kleinen Lächeln.

»Fangen wir mal mit den Gästen an. Wieso hat es so wenige Buchungen gegeben?«

Silka zuckte ratlos mit den Schultern. »So genau weiß ich das nicht. Das gehört ja zu Mamas Aufgaben. Aber ich habe da einen Verdacht.«

»Und der wäre?«

Innerlich mahnte sie sich zur Geduld. Sie war daran gewöhnt, dass ihre Mitarbeiter ihr gewünschte Informationen im Sekundentakt lieferten. Die ruhigere Art der Insulaner war ihr fremd geworden.

»Ich habe mir vor Kurzem mal unsere Homepage angeschaut«, fuhr Silka fort. »Du wirst nicht glauben, was ich herausgefunden habe.«

Vor allem nicht, wenn du es mir nicht endlich sagst.

Levke fischte schon nach ihrem Smartphone in ihrer Handtasche, um selbst nachzusehen.

»Guck nicht so verbissen. Ich verrate es dir ja schon.«

Verbissen? Frechheit!

»Es hat eine ganze Reihe Anfragen gegeben, wie üblich so ab Februar. Aber Mama hat einfach nicht darauf geantwortet.«

Levke stellte sich vor, das »Bellevue« in Zürich würde Buchungen einfach ignorieren. Sie hätte sich längst nach einem neuen Job umsehen können. Vor mehr als zehn Jahren hatte sie dort klein angefangen. Nach ihrem Abschluss an der Hotelfachschule in Hamburg hatte sie die Wahl gehabt zwischen Frankfurt und Zürich. Die Schweiz war fast zweimal so weit weg von Langeoog wie Hessen, so hatte sie sich schnell entschieden und war wenige Tage darauf nach Süden gereist.

Sie hatte als einfaches Zimmermädchen in dem Fünf-sternehotel direkt am Zürichsee angefangen, kaum etwas verdient und in einer Art Abstellkammer unter dem Dach gewohnt, wo jene Angestellte untergebracht wurden, die von außerhalb kamen. Die ersten Monate waren die Hölle gewesen. Zwölfstundenschichten, ein Arbeitstempo, bei dem kein normaler Mensch mitkommen konnte, und eine Erste Hausdame, die Levke offenbar auf dem Kieker hatte und sie beinahe täglich rügte. Mal hatte sie ein paar Flusen unter dem Bett übersehen, mal das Toilettenpapier nicht richtig gefaltet, mal vergessen, das Obst im Willkommenskorb auszutauschen.

Levke hatte die Zähne zusammengebissen, ihre ostfriesische Lässigkeit abgelegt und war zu einer Perfektionistin geworden, der nichts mehr vorgeworfen werden konnte.

Nach sechs Monaten war die Hausdame mit ihrer Arbeit zufrieden gewesen und hatte sich ein anderes Opfer gesucht. Als Levke zwei Jahre später selbst in diese Position aufgestiegen war, hatte sie sich dabei ertappt, dass sie genauso streng war wie ihre ehemalige Vorgesetzte. Es machte ihr nichts aus, dass sie von den Zimmermädchen nicht besonders gemocht wurde, und als sie innerhalb des Hotels Karriere machte, erwartete sie auch vom übrigen Personal Respekt und keine Zuneigung.

Schon seit Jahren schuftete sie nicht mehr körperlich, aber ihre Arbeitstage waren sogar noch länger geworden. Sie musste die Abteilungen im Hotel koordinieren, die Buchhaltung im Blick haben, die Zimmerpreise bestimmen, die Qualität von Service, Einrichtung und Mahlzeiten hoch halten, verschiedene Angebote des Hauses vermarkten und tausend kleine wie große Dinge mehr erledigen.

Manchmal, in einem seltenen ruhigen Augenblick, schaute sie aus dem Fenster ihres Büros auf den glitzernden See und fragte sich, ob dies nun für immer ihr Leben sein würde. Tage voller Stress und so gut wie kein Privatleben. Dann erinnerte sie sich daran, dass sie eine der jüngsten Hotelmanagerinnen der Schweiz war, ja, womöglich ganz Europas; dass sie vielfach beneidet und von ihren Mitarbeitern mit Hochachtung behandelt wurde.

Meistens half das, aber es gab auch Momente der Ehrlichkeit, in denen sie sich eingestand, dass die beste Karriere nichts gegen die Einsamkeit ausrichten konnte. Nach Feierabend, wenn sie sich in ihre Suite im zweiten Stock zurückzog, dachte sie vielleicht noch stolz daran, dass die Zeiten der Dachkammer lang vorbei waren. Aber dann schloss sie die Tür, die Stille traf sie wie ein Schlag in den Magen, und sie sehnte sich plötzlich nach Langeoog, wo jeder jeden kannte, wo man keine fünf Schritte gehen konnte, ohne Freunde zu treffen, wo die Freizeit ausgefüllt war mit Strandpartys, Dünensingen oder nächtlichen Wanderungen.

An solchen Abenden nahm sie dann eine Schlaftablette und ging zu Bett, damit sie bloß nicht länger grübeln musste.

»Ist was mit dem Tisch?«, fragte Silka in ihre Gedanken hinein. »Du starrst schon volle fünf Minuten darauf.«

Levke nahm ein Papiertuch aus ihrer Handtasche und rieb über die Glasplatte. »Diese Wasserränder gehen nur schwer raus, wenn man sie nicht gleich entfernt. Du solltest Untersetzer benutzen.«

Silka hob die Augenbrauen und brach dann in schallendes Gelächter aus.

»Was ist daran so lustig?«

»Du ...« Silka gluckste und holte Luft, bevor sie weitersprechen konnte. »Du warst früher definitiv lockerer drauf.«

»Ich bin immer noch locker, aber in meinem Haus achten wir auf den perfekten Eindruck.«

»Dann solltest du lieber nicht *unser* Haus betreten«, sagte Silka und kämpfte immer noch mit ihrem Lachanfall. »Da gibt es mehr als bloß ein paar Wasserränder.«

Levke wunderte sich. Der Ferienhof Dirks war stets für seine Sauberkeit gelobt worden. Ihre Mutter war stolz darauf gewesen, jeden Tag aufs Neue den Kampf gegen den Sand zu gewinnen, der von Gästen und Windstößen unaufhaltsam ins Innere getragen wurde.

»Aber ...«, setzte sie an. Dann verstand sie. »Mama putzt nicht mehr?«

»So gut wie gar nicht«, erklärte Silka und wurde schlagartig wieder ernst. »Im Frühstückszimmer bildet sich schon eine Wanderdüne.«

»Du übertreibst.«

Silka schüttelte den Kopf. »Nur ein bisschen. Außerdem herrscht in den Zimmern ein großes Durcheinander. Die Bettwäsche passt nicht mehr zusammen, Handtücher werden einfach auf dem Boden liegen gelassen, wenn die Gäste sie nicht wegräumen, und gewischt wurde auch schon lang nicht mehr.«

Levke nahm nun doch ihr Smartphone zur Hand und begann, eine Liste einzutippen. Sie ahnte schon, hier kam sie nur mit perfekter Organisation weiter.

»Was machst du da?«, wollte Silka wissen.

Levke sah kurz hoch. »Ich notiere, was am dringendsten erledigt werden muss.«

»Und das wäre?«

»Aufräumen, putzen, Buchungen reinholen. Die Einzelheiten füge ich hinzu, wenn ich einen Rundgang durchs Haus gemacht habe.«

Besonders eilig hatte sie es damit nicht. Wenn Levke ehrlich war, dann war sie absolut urlaubsreif. Sie brauchte viel Schlaf, lange Spaziergänge und Mamas deftige Hausmannskost. Auf der Herfahrt hatte sie von jungen Matjes in Sahnesoße mit Pellkartoffeln, von Krabbenbrötchen und einer großen Friesentorte geträumt. Nun ahnte sie, dass ihr Aufenthalt hier sich definitiv anders gestalten würde. Und wahrscheinlich stand ihre Mutter auch nicht mehr gern am Herd.

»Und was ist mit meinem gebrochenen Herzen?«, fragte Silka.

»Das hat erst mal keine Priorität.«

Silka sah aus, als würde sie gleich in Tränen ausbrechen. »Solange ich so traurig bin, kann ich dir aber keine große Hilfe sein.«

»Möglich, aber was soll ich tun? Deinen Emil an den Ohren durchs Wattenmeer herschleifen und ihn zwingen, dich zu lieben und immer ehrlich zu sein?«

»Keine schlechte Idee«, erwiderte Silka trotzig.

»Komm schon.«

Levke dachte nach, und fügte dann hinzu: »Außerdem sind seine Gefühle für dich kein Problem, wenn ich das richtig verstanden habe.«

»Das stimmt schon«, gab Silka zu. »Er liebt mich wirklich

von ganzem Herzen. Aber davon abgesehen ...« Sie ließ den Rest des Satzes ungesagt.

Levke stellte sich vor, wie es wäre, von einem Mann innig geliebt zu werden. Erschrocken bemerkte sie, dass ihr diese Erfahrung im Leben fehlte. Es hatte Zuneigung gegeben, Leidenschaft und Harmonie – aber nicht dieses einzigartige Gefühl, für einen anderen Menschen der Mittelpunkt des Universums zu sein.

Eine plötzliche Traurigkeit breitete sich in ihr aus, und sie musste sich zusammenreißen, bevor sie weitersprechen konnte. Schnell konzentrierte sie sich wieder auf Silka.

»Ich weiß nicht, wie ich dir da helfen soll.«

»Vielleicht willst du es ja gar nicht. Wegen damals.«

Levke musste schlucken. Ganz unrecht hatte ihre Schwester nicht. Sie sah wirklich nicht ein, warum sie sich deren Liebeskummer zu Herzen nehmen sollte. Damals hatte Silka sich ja auch nicht um Levkes Gefühle gekümmert.

Das lässt sich nicht vergleichen, dachte sie beinahe gegen ihren Willen. *Damals waren wir beide noch so jung.*

Sie räusperte sich. »Ich schlage vor, dass wir uns erst einmal um den Ferienhof kümmern. Privates muss warten. Manchmal reicht es auch schon, ein wenig Zeit verstreichen zu lassen. In ein paar Wochen wirst du die Dinge anders sehen.«

»Und wie?«, fragte Silka hoffnungsvoll.

»Na ja, du könntest deinem Emil verzeihen ...«

»Niemals!«

»Oder du könnest feststellen, dass es sich als Single auch prima leben lässt. Schau mich an.«

Silka tat es. »Du siehst alles andere als glücklich aus.«

Das saß.

»Rede keinen Unsinn. Ich bin sehr zufrieden mit meinem Leben.«

Silkas Blick war erschreckend ungläubig, aber sie sagte nichts mehr.

Levke redete schnell von etwas anderem. »Wie sieht es mit unserem Auftritt bei Social Media aus? Facebook, Instagram, TikTok? Wer kümmert sich darum?«

»Niemand«, sagte Silka. »Wir haben unsere Homepage und damit basta.«

»O Gott! Das ist vorsintflutlich. Wie sollen die Leute denn da auf uns aufmerksam werden?«

»So wie immer. Wir haben ja in erster Linie Stammgäste, die jedes Jahr wiederkommen. Papa sagt, da brauchen wir dieses ganze moderne Zeug nicht. Die Homepage ist ihm schon zu viel.«

»Typisch Papa. Der hatte schon immer vor Neuerungen Angst wie ein Spökenkieker vor mondhellen Nächten.«

Überrascht rieb sie sich die Stirn. Von Spuksehern hatte sie seit ungefähr fünfzehn Jahren nicht mehr gesprochen. Wollte man alten Geschichten glauben, so waren das Leute gewesen, die nicht nur schlimme Ereignisse voraussagen, sondern auch Verstorbene drei Nächte nach ihrem Ableben sehen konnten. Erschienen diese schneeweiß, so waren sie Engel, waren sie aber schwarz, dann waren sie nicht selig geworden. Ihr Großonkel hatte ihr und ihrer Schwester früher solche Legenden erzählt, und sie hatten halb kichernd, halb vor Angst bibbernd in ihren Betten gelegen, bis ihre Mutter eingeschritten war.

»Stimmt«, sagte Silka, die an ihrer Bemerkung offensichtlich nichts Außergewöhnliches fand. »Und das ist bei Papa mit den Jahren noch schlimmer geworden. Vielleicht ist Mama deshalb so von ihm genervt. Sie will Veränderung, während er möchte, dass alles so bleibt, wie es ist.«

Levke stand von ihrem Sessel auf. »Lass uns reingehen, ich will mir mal ein Bild von der Lage machen. Und dann bringen wir das Haus auf Vordermann und planen unseren Social-Media-Auftritt. Du wirst schon sehen, zur Hochsaison sind wir wieder voll ausgebucht.«

»Bleibst du denn so lange?«, fragte Silka.

»Das eher nicht. Ich kann höchstens drei Wochen Urlaub nehmen. Aber ich kann euch helfen, das Ruder herumzureißen.«

Sie musste grinsen. Anscheinend schlich sich die Seemannssprache schon in ihren Wortschatz ein, nachdem sie kaum eine Stunde auf Langeoog war.

Silka erhob sich ebenfalls, und sie wollten schon hineingehen, als eine kleine weißhaarige Frau durch den Vorgarten auf sie zustürmte.

3. Kapitel

»Wo ist der verrückte Tjard?«

»Nicht da«, antwortete Silka.

»Verdammt! Dann richte ihm aus, er soll damit aufhören!«, rief sie und baute sich drohend vor den Schwestern auf. »Sonst werde ich ihn in kleine Stücke hacken und an die Fische verfüttern!«

Levke wusste nicht recht, ob sie lachen oder sich fürchten sollte. Die Frau reichte ihr kaum bis zur Schulter und war schätzungsweise gut über siebzig. Sie sah nicht aus wie jemand, der einen ausgewachsenen Mann zu Fischfutter verarbeiten konnte. Allerdings wusste man bei den Insulanern nie.

»Wir sind zäh«, pflegte ihr Vater gern zu sagen. »Wir überstehen Sturmfluten und Hungerwinter. Wir gehen im Winter bei minus zehn Grad barfuß ins Meer, um Karpfen und Heilbutt zu fangen, und wir sammeln mit bloßen Händen Austern und Miesmuscheln. Wir retten Schiffbrüchige und schleppen die Ladung auf unseren breiten Schultern an den Strand …«

An der Stelle unterbrach ihn jedes Mal ihre Mutter. »Und dann reißt ihr euch die Fracht unter den Nagel, weil ihr gemeine Strandräuber seid!«

Gunda Dirks stammte vom Festland, und angeblich war einer ihrer Vorfahren einmal vor Langeoog bei ablaufender Flut auf einer Sandbank steckengeblieben und ausgeraubt worden. Er hatte Glück gehabt, dass er von den Einwohnern nicht auch noch getötet worden war. Angeblich hatte man früher kurzen Prozess mit solchen Pechvögeln gemacht. Vielleicht war aber auch das uralte Konkurrenzdenken zwischen Küstenbewohnern und Insulanern fest in ihren Genen verankert, und sie vergaß bei Gelegenheit, dass sie seit bald vierzig Jahren auf Langeoog wohnte.

Levke und Silka hatten sich bei diesen Streitgesprächen ihrer Eltern stets heimlich amüsiert.

Der große, breitschultrige Ubbo hatte für ihren Geschmack aber dann jedes Mal viel zu schnell klein beigegeben, denn er vergaß nie, dass diese wunderbare Frau aus Bensersiel ihn, den etwas ungehobelten Fischerssohn geheiratet hatte. Dabei hätte sie als Lehrertochter jeden haben können.

»Ist alles schon lange her«, sagte er dann friedfertig.

Gunda hingegen, die offenbar diese Auseinandersetzungen genoss, setzte dann gern noch nach. Indem sie zum Beispiel sagte: »Und du, mein Bester, gehst noch nicht mal im Hochsommer ins Wasser, weil es dir zu kalt ist. Olle Frostbeule! Dein Vater war noch einer vom alten Schlag. Das hat er dir aber nicht vererbt.«

Woraufhin Ubbo die Zähne aufeinanderpresste, aber nichts mehr erwiderte.

Levke wünschte sich auf einmal, das Zerwürfnis ihrer Eltern würde sich auf diese alten Geschichten beschränken. Aber nach allem, was Silka schon erzählt hatte, konnte sie sich in dem Punkt keine Hoffnung machen.

Sie merkte, dass die alte Frau sie von unten anstarrte und musste sich zwingen, nicht den Kopf wegzudrehen. Sie war daran gewöhnt, mit unzuverlässigen Lieferanten, überlasteten Mitarbeitern und übermäßig anspruchsvollen Gästen umzugehen, aber diese alte Insulanerin jagte ihr einen Schauder über den Rücken.

Lächerlich!

Sie straffte sich.

»Womit soll Tjard denn aufhören?«, fragte sie energisch zurück.

Zumindest hoffte sie, dass sie energisch wirkte und dass sie sich das leise Zittern in ihrer Stimme nur einbildete. Neben ihr gab Silka einen Laut von sich, der ein Lachen ebenso wie ein erschrockenes Aufseufzen sein konnte.

Levke schaute lieber nicht zu ihr hin, sondern hielt dem Blick der alten Frau stand.

»Der Lüstling soll eine arme, hilflose Seniorin nicht länger verfolgen. Das endet noch mit einem Herzanfall.«

Ob bei ihm oder bei ihr, ließ sie offen.

Diesmal lachte Silka. Eindeutig.

Levke schaffte es, ernst zu bleiben.

»Unser Großonkel ist vierundsiebzig Jahre alt. Als Lüstling kann man ihn wohl kaum bezeichnen. Und wer soll die hilflose Seniorin sein? Sie etwa? Ich finde, er sollte eher vor *Ihnen* Angst haben.«

»Wat biste denn so vornehm geworden, Deern? Haste vergessen, wie man sich duzt, seit du als Heidi durch die Berge hüpfen tust?«

»Wie bitte?«, fragte sie verwirrt zurück.

Anstatt zu antworten, zauberte die Frau eine kleine Flasche

aus den Tiefen ihrer Kittelschürze, schraubte sie auf und nahm einen tiefen Schluck.

»Ihr auch?«, fragte sie dann großzügig.

Die Schwestern schüttelten einträchtig die Köpfe.

»Kiek mol einer an. Fast wie früher, als ihr noch als Zwillinge durchgegangen seid.«

»Sie kennen uns?«, fragte Levke zunehmend ratlos.

Weil die Frau sich lieber noch einmal mit ihrer Flasche beschäftige, kam Silka ihr zu Hilfe.

»Das ist Pauline Fischer. Sie vermietet Strandkörbe oben am Nordstrand.«

Levke kramte in ihrem Gedächtnis, konnte sich aber nicht an die Frau erinnern.

»Ihr Neffe heißt Keno. Der war früher immer beim Dünensingen.«

»Keno ...« Schemenhaft sah sie einen sehr großen, breitschultrigen jungen Mann vor sich, einige Jahre älter als sie selbst, der mit seiner tiefen melodischen Stimme alle Anwesenden in seinen Bann gezogen hatte, besonders die Mädchen.

Wenn er »La Paloma« zum Besten gab, blieb kein Auge trocken. Die damals dreizehnjährige Levke war kurzzeitig in ihn verliebt gewesen – bis ihr klar geworden war, dass ein Zwanzigjähriger niemals einen Teenie wie sie in Betracht ziehen würde. Daraufhin beschloss sie, dass sie viel zu cool für alte Shantys war, und hörte nur noch Techno, House und Dance.

Sie erinnerte sich daran, wie es zu Hause zu wahren Musikkriegen gekommen war. Tjard, der Freddy Quinn liebte, drehte gegen ihren unmelodischen Krach auf, wie er das nannte. Gunda, eingefleischter Roland-Kaiser-Fan, ließ ihn von Santa Maria brüllen, und Ubbo jammerte mit den Rolling Stones über seine ausbleibende Satisfaction. Silka, die, soweit Levke wusste, heimlich noch Rolf und seine Freunde hörte, hielt sich die Ohren zu und suchte das Weite.

Levke lächelte bei der Erinnerung an die Zeiten, in denen die Welt der Familie Dirks noch in Ordnung gewesen war.

»Keno, na klar«, sagte sie. »Wie geht es ihm?«

»Ganz prima«, erwiderte Silka. »Der ist jetzt schon über vierzig, kannst du dir das vorstellen? Aber genauso fit wie eh und je. Arbeitet als Krabbenfischer und Wattführer, und in seiner Freizeit ist er bei der Seenotrettung. Übrigens ist er seit ein paar Jahren in festen Händen. Hätte keiner mehr für möglich gehalten, aber eine reizende Finnin namens Erja hat ihn tatsächlich gezähmt.«

Kurz überlegte Levke, ob der wohlriechende Mann vorhin wohl Keno gewesen war. Die Statur kam hin. Aber sie hätte ihn trotz der vielen vergangenen Jahre sicherlich erkannt, und er war es definitiv nicht gewesen.

Pauline Fischer stapfte mit dem Fuß auf. »Genug von meinem Neffen. Was hat die Heidi eigentlich hier zu suchen?«

»Ich heiße Levke.«

»Nix da. Levke bedeutet Liebste, und das bist du nicht mehr, seit du deine Familie im Stich gelassen hast.«

»Na hören Sie mal ...«

»Nee, tue ich nicht. Bist bloß 'ne Bangbüx, die vor dem ersten bisschen Gegenwind weggelaufen ist. Hast uns Langeoogern keine Ehre gemacht.«

Levke spürte, wie die Wut in ihr hochstieg. Als Angsthase hatte sie noch niemand betitelt, und diese alte, streng riechende Frau hatte kein Recht dazu.

Als Pauline jetzt noch einen Schritt auf sie zumachte, hielt sie sich unwillkürlich die Nase zu.

»Das ist Aquavit«, erklärte ihr Silka, die an den besonderen Duft offenbar gewöhnt war. »Pauline reibt sich damit auch ein. Soll gegen ihr Rheuma helfen.«

»Igitt!«, stieß Levke aus.

»Bist bannig zu vornehm geworden für diese Welt«, herrschte Pauline sie an. »Am besten fährst du gleich zurück in deine Berge. Dich will hier niemand.«

Gegen ihren Willen fühlte sich Levke getroffen, aber sie ließ sich nichts anmerken.

»Also, wo ist der olle Tjard nu? Ich muss ihm verklickern, dass er mich in Ruhe lassen soll.«

»Das wissen wir nicht«, gab Silka wahrheitsgemäß Auskunft. »Manchmal verschwindet er um diese Zeit.«

»Zu mir isser aber nich'. Hätte ihn gesehen.«

Silka zuckte nur mit den Schultern. Levke war noch damit beschäftigt, die Feindseligkeit, die ihr von Pauline Fischer entgegenschlug, an sich abperlen zu lassen.

War nicht ganz einfach.

Was sollte das überhaupt heißen, sie habe ihre Familie im Stich gelassen? Wusste diese alte Frau denn nicht, dass ihr damals das Herz gebrochen worden war?

Sie war schon versucht, sich doch die Flasche reichen zu lassen, konnte sich aber gerade noch beherrschen.

»Tja, denn«, meinte Pauline. »Komme ich eben ein andermal wieder.«

Dann machte sie kehrt und verschwand.

»Guck mal«, sagte Silka leise. »Die torkelt kein bisschen.«

»Das habe ich gehört!«, rief Pauline über die Schulter.

»Werd' mal nicht frech, Silka. Sonst verkupple ich dich mit Bratwurst-Piet. Dem seine Bude läuft prima, und er ist noch frei. Die zwanzig Kilo Übergewicht kannst du ihm ja abtrainieren.«

Womit sie sich in einem Aufwasch beide Schwestern Dirks zum Feind gemacht hatte, was ihr aber lediglich ein meckerndes Lachen entlockte.

Levke und Silka tauschten einen einvernehmlichen Blick, was seit vielen Jahren nicht mehr vorgekommen war. Dann wandten sie sich ab und betraten das Haus. Was Levke dort vorfand, war um einiges schlimmer, als sie erwartet hatte. Sie wünschte sich brennend, sie hätte doch ein Schlückchen von dem Aquavit genommen.

»Großer Gott!«, sagte sie ein halbe Stunde später.

»Den hast du jetzt schon ein Dutzend Mal gerufen, der hilft dir auch nicht.« Silka lotste Levke wieder nach draußen.

»Komm mal mit, ich zeige dir was Hübsches im Stall.«

»Ratten? Kakerlaken? Müllberge?«

»Du übertreibst. So schlimm ist es nun auch wieder nicht. Bloß ein bisschen unordentlich.«

Levke dachte an die fleckigen Tischdecken im Frühstückszimmer, an die unordentliche Küche und an die Staubschicht auf allen Möbel. Aus Erfahrung wusste sie, dass es von hier bis zur Katastrophe nur noch ein kurzer Schritt war. Sie sah schon schimmeliges Essen und eingetrocknete Speisereste in den Pfannen vor sich, dachte an Staubflusen von der Größe echter Steppenläufer – dieser riesigen Strohbälle aus Geisterstädten im Wilden Westen – und an Fenster, die kein Tageslicht mehr hineinließen.

Es ist fünf vor zwölf, dachte sie, im Geiste immer noch in einer Westernstadt. Das herabbaumelnde Namensschild passte auch dazu.

»Du wirst staunen«, sagte Silka. Sie selbst hatte den Niedergang nach und nach erlebt, und sie konnte sich wohl vorstellen, was für ein Schock es für Levke sein musste. Deshalb wollte sie schnell etwas dagegensetzen.

»Seit wann ist unser Schuppen ein Stall?«, fragte Levke. Sie dachte an halb gezähmte Mustangs, schwere Sättel, Zaumzeug und Cowboystiefel. »Und seit wann passen da Pferde rein?«

Silka lachte. »Pferde nicht, aber unsere Zwergshetlands. Und Theodor, der da neuerdings lieber ist als im Haus.«

Levke hatte volles Verständnis für den Riesenhund.

»Stimmt, du hast vorhin so etwas erwähnt. Aber glaub nicht, dass ich beim Anblick von süßen Ponys vergesse, was ich eben gesehen habe.«

Tatsächlich stieß sie zwei Minuten später einen Ruf des Entzückens aus.

»Oh, wie hübsch!« Sie kniete sich hin und ließ sich von zwei reinweißen Minischimmeln beschnuppern. Theodor, der anscheinend ein bisschen eifersüchtig war, drängte sich dazwischen, wurde aber von Silka energisch weggezogen.

»Die etwas größere heißt Elsa«, sagte sie, »und die kleine Anna.«

»Größer ist gut«, erwiderte Levke kichernd. »Die werden ja von dem Hund weit überragt.«

Silka klärte sie fachmännisch darüber auf, dass Elsas Stockmaß fünfundachtzig Zentimeter betrug, das von Anna hingegen nur zweiundachtzig.

Levke setzte sich ins Stroh und kraulte die beiden zwischen den Ohren.

»Wer hat denn die Idee gehabt, sie anzuschaffen?«

»Das war ich«, erklärte Silka stolz. »Mir war schon letzten Sommer klar, dass wir etwas unternehmen müssen, um für unsere Gäste attraktiver zu werden. Andere Hotels und Pensionen haben einen Spabereich oder wenigstens einen Whirlpool eingebaut. Für so etwas konnte ich die Eltern nicht begeistern, und Mama sagte außerdem, noch so ein Riesenhund komme ihr nichts ins Haus. Daraufhin meinte Onkel Tjard, es gebe ja auch ganz kleine Tiere, und Papa schlug ein paar Zwerghühner vor. Aber ich wusste, wir brauchen etwas, was wirklich Gäste anzieht. Bei Annabel bin ich dann auf die Idee gekommen.«

»Annabel?«, fragte Levke.

»Die hat Kallis Peerstall übernommen.«

Sie erschrak »Wieso? Ist er gestorben?« Sie dachte daran, wie glücklich sie als Kind auf den Ausritten im Inselwäldchen gewesen war.

»Nee. Hat sich zur Ruhe gesetzt.«

Levke seufzte erleichtert auf. In ihrer Vorstellung waren sämtliche Insulaner um keinen Tag gealtert, seit sie weggegangen war. Was natürlich unsinnig, aber auch tröstlich war.

»Also, bei Annabel lag so eine Pferdezeitschrift rum. Darin wurden Minishettys inseriert, und diese beiden sahen auf dem Foto so entzückend aus, da konnte ich nicht widerstehen. Echte Zwillinge.«

Levke musste daran denken, dass sie und Silka in ihrer Kindheit auch für Zwillinge gehalten worden waren, woran Pauline Fischer sie vorhin auch erinnert hatte, sagte aber nichts.

»Papa hat sich auf dem Festland dann einen Pferdeanhänger geliehen«, fuhr Silka fort, »und wir haben sie in Emden abgeholt. Ich sage dir, das war die beste Entscheidung überhaupt. Wir haben nur deshalb noch Gäste, weil die Kinder unbedingt hier sein wollen. Dabei können sie noch nicht einmal auf ihnen reiten.«

»Warum nicht?«

»Na, die kleinen Kinder dürften schon, aber dann würden die großen Geschwister das auch wollen, und das wäre dann zu viel für unsere beiden Lütten. Deswegen sagen wir, dass niemand auf Anna und Elsa reiten darf.«

»Und wer hat den Schuppen umgebaut?«

Aus dem ehemaligen Lager für Gerümpel war eine große, luftige Pferdebox geworden, in der die Ponys viel Platz hatten, und wo auch noch der Bernhardiner hineinpasste.

»Das war Emil zusammen mit Papa«, erwiderte Silka leise.

»Sie wollten auch noch eine Hundehütte für Theodor bauen. Aber …«

»Schon klar«, sagte Levke. Silkas Liebes-Aus war dazwischengekommen.

»Die Kinder freuen sich aber auch, wenn sie mit den Shettys im Garten spielen dürfen. Allerdings bräuchten sie mehr Bewegung. So langsam werden sie zu dick.«

Levke traf eine spontane Entscheidung. »Ich könnte mit ihnen spazieren gehen. Gibt es Halfter und Führstricke?« Sie spürte, dass sie eine Weile allein sein musste, um alle Eindrücke zu verarbeiten.

»Ja, klar. Willst du das gleich mal ausprobieren?«

Vielleicht ging es Silka ja ähnlich, und sie brauchte Abstand von der Schwester.

»Warum nicht?«

Silka half ihr, die Halfter anzulegen, aber als Levke losgehen wollte, gab es ein Problem. Theodor heulte herzerweichend.

»Sie sind immer zusammen«, erklärte Silka.

»Dann kommt er eben auch mit. Hast du eine lange Leine für ihn?«

Ein paar Minuten später ging sie um das Haus herum und durch die Gartenpforte. Auf dem Fußweg wandte sie sich in Richtung der Kaapdünen. Theodor zog vorneweg, die Ponys trippelten hinterher. Als Levkes Arme schon schmerzten, vermisste der Bernhardiner zum Glück seine Freundinnen und trottete nun ebenfalls hinter ihr her. Ohne groß nachzudenken wählte Levke denselben Holzbohlenweg über die Dünen, den vorhin auch schon der Fremde genommen hatte.

Sie hatte keine Hand frei, also tippte sie sich nur innerlich gegen die Schläfe. Glaubte sie im Ernst, sie würde ihn hier noch irgendwo antreffen? Und wollte sie das überhaupt? Der Schreck, den sie bekommen hatte, als sie ihn gesehen hatte, saß noch tief.

Die Vierbeiner hinter ihr liefen brav im Gänsemarsch – jemand musste ihnen beigebracht haben, dass die Dünen nicht betreten werden durften. Auch nicht von winzig kleinen Hufen oder großen Hundepfoten. Zudem fanden die Ponys den holzigen Strandhafer nicht besonders lecker, so hatte Levke keinerlei Schwierigkeiten, mit den dreien zum Strand zu kommen.

Sie überquerte die Höhenpromenade, erreichte kurz darauf das Hauptbad und bestaunte eine Reihe kleiner skandinavisch anmutender Holzhäuschen. Jedes war in einer anderen Farbe

gestrichen, und sie beherbergten Souvenirgeschäfte, Geträn-
kestände und Imbisse. Ihr wurde bewusst, dass sich nicht nur
die Menschen auf Langeoog verändert hatten, und ein Gefühl
von Fremdheit breitete sich in ihr aus.

Kurz überlegte sie, wohin sie sich wenden sollte, aber bevor
sie zu einer Entscheidung gelangen konnte, übernahm Theodor wieder die Führung. Er wandte sich nach Süden, und da
fiel ihr ein, dass dort der Hundestrand lag. Sie hoffte, die Ponys wären dort auch willkommen, denn auf einmal sehnte sie
sich danach, die Füße in die Nordsee zu tauchen.

»Oh, verflixt!«, rief Levke eine Viertelstunde später. Sie hatte
vergessen, wie kalt das Meer war. Der Zürichsee wurde im
Sommer zwanzig oder auch mal fünfundzwanzig Grad warm.
Von solchen Temperaturen konnte man in Ostfriesland nur
träumen.

Ihre Begleiter zeigten auch kein Bedürfnis, ins Wasser zu
gehen, also kehrte sie dem Ufer wieder den Rücken zu.

Andere Hundebesitzer nickten ihr zu, ein oder zwei schauten zweimal hin, als sie erkannten, dass Anna und Elsa Ponys waren. Aber niemand schien sich an ihrer Anwesenheit
zu stören.

Levke spürte, wie sie langsam zur Ruhe kam. Die Tiere waren angenehme Begleiter. Sie weckten keine bösen Erinnerungen, sie forderten nichts von ihr, sie waren einfach da und
wirkten zufrieden. Es war schön, schweigen zu können, und
es war auch schön, nicht von einer alten Frau angegiftet zu
werden.

Allerdings stürmte im nächsten Augenblick eine Horde Kinder auf sie zu und umringte sie und die Vierbeiner. Theodor

bellte nervös, Anna und Elsa versuchten, sich hinter Levke zu verstecken und brachten sie fast zu Fall.

»Vorsicht!«, rief sie. »Der Hund ist bissig und die Pferde schlagen aus!«

Womit sie aber bloß Lachsalven erntete, weil Theodor ein paar Kindern bereits das Gesicht abschleckte und die Ponys nach dem ersten Schreck stoisch die unzähligen kleinen Hände auf ihrem Fell ertrugen. Sie waren Shettys. Sie waren so einiges gewöhnt.

4. Kapitel

Ein lang gezogener Pfiff ertönte, und alle Kinder schreckten zusammen. Levke auch. Theodor heulte, bloß die Ponys wirkten ungerührt.

Eine enorm große und breitschultrige Frau nahm die Finger aus dem Mund: »In Zweierreihen aufstellen!«

Die Kinder gehorchten anstandslos, und nur ein besonders großer Junge kicherte dabei in sich hinein.

Eine zweite Frau trat vor und sagte zu der großen: »Immer mit der Ruhe, Märta. Sie haben sich bloß gefreut.«

Levke fand die Frau ausgesprochen mutig. Sie war so viel kleiner, dass sie den Kopf in den Nacken legen musste, um mit dieser Märta sprechen zu können. Außerdem war sie zierlich, während Märta den Eindruck machte, als würde sie jedes Hindernis einfach umrennen.

Levke legte den Kopf schief und dachte scharf nach. Märta? Der Name kam ihr bekannt vor. Die Frau auch.

Dann wusste sie es. »Märta Fischer? Kenos Schwester?« Damals beim Dünensingen war sie manchmal auch dabei gewesen. Allerdings hatte ihre Stimme geklungen wie ein Nebelhorn.

Die Frau wandte sich ihr zu. »Ja, und das ist mein Sohn Finn.« Sie zeigte auf den großen Jungen, dann reichte sie Levke die Hand.

»Vorsicht!«, rief die kleinere Frau, aber Levke hatte schon selbst geschaltet. Sie vergrub die Hände in den Hosentaschen. »Sorry, ich bin ganz dreckig.«

Märta Fischer hatte schon als Mädchen sehr fest zugepackt.

Nun wirkte sie enttäuscht. »Und wer bist du? Ich kenne dich irgendwoher, aber es will mir nicht einfallen.«

Hinter ihrem Rücken trauten sich ein paar der Kinder, aus der Reihe zu scheren und wieder die Ponys zu streicheln.

»Levke Dirks.«

Märta legte den Kopf schief, dann schlug sie sich mit der flachen Hand gegen die Stirn. Musste wehtun.

»Dunnerlittchen! Die Bangbüx!«

So langsam hatte Levke genug von dieser Bezeichnung.

Die Lehrerin, die offenbar über ein ausgeprägtes Einfühlungsvermögen verfügte, drängte sich vor, strich sich eine kastanienbraune Strähne aus dem Gesicht und sagte: »Hallo. Ich bin Katharina Corvara-Jenckel. Das sind meine Schüler. Ich hatte ihnen einen Ausflug an den Strand versprochen, und Märta ist so freundlich, uns zu begleiten.«

Besonders freundlich wirkte Märta nicht. Stattdessen durchbohrte sie Levke mit ihren Blicken.

»Du hast deiner Familie das Herz gebrochen.«

Nein!, protestierte Levke im Stillen. *Das war umgekehrt!*

Aber sie schwieg. Zum einen wegen der Kinder, zum anderen, weil sie ahnte, dass es zwecklos gewesen wäre. Die Mitglieder der Familie Fischer hatten anscheinend eine klare Meinung von ihr. Und womöglich nicht nur die. Voller Schreck wurde ihr bewusst, dass vielleicht ein Großteil der Insulaner so dachte. Was, wenn sich niemand die Mühe gemacht hatte, zu erklären, was vor Levkes Flucht vorgefallen war?

Aus den Augenwinkeln nahm sie eine Bewegung wahr, aber Märtas nächste Worte lenkten sie davon ab.

»Dein Vater war so oft im Watt, dass er sich fast in einen Seehund verwandelt hätte. Deine Mutter hat sich im Haus vergraben wie ein Prielwurm im Schlick, und deine arme Schwester hat ihren Appetit verloren und war bald dünn wie 'ne Scholle.«

Sie stieß eine Art Schnauben aus. »Ungefähr so dünn wie du jetzt, nur mit mehr Busen. Das war ja schon immer so.«

»Herzlichen Dank.«

Katharina griff zum zweiten Mal ein. »Ich weiß nicht, worum es geht, aber du vergisst deine guten Manieren, Märta.«

Beinahe hätte Levke erleichtert aufgeseufzt. Wenigstens ein Mensch hatte keine vorgefasste falsche Meinung von ihr.

»Pah!«, stieß Märta aus. »Du bist erst seit letztem Jahr auf der Insel, Katharina. Du weißt nicht, was die da angerichtet hat.«

Aus unerfindlichen Gründen war es Levke auf einmal wichtig, sich vor der netten Lehrerin zu verteidigen.

»Ich habe überhaupt nichts getan. Ich bin bloß fortgegangen, weil meine Schwester ...« Weiter kam sie nicht. Erneut nahm sie die Bewegung wahr, und diesmal wurde auch an einem der Führstricke gezogen.

Sie sprang vor. Zwei Kinder hatten Anna – oder Elsa? – ein Stück zur Seite geführt und hielten sie nun fest, während Märtas Sohn Finn ein Bein über ihren Rücken schwang. Dank seiner Größe musste er sich dafür nicht nach oben strecken.

Levke packte ihn unter den Achseln und zog ihn weg, wofür sie ihr ganze Kraft aufwenden musste, denn der Junge war schwer.

»Stopp! Die Ponys dürfen nicht geritten werden!«

»Warum nicht?«, fragte er mutig. »Sind doch auch Pferde, oder etwa nicht?«

»Ja, aber eben ganz kleine. Ihre Wirbelsäulen sind sehr zart, sie können kein Gewicht tragen.« Alle jungen Gäste des Ferienhofes bekamen diese Notlüge zu hören.

»Lass meinen Sohn los!«, rief Märta. Dann wandte sie sich an den Jungen: »Sei nicht traurig. Wir können nachher zu Annabel, und da kannst du dann auf einem richtigen Pony reiten.«

Märta betrachtete Anna und Elsa mit einem verächtlichen Ausdruck in den Augen. Kein Wort des Tadels für ihren frechen Sohn.

Das erledigte Katharina. »Du entschuldigst dich jetzt sofort bei Frau Dirks.«

»Tut mir leid«, murmelte er fast unhörbar.

»Schon in Ordnung«, erwiderte Levke freundlich.

Zu den beiden Frauen sagte sie. »Ich muss dann mal weiter.«

Katharina verabschiedete sich mit einem herzlichen Lächeln, Märta wandte sich grußlos ab.

Levke zuckte bloß mit den Schultern. Die Frau konnte ihr egal sein.

Aber der Versuch des Jungen, auf einem der Ponys zu reiten, gab ihr zu denken. Konnte Anna und Elsa etwas beigebracht werden, was sie für die Kinder der Gäste noch attraktiver machte? Sie beschloss, sich einmal mit Annabel zu beraten. An die rothaarige Ponyhofbesitzerin konnte sie sich noch aus Kindertagen erinnern. Soweit sie wusste, war sie dann irgendwann aufs Festland gezogen, aber Langeoog hatte sie offenbar nicht losgelassen.

Mich schon, dachte sie und warf noch einen Blick auf die Nordsee, bevor sie sich auf den Rückweg machte. *So etwas wie Heimweh kenne ich gar nicht.* Womit sie sich selbst etwas vormachte, denn schon im nächsten Augenblick dachte sie daran, wie sehr ihr in der Schweiz dieser endlose Horizont fehlte. Dort schnitten die Berge den weiten Blick ab.

Sie drehte sich um und ging wieder auf die Dünen zu. Ihr taten bereits die Wadenmuskeln weh. Das Laufen in tiefem Sand war sie nicht mehr gewöhnt.

Wieder am Hauptbad angekommen, wählte sie nicht den direkten Weg nach Hause, sondern wandte sich nach Norden. Sie würde einen Umweg durch den Ort machen und dabei am Lebensmittelladen von Jaspers Eltern vorbeikommen. Vielleicht würde sie Jasper sogar antreffen. Levke wusste, dass er das Geschäft übernommen hatte. Nachdem sie ihm bei ihren früheren Besuchen auf der Insel aus dem Weg gegangen war, wollte sie ihn nun unbedingt wiedersehen.

Ich will endlich wissen, ob er noch irgendeine Wirkung auf mich hat, dachte sie und verspürte dabei ein mulmiges Gefühl in der Magengegend. *All die Jahre habe ich wegen ihm und Silka gelitten. Das muss aufhören!*

Ständig hatte sie an seine Küsse denken müssen, die ihr durch und durch gegangen waren. Sie konnte sich an das erste Mal erinnern, als sei es erst gestern geschehen. Jasper, der sich innerhalb von wenigen Monaten von einem pickligen, unansehnlichen Jungen in den schönsten Mann der Insel verwandelt hatte, war ganz dicht an Levke herangetreten und hatte sie mit seinen grünen Augen intensiv angesehen. Eine braune Locke war ihm in die Stirn gefallen, und Levke hatte sie mit zitternden Fingern nach hinten gestrichen.

Dann hatte er seine Lippen auf ihre gelegt, und die Sterne am Himmel über ihr hatten zu funkeln begonnen. Sie hatte nicht verstanden, wie das möglich war, denn sie hielt ja die Augen geschlossen. Und doch sah sie das Leuchten, spürte eine nie gekannte Hitze in ihrem Innern und hatte Mühe, nicht das Gleichgewicht zu verlieren. Das lag aber daran, dass sie sich so klein wie möglich machte und den Kopf so schräg legte, dass ihre Halswirbelsäule knackte.

Neunzehn war sie damals gewesen, und natürlich waren das nicht ihre ersten Küsse. Sie hatte schon einen Sommer mit einem Jungen aus Düsseldorf verbracht, der in einem Hotel arbeitete, und sie hatte geglaubt, sie sei in einen Studenten aus Berlin verliebt, der in einer Klinik sein Asthma kurierte. Aber keiner von ihnen hatte so geküsst wie Jasper. Wahrscheinlich weil keiner ein Friese war.

Levke musste sich eingestehen, dass auch danach kein Mann mehr diese Gefühle in ihr ausgelöst hatte.

Das war beängstigend!

»Supermarkt Hensen«, stand großspurig über dem Geschäft, das in Wahrheit nur ein Tante-Emma-Laden war.

Levke überlegte, ob sie die Ponys zusammen mit Theodor draußen festbinden konnte.

Ihr Plan war, kurz hineinzugehen, Jasper zu sehen und sich von der Erinnerung an funkelnde Friesenküsse zu befreien.

Doch so weit kam sie gar nicht.

»Der Anbindeplatz ist nur für Hunde!«, sagte eine strenge

Frauenstimme, die Levke sofort erkannte. »Wir sind ja kein Saloon, wo jeder sein Pferd draußen lassen kann.«

»Guten Tag, Frau Hensen«, erwiderte Levke höflich. Sie hatte vor Jaspers Mutter schon immer großen Respekt gehabt. Als Kind sogar eine Heidenangst. Die energische Ladenbesitzerin stand damals buchstäblich zwischen ihr und den ersehnten Süßigkeiten, und Levke zählte fünfmal ihre paar Groschen, bevor sie sich traute, hineinzugehen und ein Viererpack Brausepulver zu kaufen.

Vielleicht, so überlegte sie jetzt, *haben wir uns überhaupt nur deshalb mit Jasper angefreundet. Er hat uns mit Leckereien versorgt, und zwar kostenlos.*

Keine der Schwestern hatte ahnen können, was eines Tages aus dieser Freundschaft werden sollte. Sie drei wurden zu einem eingeschworenen Trio, das die Abenteuer der Kindheit gemeinsam erlebte.

Anna Hensen wirkte immer noch angsteinflößend. Wahrscheinlich waren die Kinder von heute noch frecher. Aber Levke rief sich ins Gedächtnis, dass sie inzwischen erwachsen war, ein Spitzengehalt verdiente und es nicht nötig hatte, sich bei einer Ladenbesitzerin einzuschmeicheln.

»Ich dachte, das wäre kein Problem, denn die Ponys sind ja sehr klein.«

»Ist es aber! Und dich wollen wir hier auch nicht, Levke Dirks.«

Entweder verfügte Jaspers Mutter über ein fotografisches Gedächtnis, oder ihr Besuch auf Langeoog hatte sich bereits herumgesprochen. Levke tippte auf Letzteres. Neuigkeiten verbreiteten sich auf der Insel mit der Geschwindigkeit von Möwen im Sturzflug.

»Kannst gleich wieder verschwinden. Hast meinem Sohn das Herz gebrochen.«

»Dem auch noch«, murmelte Levke. Wem eigentlich nicht?

»Na, wird's bald?«

»Lass gut sein, Mutter.«

Jasper tauchte in der Ladentür auf. »Ich kann schon für mich selbst einstehen.«

Automatisch ließ Levke die Schultern fallen. Daran, dass Jasper ein Stück kleiner war als sie, hatte sich nichts geändert. Dann erinnerte sie sich daran, dass es darauf wohl nicht mehr ankam, und straffte sich wieder.

»Hallo Jasper.«

»Hallo Levke.«

Anna Hensen verschwand im Laden, nicht ohne Levke noch einen bösen Blick zuzuwerfen.

»Hab schon gehört, dass du da bist. Wie geht es dir? Bleibst du länger?«

Sie sah ihn an und versuchte, sich an ihre Gefühle von damals zu erinnern. Unendlich erleichtert stellte sie fest, dass da nichts mehr war. Keine Verliebtheit, keine Enttäuschung, nichts. Jasper war älter geworden, wie sie selbst. Seine braunen Locken waren kurz geschnitten, um die Augen zeigten sich feine Fältchen. Sie entdeckte den Ehering an seinem Finger. Dass er verheiratet war, hatte sie nicht gewusst.

»Keine Ahnung«, erwiderte sie. »Es gibt ein paar Probleme zu lösen.«

»Verstehe. Der Ferienhof läuft nicht gut.«

»Genau.«

Den Liebeskummer ihrer Schwester erwähnte Levke lieber nicht. Wahrscheinlich wusste Jasper ohnehin Bescheid.

»Warte mal kurz hier«, sagte er und verschwand im Laden.

Unwillkürlich fragte sie sich, ob er gleich mit ein paar Schaumwaffeln oder Karamellbonbons zurückkommen würde. So wie früher. Plötzliche, heftige Sehnsucht nach ihrer unbeschwerten Kindheit überfiel sie.

Aber als Jasper wiederkam, trug er drei kleine Plastikeimer und einen großen Krug, aus dem er nun Wasser in die Eimer füllte und sie den Tieren hinstellte. Theodor und die Ponys machten sich sofort darüber her. Levke bekam ein schlechtes Gewissen.

»Danke. Ich hätte selbst dran denken müssen.«

»Möchtest du auch etwas?«

Kurz befürchtete sie, er würde einen vierten Eimer hervorzaubern.

»Eine Fanta?«

Er wusste also noch, was sie am liebsten getrunken hatte.

»Nein danke. Ich muss weiter.« Ihre Stimme klang rau. Offenbar ging diese Begegnung doch nicht so ganz spurlos an ihr vorüber, wie sie gehofft hatte.

Jasper nickte, als sei damit alles gesagt. Er sammelte die Eimer wieder ein.

»Na dann, man sieht sich.«

»Tschüs.«

Die Ponys und Theodor folgten ihr bereitwillig. Alle drei waren wohl der Meinung, dass der Ausflug lange genug gedauert hatte.

Tief in Gedanken versunken schlenderte Levke nun mitten durch den Ortskern und merkte nicht, dass sie von allen Seiten angestarrt wurde.

Erst als jemand rief: »Guckt mal, die Rattenfängerin von Langeoog!«, musste sie grinsen und grüßte in alle Richtungen.

Doch sogleich verging ihr die gute Laune wieder. Erneut musste sie an Jaspers Küsse denken und daran, wie glücklich sie damals gewesen war.

Jahrelang war sie heimlich in ihn verliebt gewesen. Wann genau das begonnen hatte, wusste sie nicht mehr. Schon an jenem Abend auf dem Wasserturm, als sie den Wein getrunken hatten? Oder bei dem Segelausflug, als Silka seekrank über der Reling hing, während Levke und Jasper sie abwechselnd festhielten? Oder erst ein Jahr später bei einer Wanderung durch das Pirolatal in der Nähe des Orts? Jasper war ganz dicht neben ihr gegangen, und manchmal hatten sich ihre Hände wie zufällig berührt.

Nein, Levke konnte den genauen Zeitpunkt nicht bestimmen. Nur dass sich ihre Gefühle mit der Zeit verändert hatten, war eine unumstößliche Tatsache.

Als er sie dann endlich geküsst hatte, eines Nachts in den Dünen, war sie der glücklichste Mensch von ganz Ostfriesland – ach was, der ganzen Welt – gewesen.

In den Tagen darauf hatte sie Silka von früh bis spät von Jasper vorgeschwärmt. Wie wunderbar er sei, wie herrlich ein Friese küssen konnte, wie zärtlich er sie in seinen Armen gehalten hatte.

Dass ihre Schwester dabei immer stiller wurde, dass manchmal ein trauriger Ausdruck in ihren Augen stand und sie sich dann schnell abwandte, nahm Levke in ihrem Liebestaumel gar nicht war.

Erst Jahre später gestand sie sich ein, dass Silka womöglich genauso in Jasper verliebt gewesen war wie sie selbst. Und dass der große Verrat fast so etwas wie eine logische Folge gewesen war. Aber da lebte sie schon fern von Langeoog, und die Fronten zwischen ihnen waren verhärtet.

Nur drei Wochen hatte ihr ungetrübtes Glück damals gehalten. Dann hatte Levke ihre Schwester und Jasper dabei überrascht, wie sie sich auf der Hollywoodschaukel küssten.

Levke war an jenem Tag früher von ihrem Sommerjob in einem Eiscafé heimgekommen und hatte sich darauf gefreut, den Abend mit Jasper zu verbringen.

Eine Weile stand sie wie erstarrt auf dem Plattenweg und blickte auf die Szene, ohne wirklich zu begreifen, was sie da sah. Erst als sie dieses leise Stöhnen hörte, das Jasper auch von sich gab, wenn er *sie* küsste, sickerte die Wahrheit in ihr Bewusstsein. Sie stieß einen Schrei aus, der, wie Onkel Tjard später behauptete, fast seinen alten Freund Theodor wieder zum Leben erweckt hatte, und rannte davon.

Ab dem Moment sprach sie kein Wort mehr mit Silka und Jasper. Und sie wusste, sie würde es nicht aushalten, in deren Nähe zu bleiben. Also zog sie zu einer Freundin ans andere Ende des Ortes und bewarb sich gleichzeitig an der Hotelfachschule in Hamburg.

Schon einen Monat später verließ sie die Insel.

Als sie nun mit den Vierbeinern heimwärts ging, fragte sie sich, wer damals eigentlich wen geküsst hatte. Silka Jasper oder Jasper Silka? Und war das noch wichtig?

Der Schaden war riesig gewesen, und bis zum heutigen Tag gab es diesen tiefen Riss in ihrer Familie.

Auf einmal merkte Levke, dass ihr die Tränen kamen. Rasch wischte sie sich übers Gesicht. Das fehlte noch, dass sie nun auch noch als heulendes Elend durch die Straßen lief. Die Gerüchte würden ja gar nicht mehr verstummen!

Sie beschleunigte ihre Schritte, Anna und Elsa trippelten bereitwillig hinterher, der Bernhardiner hatte sich ohnehin wieder an die Spitze gesetzt. Die Tiere spürten die Nähe des Stalles.

Levke fragte sich, ob sie mit ihrem Ausflug etwas erreicht hatte. Nein, entschied sie. Sie war noch immer verwirrt. Einzig die Tatsache, dass Jasper keinerlei Wirkung mehr auf sie hatte, machte sie froh.

Aber zwischen Silka und ihr war noch längst nicht alles gut. Vielleicht brauchte es noch Zeit, oder es waren zu viele Jahre vergangen, um zu dem schwesterlichen Verhältnis von früher zurückzukehren.

Der Gedanke machte sie schon wieder traurig, und sie lief noch schneller.

»Hey, Pusteblume! Willst du deinen alten Herrn über den Haufen rennen?«

Ihr Vater war so plötzlich vor ihr aufgetaucht, als hätte er auf der Lauer gelegen.

Levke konnte nicht mehr rechtzeitig bremsen und lief direkt in seine Arme.

»Was machst du denn hier?«

»Ich lebe auf dieser Insel. Und ich habe dich gesucht. Silka sagt, du bist schon seit Stunden weg.«

Sie schmiegte sich an ihn. Jetzt erst hatte sie das Gefühl, wirklich zu Hause zu sein.

»Weine doch nicht, Pusteblume. Es ist ja alles gut.«

Der Spitzname, den er ihr als Kind gegeben hatte, sorgte allerdings nur für weitere Tränen.

5. Kapitel

Seit bald zehn Tagen war Levke nun schon wieder auf der Insel. Inzwischen war der Juni zur Hälfte um, und an diesem strahlenden Sonntagmorgen tummelten sich die Touristen am Strand und auf der Promenade vor dem Hauptbad.

»Ein doppelter Espresso für dich«, sagte Katharina, reichte ihr einen Becher und setzte sich zu ihr auf die lange Holzbank.

»Danke. Kann ich gebrauchen.«

»Immer noch unruhige Nächte?«

Levke kippte zwei Päckchen Zucker in ihren Kaffee.

»Manchmal schlafe ich aus reiner Erschöpfung ein, aber nach ein paar Stunden wache ich wieder auf, wälze mich im Bett herum und mache mir Sorgen. So schlimm war das nicht mal, als wir im ›Bellevue‹ letztes Jahr einen Wasserrohrbruch hatten, und zwar kurz vor einer wichtigen Ärztetagung in unserem Haus.«

Katharina nickte mitfühlend. »Du hast einfach zu viel um die Ohren.«

Sie nippte an ihrem eigenen Becher, der vermutlich koffeinfreien Cappuccino enthielt. Levke kannte sie als ausgesprochen lebhaft und ausgeruht. Wer die Woche über mit Erst- und Zweitklässlern zu tun hatte, müsse zwangsläufig tiefentspannt sein, hatte Katharina ihr mal erklärt.

Nach ihrer ersten Begegnung am Hundestrand waren sie Freundinnen geworden. Schon am nächsten Tag hatte Katharina zusammen mit ihrer elfjährigen Tochter Mila auf dem Ferienhof vorbeigeschaut. Sie habe Mila von Anna und Elsa erzählt, sagte sie, und nun gebe sie keine Ruhe, bis sie die Ponys nicht mit eigenen Augen gesehen habe.

Levke war froh über die Unterbrechung gewesen. Sie hatte an dem Vormittag zusammen mit Silka die Speisekammer ausgeräumt, wobei Lebensmittel aufgetaucht waren, die vermutlich schon abgelaufen gewesen waren, als die Badegäste noch mit der Pferdebahn über die Insel fuhren. Früher hätten sich die Schwestern über solche Entdeckungen amüsiert, aber nun arbeiteten sie schweigend und füllten einen großen Müllsack.

Silka hatte den Besuch zum Anlass genommen, sich zu verdrücken. Levke hatte Katharina auf die Terrasse gebeten, während Mila im Stall bei den Ponys blieb.

Es war wunderbar gewesen, mit einer gleichaltrigen Frau locker zu plaudern – ohne irgendwelche alten Ressentiments oder Spannungen.

Katharina hatte ihr gestanden, dass ihr eine echte Freundin fehle. Es gebe zwar eine Gruppe toller Frauen, die alle schon länger als sie selbst auf der Insel lebten, doch enge Bande hatte sie bisher nicht geknüpft. Annabel vom Ponyhof und Nella von der Inseltöpferei standen ihr noch am nächsten. Allerdings hatten beide so gut wie nie Zeit für einen Plausch.

»Ich kenne auch praktisch niemanden mehr«, hatte Levke erwidert. »Außer Annabel. Aber wer weiß, ob sie sich noch an mich erinnert.«

Von da an hatten sie sich fast täglich getroffen, und je öfter Levke mit der Lehrerin zusammen war, desto mehr schätzte sie deren ruhige Art und Einfühlungsvermögen.

»Es ist aber nicht nur die Sorge um den Hof, die dir den Schlaf raubt. Richtig?«, fragte Katharina jetzt.

Levke brummte zustimmend.

»Habt ihr nicht sogar einige neue Reservierungen reinbekommen?«

»Schon, aber längst nicht genug. Ich muss dringend eine Familienkonferenz einberufen.«

Unwillkürlich grinste sie. Manchmal hörte sie sich eben an wie eine Hotelmanagerin.

»Meine Eltern und meine Schwester werden hoffentlich einsehen, dass es viel zu ändern gibt, wenn der Hof wieder Gewinn erwirtschaften soll. Wir müssen effizienter arbeiten, attraktivere Angebote haben und uns von der Konkurrenz abheben. Dass wir jetzt auf Social Media präsent sind, reicht nicht.«

Nun grinste auch Katharina. »Man merkt schon, was du bisher gemacht hast.«

»Mhm. Ich fürchte nur …« Sie brach ab.

»Dass deine Familie nicht auf dich hört, wie es deine Angestellten in Zürich tun?«

»Ganz genau. Für sie bin ich bloß die Levke, die damals abgehauen ist. Sie haben keinen Respekt vor mir.«

Katharina legte ihr eine Hand auf den Arm. »Den werden sie schon noch bekommen. Übrigens, bin ich zu neugierig, wenn ich dich frage, was eigentlich genau passiert ist? Du hast bisher immer nur Andeutungen gemacht. Aber das verstehe ich. Wir kennen uns ja kaum.«

»Ist schon in Ordnung«, erwiderte Levke. »Man kann auch in kurzer Zeit Vertrauen fassen.«

Also erzählte sie Katharina die Geschehnisse um ihr unglückliches Liebesdreieck.

»Ihr wart noch sehr jung«, meinte Katharina vorsichtig, als sie geendet hatte.

»Willst du damit sagen, dass man in dem Alter noch nicht richtig lieben kann?«, fragte Levke verstimmt.

»Überhaupt nicht. Ich war siebzehn, als ich mich in Leo verknallt habe, und ich habe nie damit aufgehört, ihn zu lieben.«

»Seid ihr schon lange verheiratet?«

Levke hoffte, ihre neue Freundin würde ihr den leisen Neid nicht anhören.

Katharina lachte. »Nee, erst seit Ostern. Mein Leo hat zwanzig Jahre gebraucht, bis er endlich begriffen hat, dass er mich besser heiraten sollte, wenn er mich und Mila nicht verlieren will. Er war der Meinung, als Kunstmaler genösse er Narrenfreiheit. Ich bin mit unserer Tochter letztes Jahr zur Kur nach Langeoog gekommen, und dank verschiedener Ereignisse bin ich geblieben und habe die Anstellung an der kleinen Inselschule bekommen. Leo, der bis dahin daran gewöhnt gewesen war, dass wir in Köln in der Nähe lebten, hatte keine Wahl. Er ist schließlich nachgekommen. Und dann brach auch noch das Hochzeitsfieber aus.«

Levke hob nur fragend die Augenbrauen, und Katharina erzählte weiter: »Im Herbst gab es eine dreifache Vermählung. Annabel und Riccardo, Nella und ihr Jack und schließlich auch Sara von der Strandbar und ihr Benedikt. Die einzigen aus der Freundesgruppe, die bis dahin schon verheiratet gewesen waren, waren Sophie vom Eiscafé und Matteo. Riccardo und Matteo sind übrigens Brüder, und anfangs gab es einige Missverständnisse ...«

»Gnade!«, flehte Levke. »Ich komme nicht mehr mit.«

Wieder lachte Katharina. »Ging mir letztes Jahr ganz genauso. Du wirst sicherlich bald alle kennenlernen. Samstags trifft sich die ganze Truppe in Saras Strandbar. Die liegt ganz in der Nähe von Paulines Strandkorbvermietung.«

»Pauline!«, stieß Levke aus. »Die hasst mich!«

Sie erzählte Katharina, was die alte Frau ihr vorgeworfen hatte.

»Ach ja«, meinte die Lehrerin. »Märta hat neulich auch so etwas behauptet. Ich fand das ziemlich gemein.«

»Danke«, sagte Levke inbrünstig.

Es tat gut, eine Freundin auf ihrer Seite zu wissen. »Alle reden bloß davon, wie traurig meine Familie war, aber wie es mir ging, interessiert keinen.«

»Und dieser Vorfall mit dem Kuss war der einzige Grund, aus dem du weggegangen bist?«, fragte Katharina.

Levke fühlte sich ertappt. Um Zeit zu gewinnen, trank sie den letzten Tropfen Espresso.

»Nein«, gestand sie dann. »Mir war das Leben auf Langeoog schon seit einer Weile zu eng und zu provinziell gewesen. Die Vorstellung, ein Leben lang auf dieser kleinen Insel zu verbringen, gefiel mir überhaupt nicht. Ich träumte davon, hinaus in die Welt zu gehen.«

Das hatte sie noch niemandem erzählt, aber Katharina hatte eine ehrliche Antwort verdient.

»Als ich dann aber mit Jasper zusammenkam, musste ich neu darüber nachdenken. Ich wusste, er würde niemals fortgehen. Schon als Kind hatte er gesagt, er werde eines Tages das Geschäft seiner Eltern übernehmen.«

»Da hast du in einer schönen Zwickmühle gesteckt.«

»Mhm.«

»Und das Kuss-Drama hat dich daraus erlöst.«

Levke schwieg. Sie hatte es sich noch nie eingestanden, aber tatsächlich hatte sie damals neben all dem Kummer auch so etwas wie Erleichterung verspürt. Es war aber einfacher gewesen, sich der tiefen Verzweiflung hinzugeben und alle Schuld Silka in die Schuhe zu schieben.

Auch Katharina sagte nichts mehr, aber sie lächelte ihr freundschaftlich zu.

Schließlich stand Levke auf. »Ich muss zurück. Heute Mittag sind alle aus der Familie ausnahmsweise da. Ich sollte die Gelegenheit nutzen.«

Katharina erhob sich ebenfalls und umarmte sie kurz. »Viel Glück. Du wirst sie bestimmt überzeugen.«

»Danke.«

Levke war sich da keineswegs so sicher, aber als sie über die Dünen zurück zum Ferienhof ging, hatte sie zumindest neue Energie getankt. Wie viel es doch ausmachte, wenn wenigstens ein Mensch an einen glaubte!

Ohne Katharina hätte sie sich schrecklich einsam gefühlt. Einsamer sogar als in Zürich.

Sie fühlte sich wie eine Fremde in der eigenen Familie, und ihr war klar, dass sie nach all den Jahren auch genau das war. Bestenfalls eine entfernte Verwandte, die zu Besuch war und bald wieder abreisen würde.

Nun, abreisen würde sie mit Sicherheit, doch vorher hatte sie noch eine Aufgabe zu erledigen.

Am besten verstand sie sich noch mit ihrem Vater, aber Ubbo suchte meistens das Weite. Er behauptete, er könne die schlechte Stimmung zwischen seinen Töchtern nicht aushalten, aber in Wahrheit wollte er sich wohl nicht der Tatsache stellen, dass seine Frau sich noch weniger auf dem Ferienhof aufhielt als er selbst.

Selbst Großonkel Tjard, der früher bei den Gästen beliebt gewesen war, weil er so wundervolles Seemannsgarn spinnen konnte, war grantig geworden und kriegte kaum ein »Moin« zwischen den Zähnen herausgepresst.

Levke stieß ein langes Seufzen aus. Sie war fest entschlossen, heute Mittag einen Durchbruch zu erzielen. Sie würde sogar extra für die Familie kochen und hoffte, damit alle friedlich zu stimmen.

»Wat zum Düvel soll dat sein?«, fragte Tjard. »Wat soll ich mit diesem Krümel?« Er betrachte den Weißbrotwürfel an seiner langen Gabel.

»Den tauchst du jetzt in den geschmolzenen Käse«, erklärte Levke geduldig. »Und dann drehst du die Gabel.«

Sie hatte gedacht, wenn sie die Familie mit einem echten Schweizer Käsefondue überraschte, wäre die Stimmung von Anfang an gelockert.

Irrtum.

Tjard warf das Weißbrotstück samt Gabel in den Fonduetopf aus Steingut, verschränkte die Arme vor der Brust und blickte streitlustig in die Runde.

»Wat de Buer nich kennt, dat frett he nich.«

Levke übte sich in Geduld. »Du warst kein Bauer, sondern Maurer.«

»Gilt auch für die.«

Tjard kratzte sich am Kopf. Seit Levke ihn zum letzten Mal gesehen hatte, war er merklich kahler geworden. Er trug seine inzwischen schlohweißen Haare hinten zu einem dünnen Pferdeschwanz gebunden, während ihm vorn kaum noch etwas geblieben war.

Glatzenhila, dachte sie ein klein bisschen böse. Vorn Glatze, hinten lang.

Hilfe suchend sah sie über den Küchentisch hinweg zu ihrer Mutter. Doch Gunda hatte offenbar nicht zugehört. Wie so oft schien sie gar nicht richtig anwesend zu sein. Ihr Blick war nach innen gerichtet, ein feines Lächeln lag auf ihren Lippen. Im Gegensatz zu Tjard wirkte sie jünger als bei Levkes letztem Besuch. Zwar war ihr Haar grau geworden, aber sie wirkte gepflegt und viel weniger erschöpft als früher.

Kein Wunder, überlegte Levke. *Sie tut ja auch nichts mehr. Schläft aus und verschwindet dann.*

Ihr wurde bewusst, dass sie ziemlich sauer auf ihre Familie war, außer auf ihren Vater. Aber so kam sie nicht weiter. Also zwang sie sich, freundlich zu bleiben.

»Probier doch erst mal, Tjard. Hier, ich gebe dir eine neue Gabel.«

Gleichzeitig fischte sie mit einer Zange die im Käse schwimmende Fonduegabel heraus und legte sie auf einen Teller.

Tjard verzog das faltige Gesicht zu einer Grimasse. »Wann gibt es endlich was Richtiges zu essen? Ich will Aal in Aspik, gebratene Makrele mit Butter und weißes Ragout von Seezunge mit Kapernsoße.«

»Sei nicht so undankbar«, rügte ihn Ubbo. »Unsere Levke will uns eine Freude machen.«

Dummerweise leckte er sich unbewusst über die Lippen, bevor er sprach.

»Muscheleintopf wäre auch lecker«, bemerkte Silka.

»Am Hafen gab es heute fangfrische Schollen«, warf Gunda ein. Diesmal hatte sie offenbar genau zugehört. »Ich hätte ja welche mitgebracht ...« Sie ließ den Rest des Satzes ungesagt, aber natürlich richteten sich nun alle Blicke auf Levke.

»Danke, Mama«, murmelte sie.

»Ich meine es nur gut, meine Große. Du weißt doch, dass wir in Essensdingen recht traditionell eingestellt sind.«

»Aal«, sagte Tjard und rieb sich den flachen Bauch. Er konnte Unmengen Essen in sich reinschlingen, war aber sein Leben lang dünn wie ein Stock geblieben.

»Ihr solltet mal euren Horizont erweitern«, schlug Levke vor.

»Und dabei die Familie im Stich lassen?«, fragte Silka mit unschuldiger Miene.

»Makrele«, sagte Tjard.

»Es ist nur ein Käsefondue.«

»Mir schmeckt's«, behauptete Ubbo und rieb sich unauffällig den Mundwinkel, wo er sich mit seiner Gabel gestochen hatte.

»Seezunge«, sagte Tjard.

»Halt die Klappe!«

Erstaunt sah Levke sich um. Sie hatten alle zusammen gerufen, und nun grinsten sie einander an. Bloß der Großonkel blieb unbeeindruckt.

»Muscheleintopf. Scholle.«

Ubbo brach in dröhnendes Gelächter aus, Gunda stimmte hinter vorgehaltener Hand mit ein, Silka kicherte, und auch Levke glckste vor sich hin.

Okay, dachte sie. *So war das nicht beabsichtigt, aber wenigstens sind wir uns jetzt mal einig.*

»Wenn's hier nichts Vernünftiges zu futtern gibt, dann gehe ich zu Pauline. Die hat bestimmt ein paar Krabben für mich.«

»Pauline Fischer?«, fragte Gunda überrascht. »Seit wann seid ihr befreundet? Ihr könnt euch doch seit fünfzig Jahren nicht ausstehen.«

»Menschen ändern sich«, behauptete Tjard, rückte geräuschvoll mit seinem Stuhl zurück und stand auf.

»Normale Menschen«, merkte Silka an. »Aber du nicht.«

»Wann bist du so frech geworden, Deern?«

Er wartete die Antwort nicht ab, sondern verschwand, nachdem er einen letzten angeekelten Blick auf den flüssigen Käse im Topf geworfen hatte. Sein Rücken war krummer als früher. Ob es am Alter oder an der Enttäuschung über das ungewohnte Essen lag, wusste Levke nicht.

Eine Weile blieb es still in der Küche. Levke stützte die Ellenbogen auf dem alten Holztisch auf, an dem sie schon ihre Schularbeiten erledigt hatte, und ließ ihren Blick über die Keramikspüle, den Gasherd und die Anrichte schweifen, die noch von ihrer Großmutter stammte. Hier hatte sich wenigstens nichts verändert, und sie verspürte ein schüchternes Heimatgefühl. Gleichzeitig wurde ihr etwas klar.

»Käsefondue passt nicht hierher«, sagte sie.

Zunächst antwortete niemand, aber schließlich meinte

Silka: »Von gestern ist noch eine Schüssel Hering in Sahnesoße übrig.«

»Und ich habe heute Morgen beim Bäcker ein großes Schwarzbrot geholt«, warf Gunda ein.

»Gibt es auch Mettwurst?«, fragte Ubbo.

»Natürlich«, sagte Silka. »Die haben wir immer. Und Käse müsste auch noch da sein. Holsteiner Tilsiter. Nichts für ungut, Levke, aber dieses geschmolzene Zeug schmeckt irgendwie nach nichts.«

»Ist schon in Ordnung.«

Sie löschte die Gasflamme im Rechaud und räumte dann den Keramiktopf ab, während Gunda und Silka den Tisch mit Brot, Hering, Wurst und Käse deckten.

Alle aßen mit großem Appetit, und auch Levke musste zugeben, dass es ihr schmeckte.

»Jetzt wird Tjard sich aber ärgern«, sagte Gunda zwischen zwei Bissen.

»Was läuft da eigentlich zwischen ihm und Pauline?«, wollte Levke wissen.

Ihr war klar, dass sie endlich ansprechen sollte, was ihr auf dem Herzen lag, aber noch versuchte sie, Zeit zu gewinnen. »Als ich angekommen bin, ist sie hier aufgetaucht und hat ziemlich auf ihn geschimpft. Weißt du noch, Silka?«

»Jo.« Ihre Schwester erwähnte nicht, dass die alte Frau auch Levke niedergemacht hatte, und dafür war sie ihr dankbar.

»Kennt ihr die Geschichte nicht?«, fragte Gunda.

Levke und Silka schüttelten den Kopf, während Ubbo wissend grinste.

»Also«, begann Gunda. »Als junge Frau hat Pauline es

ordentlich krachen lassen. Sie war hübsch, hatte eine ganze Reihe Verehrer und nahm es mit der Treue nicht so genau.«

»Unglaublich«, murmelte Levke. Sie konnte die alte streitlustige Strandkorbvermieterin nicht mit einer jungen begehrten Schönheit in Verbindung bringen.

»Tjard war einer von den Männern, die ihr Herz an sie verloren«, fuhr Gunda fort. »Er tat so, als sei er ein Freigeist, weil die Zeit es damals erforderte, aber in Wahrheit wollte er heiraten und Kinder in die Welt setzen. Dummerweise dachte Pauline gar nicht daran, sich an einen einzigen Mann zu binden, der zudem auch noch ein Grünschnabel war. Sie heiratete überhaupt nicht, und auch Tjard blieb allein. Das hat er ihr irgendwie übel genommen. Angeblich hatte Pauline ihn für alle anderen Frauen verdorben. Weil er sie nicht haben konnte, wollte er auch keine andere. Wann immer er auf sie traf, beschimpfte er sie. Und so verwandelte sich Liebe in gegenseitige Abneigung, und das ist bis heute so geblieben.«

»Und trotzdem will er bei ihr Krabben essen«, bemerkte Levke nachdenklich.

Gunda zuckte mit den Schultern. »Vielleicht werden die zwei auf ihre alten Tage ja doch noch Freunde.«

Levke hatte da einen anderen Verdacht, aber sie schwieg lieber. Sie war noch nicht lange genug wieder auf Langeoog, um da wirklich durchzublicken. Außerdem gab es Wichtigeres zu besprechen. Sie konnte und wollte sich nicht länger davor drücken.

6. Kapitel

Zum Nachtisch fand sich im Kühlschrank noch eine Schale rote Grütze, die Silka zubereitet hatte. Levke schlug frische Sahne dazu, und alle ließen es sich noch einmal schmecken.

»Ihr Mädchen kümmert euch um den Abwasch«, entschied Gunda. »Ich habe noch was vor.«

»Warte mal!« Bis zum letzten Moment hatte Levke gezögert, aber nun stand sie auf und hob die Hand.

»Ich muss euch was sagen.«

Gunda blickte auf das Display ihres Smartphones. »Hat das nicht Zeit? Ich bin schon spät dran. Die Fondue-Geschichte hat den Abend in die Länge gezogen.«

»Wo musst du denn so dringend hin?«, wollte Ubbo wissen.

»Das geht dich gar nichts an.«

»Seit wann? Ich bin immer noch dein Mann.«

»Stimmt. Noch!«

»Was willst du damit sagen?« Seine Stimme klang wie Donnergrollen, aber darunter war ein tiefer Schmerz zu hören.

»Du fragst zu viel.«

Silka warf Levke einen Blick zu, der wohl besagen sollte: Da siehst du mal, was ich hier ständig miterleben muss.

Levke schlug mit der flachen Hand auf den Tisch. Alle zuckten zusammen, auch sie selbst. Ganz so fest hatte sie nicht zuschlagen wollen. Ihre Handfläche brannte. Aber wenigstens erzielte sie die erwünschte Wirkung. Ihre Eltern schauten sie stumm an, in Silkas Augen lag so etwas wie Bewunderung.

»Niemand verlässt die Küche, bis wir nicht einiges geklärt haben«, sagte Levke streng.

»Und wenn doch?«, fragte Gunda spitz. »Willst du uns dann eins mit der Pricke überziehen?«

Levke schaute zu dem alten hölzernen Gerät hinüber, das an der Küchenwand hing. Es ähnelte einer Harke mit Widerhaken an der Querstange. Tjard hatte erzählt, ihre Vorfahren hätten damit bei Ebbe im Watt auf die Fische eingeschlagen, die es nicht zurück aufs offene Meer geschafft hatten. Eine anstrengende, aber schnelle Fangmethode.

»Keine schlechte Idee«, sagte sie.

»Du bist ja völlig durchgeknallt!« Gunda schaute ihren Mann an. »Sag du doch auch mal was, Ubbo! So kann unsere Tochter nicht mit uns umgehen. Ich habe eine wichtige Verabredung und …«

»Mit wem? Deinem Liebhaber?«

Gunda erkannte wohl, dass sie von dieser Seite keine Hilfe erwarten konnte, also wandte sie sich an Silka.

»Hast du nicht gesagt, du wolltest heute Abend noch ausgehen?«

»Das hat keine Eile. Ich möchte lieber hören, was Levke zu sagen hat. Immerhin ist sie hier, um den Hof vor dem Ruin zu retten.«

»Wozu? Wir können ihn verkaufen, und dann machen wir uns ein schönes Leben.«

»Ein schönes Leben?«, fragte Ubbo, wieder mit diesem Donnergrollen in der Stimme. »Wo denn? Willst du am Strand zelten? Ist dir nicht klar, dass wir auch unser Heim verlieren würden?«

»Und wenn schon. Ich habe daran gedacht, ein Wohnmobil zu kaufen, und um die Welt zu reisen.«

»Mit wem?«

»Fängst du schon wieder an!«

Levke sah erneut zu der Pricke. So langsam geriet sie in Versuchung.

»Mir reicht es mit euch beiden!«, rief auf einmal Silka. »Entweder hört ihr jetzt Levke zu, oder ich verschwinde und komme nicht wieder.«

»Pfft!«, machte Gunda, schwieg dann aber. Offenbar hatte sie erkannt, dass sie die ganze Familie gegen sich aufbringen würde, wenn sie so weitermachte.

Levke holte tief Luft.

»Wenn wir den Kurs nicht wechseln, wird es bald nichts mehr geben, was wir verkaufen können.« Nur ihr selbst fiel auf, dass sie die Seemannssprache bemüht hatte. »Dann sind wir nämlich bankrott, und die Bank kassiert unseren Ferienhof ein.«

Plötzlich war es still in der Küche. Das einzige Geräusch kam von draußen, wo Theodor winselte, weil er hereingelassen werden wollte.

Dann redeten alle durcheinander.

»Male nich den Düvel an die Wand«, sagte Ubbo.

»Findest du nicht, dass du ein bisschen übertreibst?«, fragte Silka.

»Du bist ja verrückt!«, wiederholte Gunda.

Levke erkannte, dass ihre Mutter ihr den größten Wider-stand entgegenbrachte. Was nicht weiter verwunderlich war. Im Geiste sah sie Gunda bereits im bunten VW-Bulli durch die Weltgeschichte fahren.

»Nein, Mama. Ich bin sehr klar im Kopf.«

»Das sehe ich anders. Du denkst, unser kleiner Ferienhof muss so viel Gewinn abwerfen wie dein Luxushotel in der Schweiz, aber uns reichen seit dreißig Jahren unsere Einnah-men.«

Levke übte sich in Geduld. »Wann hast du das letzte Mal in die Bücher geschaut?«

Gunda presste ihre Lippen aufeinander, was Antwort ge-nug war.

»Die Einkünfte waren einmal gut«, fuhr Levke fort, »aber das ist lange vorbei. Ich war am Freitag bei Carl Sievers, und was ich da gesehen habe, hat meine schlimmsten Befürchtun-gen noch übertroffen.«

Carl Sievers erledigte die Buchhaltung für eine ganze Reihe Ferienhöfe und Pensionen. Er hatte mit Levke Klartext ge-redet, und sie wusste, das musste sie mit ihrer Familie nun auch tun. Sie hielt den Blick ihrer Mutter fest.

»In den guten Jahren, als euer Haus von Mai bis September ausgebucht war und als ihr auch im Winter einige Feriengäste hattet, da lief es ganz ordentlich. Aber euch sind die Gäste davongelaufen, während gleichzeitig die Ausgaben explodiert sind. Hast du eine Ahnung, was Gas und Strom inzwischen kosten?«

Gunda zuckte nur mit den Schultern. »Wenn's schwierig wird, besorgen wir uns eine Hypothek.«

»Eine dritte?«

»Wieso dritte?« Gunda schaute überrascht ihren Mann an. »Hast du etwa ohne mein Wissen eine zweite Hypothek aufgenommen?«

»So ist es«, erwiderte er ruhig. »Und zwar schon letzten Herbst. Ich wollte mit dir darüber reden, aber du hattest es eilig, zu deinem Liebhaber zu kommen.«

»Können wir den mal aus dem Spiel lassen?«

»Du gibst also zu, dass du einen hast.«

»Hört auf, oder ich nehme wirklich die Pricke!«

Ihre Eltern verstummten, Silka kicherte.

Levke sprach weiter: »Carl Sievers hat sich klar ausgedrückt: Entweder erwirtschaften wir diesen Sommer einen ordentlichen Gewinn, oder wir können für immer schließen. Und für diesen Gewinn brauchen wir eine herausragende Saison. Nicht bloß eine gute. Ich kenne mich mit Buchhaltung aus, schließlich bin ich in Zürich auch dafür verantwortlich. Und ich muss euch sagen, Carl Sievers hat eher noch untertrieben, wahrscheinlich aus alter Freundschaft zu euch. Meiner Meinung nach wird es selbst mit einer hervorragenden Saison schwierig für uns.«

Als sie die Furcht in den Augen ihres Vater sah, bedauerte sie ihre harten Worte, aber ihre Mutter war immer noch nicht überzeugt.

»Der Sievers ist ein oller Erbsenzähler, und du bist auch nicht besser.«

»Was ist nur mit dir passiert?«, fragte Levke schockiert. »Früher warst du ein verantwortungsbewusster Mensch.«

»Ich bin lieber eine Frau, die sich selbst findet, als Putzfrau und Dienstmädchen.«

»Das hier war unser gemeinsamer Traum«, sagte Ubbo zu

Gunda. »Weißt du es nicht mehr? Als mein Vater den Fischfang aufgegeben hat, weil er nicht mehr rentabel war, haben wir beschlossen, einen kleinen Ferienhof aufzubauen. Du warst genauso begeistert wie ich, denn es bedeutete, dass keiner von uns Arbeit auf dem Festland suchen musste. Wir konnten immer zusammen sein und hier unsere Kinder großziehen.«

Einen Augenblick lang sah es aus, als knicke Gunda ein. Ihr Blick bekam etwas Träumerisches, und sie betrachtete nachdenklich ihr Töchter.

»Es war ein guter Plan«, murmelte sie. Doch dann fügte sie mit fester Stimme hinzu: »Aber auch eine elende Schufterei. Ich musste von früh bis spät die Gäste bedienen und nebenbei den Haushalt versorgen und zwei Kinder betreuen.«

»Tja, und ich habe hier geholfen und außerdem als Schlosser und Tischler jeden Job angenommen, den ich auf der Insel bekommen habe. Übrigens auch im Winter, wenn du viel Zeit für dich selbst hattest. Und sämtliche Reparaturen am Haus habe ich ebenfalls erledigt.«

Levke hörte nur mit halbem Ohr zu. Sie dachte daran, dass ihr Vater ein begnadeter Handwerker war, und ihr kam eine Idee.

»Ich musste mich um Tjard kümmern«, hielt Gunda dagegen. »Der hat sich hier aufgeführt wie der Gott Poseidon höchstpersönlich.«

»Rede keinen Unsinn. Mein Onkel war stets ein bescheidener Mensch, der niemandem zur Last fallen wollte. Dass er hier wohnen blieb, war sein gutes Recht. Schließlich gehörte ihm der Hof zur Hälfte.«

»Ohne Onkel Tjard wären wir echt sehr viel allein gewesen«, warf Silka ein. »Er war für uns da, wenn ihr beide keine Zeit hattet.«

Gunda zog ihre Stirn in Falten. »Vor allem hat er euch mit seinen Schauergeschichten zu Tode erschreckt.«

Levke überlegte, ob sie noch einmal mit der Hand auf den Tisch schlagen sollte. Das Gespräch driftete schon wieder in eine völlig falsche Richtung ab. Aber sie räusperte sich nur kräftig und sagte mit lauter Stimme: »Das ist alles Vergangenheit. Mama, Papa, ihr habt beide euer Bestes gegeben, und Silka und ich hatten eine schöne Kindheit. Jetzt aber müssen wir alle zusammenarbeiten, wenn es weitergehen soll.«

»Ja, wenn«, entgegnete Gunda.

»Siehe es doch mal so, Mama. Falls wir den Hof nicht in Schwung kriegen, gibt es nichts, was wir verkaufen können. Für ein Wohnmobil reicht es dann ganz bestimmt nicht.«

Ubbo wollte protestieren, aber Levke brachte ihn mit einem Blick zum Schweigen. Zum Glück verstand er. Zunächst einmal ging es darum, sich über Wasser zu halten. Alle weiteren Pläne konnten im Herbst neu besprochen werden.

»Levke hat recht«, sagte Silka. »Und ein Wohnmobil mit Dusche und Toilette ist ziemlich teuer.«

Sie zwinkerte Levke zu. Beide Schwestern wussten, wie viel Wert ihre Mutter auf tägliche Hygiene legte. Als vor Jahren einmal das Wasser auf Langeoog knapp geworden war, war sie jeden Morgen zum Strand gelaufen und hatte im Meer gebadet.

Endlich gab Gunda ihren Widerstand auf. »Also gut. Ich bin bereit, diese Saison noch mitzumachen. Danach sehen wir weiter. Was ist mit dir, Levke?«

»Was soll mit mir sein?«

»Du kannst hier nicht die großen Reden schwingen und dann einfach wieder abreisen.«

»Ich habe Urlaub bis Ende des Monats.«

Gunda legte den Kopf schief. »Das reicht nicht. Du musst den ganzen Sommer bleiben.«

Im Grunde wusste sie das selbst, hatte aber keine Ahnung, wie sie das bewerkstelligen sollte. Sie konnte unmöglich drei Monate fortbleiben.

Ubbo kam ihr zur Hilfe. »Lasst uns doch erst mal überhaupt anfangen. Na, Pusteblume? Ich wette, du hast schon einen gut durchdachten Plan.«

Ihr Vater kannte sie eben am besten. Levke nahm ihr Smartphone zur Hand und tat, als lese sie eine Liste, obwohl sie alles im Kopf hatte. Um ihre Mutter gnädig zu stimmen, fing sie bei sich selbst an.

»Ich werde Zimmermädchen. Damals in Zürich bin ich durch eine harte Schule gegangen, aber ich habe viel gelernt.«

Gunda fixierte sie. »Willst du damit sagen, ich arbeite schlampig?«

Levke schwieg, und auch Silka und Ubbo sagten nichts. Was sie dachten, war ihnen aber klar anzusehen.

»Mein Rücken macht mir zu schaffen«, behauptete Gunda.

Levke nickte. »Verstehe. Deswegen übernehme ich vorerst diese Arbeit.«

Ihre Mutter war nicht überzeugt. »Die Frage ist, ob die Zimmer dann jemals fertig werden, so perfekt wie für dich immer alles sein muss.«

»Das kriege ich schon irgendwie hin«, erwiderte sie, wusste aber selbst, dass dies wahrscheinlich ihre größte Hürde sein würde.

»Ich werde mich bessern«, versprach sie. »Außerdem tut es mir gut, mich körperlich zu betätigen. In Zürich sitze ich viel zu viel am Schreibtisch.«

Das stimmte. Manchmal fehlten ihr die Zeiten, an denen sie selbst mit angepackt hatte. Aber eine Managerin, die ein Bad putzte, gab eindeutig ein falsches Bild ab.

»Ich kann dir vor der Arbeit helfen«, bot Silka an.

»Danke. Wenn wir voll ausgebucht sind, komme ich darauf zurück. Du, Mama, solltest dich ganz auf das Frühstück konzentrieren.«

Levke wusste, dass ihre Mutter tatsächlich gern Kaffee kochte und Aufschnittplatten herrichtete. Dabei nutzte sie jede Gelegenheit, mit den Urlaubern zu plaudern.

»In Ordnung.«

»Aber du darfst dich nicht festquatschen.«

»Ein freundlicher Plausch hat noch niemandem geschadet. Die Gäste sollen sich bei uns wie zu Hause fühlen. Dann kommen sie im nächsten Jahr wieder.«

»Okay, aber die anderen dürfen nicht darunter leiden, wenn der Kaffee kalt und der Brötchenkorb leer ist oder die Eier zu hart gekocht sind.«

»Aye, aye, Frau Kapitänin!«, rief Gunda spöttisch aus.

»Und was kann ich tun?«, fragte Ubbo schnell.

Er wollte wohl verhindern, dass Frau und Tochter erneut aneinandergerieten.

Dankbar lächelte Levke ihm zu. »Reparaturen am Haus können wir jetzt mitten in der Saison nicht durchführen, aber der Garten könnte deine Pflege brauchen.«

»Ich kümmere mich gleich morgen drum. Tut mir leid, dass ich nachlässig geworden bin, aber mir fehlte zuletzt der rechte Schwung.« Er sah dabei seine Frau an, die den Blick aber nicht erwiderte.

»Schon in Ordnung«, sagte Levke. »Und danach könntest du etwas bauen.«

»Alles, was du brauchst, Pusteblume.« Und er meinte es so. Es gab nichts, was Ubbo Dirks nicht mit seinen Händen erschaffen konnte.

»Einen Ponywagen.«

Er hob die Brauen, während Silka fragte: »Wozu das denn?«

»Wir könnten für die Kinder unserer Gäste kurze Ausfahrten anbieten. Mit Anna und Elsa.«

Freizeitaktivitäten standen zwar nicht ganz oben auf ihrer Liste, aber sie wollte unbedingt, dass ihr Vater sich gebraucht fühlte.

Ihre Schwester schüttelte den Kopf. »Das schaffen sie nicht. Sie sind viel zu klein.«

»Es soll ja auch kein großer Wagen werden. Nur so, dass eine von uns als Kutscherin und zwei, maximal drei Kinder draufpassen.«

Ihr Vater saß eine Weile schweigend da, bis er schließlich meinte: »Das lässt sich machen. Ich nehme Annabels Wagen als Vorlage und mache ihn ungefähr ein Drittel so groß. Nur die Reifen behalten ihre Originalgröße, damit er sich leichter ziehen lässt.«

Silka war noch nicht überzeugt. »Woher willst du wissen, dass die Ponys da mitmachen?«

»Das weiß ich noch nicht«, gab Levke zu. »Aber ich will Annabel fragen, ob sie mir hilft.«

»Möglich, dass Anna und Elsa erst eingefahren werden müssen«, meinte Ubbo fachmännisch. »Du kannst bestimmt auf Annabel zählen. Hier auf Langeoog gehen wir uns immer noch gegenseitig zur Hand. Erst letzte Woche habe ich den Zaun an ihrem Reitplatz repariert.«

Levke hakte zufrieden diesen Punkt ab. »Das reicht natürlich noch nicht. Wir brauchen mehr attraktive Angebote.«

»Ich könnte interessierte Gäste zur Bernsteinsuche mitnehmen«, schlug Ubbo vor.

Levke sah ihn überrascht an. Die Suche nach dem Schmuckstein gehörte zu den Lieblingsbeschäftigungen ihres Vaters. Seit sie denken konnte, hatte er dabei allein sein wollen. Oft war er am Abend losgezogen, ausgerüstet mit einer UV-Lampe und einer Schutzbrille. Dazu trug er Wathosen, Gummistiefel und hatte einen Kescher geschultert. Seine Funde waren legendär, und ein Schmuckdesigner in Hamburg war sein bester Kunde.

Wenn er nun bereit war, diese Leidenschaft mit Feriengästen zu teilen, bewies er, wie viel ihm am Überleben des Ferienhofs lag.

»Das wäre wunderbar«, entgegnete sie.

»Ich könnte Leute zum Dünensingen mitnehmen«, bot Silka an, die offensichtlich nicht hintanstehen wollte.

»Da gehst du noch hin?«, fragte Levke verblüfft.

»Klar. Macht Spaß. Solltest du auch mal wieder versuchen.«

Levke hielt sich selbst für extrem unmusikalisch, genauso wie ihre Schwester übrigens, daher zuckte sie nur kurz mit den Schultern.

»Und ich erzähle Geschichten«, erklang von der Tür her Tjards Stimme.

Keiner hatte bemerkt, dass er zurückgekommen war. Das

war so eine Spezialität von ihm. Einfach wie aus dem Nichts auftauchen. Alle wandten sich zu ihm um.

»Wieso bist du schon wieder hier?«, fragte Gunda. »Hat Pauline dir einen Strandkorb an den Kopp geworfen?«

»Wäre für sie eine Kleinigkeit«, sagte er voller Bewunderung in der Stimme und schien es wirklich ernst zu meinen.

Dann ging er zum Kühlschrank, entdeckte die Reste des Abendessens und stellte sie auf den Tisch. »Kiek an, kaum war ich weg, gab's was Feines zu futtern.«

Hinter ihm war Theodor hereingeschlüpft und versteckte sich jetzt unter dem Tisch, damit er bloß nicht wieder rausgeworfen wurde.

Tjard fand auch noch ein paar übrig gebliebene Scheiben Brot und machte sich hungrig über Hering, Mettwurst und Tilsiter her. Sein Blick ging zur Spüle, und er entdeckte die leere Glasschüssel, an der noch ein paar rote Flecken klebten. »Wieso habt ihr die ganze rote Grütze aufgegessen?«

Niemand reagierte.

Tjard nahm es hin und mampfte noch eine Weile weiter, bevor er wiederholte: »Ich erzähle Geschichten.«

»Bloß nicht!«, stieß Gunda aus. »Damit vergraulst du uns nur die Gäste.«

»Dumm Tüch!«

Dummes Zeug. Levke lächelte in sich hinein. Sie hatte nicht gewusst, wie sehr ihr das Plattdeutsche gefehlt hatte.

»Ein bisschen Grusel schadet nicht. Wir veranstalten einmal in der Woche abends ein Picknick am Strand, und wenn es dunkel wird, erzähle ich von Geisterschiffen, Sturmfluten und Meeresungeheuern. Bloß nicht an sonnigen Tagen. Da habe ich was anderes vor.«

»Was denn?«, fragte Silka sofort. »Was machst du neuerdings, wenn die Sonne am blauen Himmel untergeht?«

»Ist meine Sache«, brummte Tjard knapp. »Und auf den Dünenfriedhof kann ich mit den Leuten auch gehen. Was meint ihr, wie die sich freuen, wenn sie plötzlich die Stimme von Lale Andersen aus ihrem Grab aufsteigen hören.«

Die berühmte Sängerin hatte Langeoog zu ihrer Insel des Lebens erkoren, und war dort begraben. Zu Füßen des Wasserturms erinnerte außerdem eine Bronzestatue an sie.

Levke summte unbewusst »Lili Marleen« und hörte erst auf, als Silka sie anstieß.

»Das geht zu weit«, sagte ihre Schwester zu Tjard. »Wenn du das machst, kriegst du noch eine Anzeige wegen Störung der Totenruhe an den Hals.«

»Quatsch. Der Lale würde das gefallen. Die war immer für einen guten Scherz zu haben.«

Silka grinste. »Du tust ja so, als wärt ihr dicke Freunde gewesen.«

»Was weißt du schon, du Küken.«

Levke sah von einem zum anderen. Diese Leute waren keine professionellen Mitarbeiter. Dies hier war ihre Familie, die sich leicht ablenken ließ, und sie war es leid, ständig alle an das eigentliche Thema zu erinnern.

»Ich denke, für heute haben wir genug besprochen.«

Ein Anfang war ja immerhin geschafft. Sie schnappte sich eine Scheibe Wurst und ließ sie unter den Tisch fallen, wo Theodor zusammengequetscht ausharrte. Sie fand, sie konnte jeden Verbündeten brauchen, auch einen vierbeinigen.

7. Kapitel

Am nächsten Morgen stand Levke besonders früh auf. Sie wollte mit gutem Beispiel vorangehen und ihrer Familie vormachen, wie wichtig es war, dass sie alle großen Einsatz zeigten. Weil die Gäste noch schliefen, putzte sie zunächst gründlich das Frühstückszimmer und die Stube, in der an regnerischen Nachmittagen echter Ostfriesentee serviert wurde. Dort gab es Bücher und Brettspiele, eine alte Stereoanlage und ein Radio. Nur keinen Fernseher. Ubbo war der Meinung, die Leute sollten sich miteinander unterhalten und nicht auf eine Mattscheibe starren. Auch die Zimmer verfügten nicht über TVs, was schon zu einigen Beschwerden geführt hatte. Dies war allerdings eine reine Kostenfrage.

In Gedanken setzte Levke die Anschaffung von genügend Geräten auf ihre Liste.

Sie schrubbte die Spüle und überlegte, ob sie sich auch das Küchenfenster vornehmen sollte. Es ging zum Vorgarten hinaus und hatte eine Reinigung dringend nötig. Durch die verschmierte Scheibe konnte sie nur unscharf bis zum Fußweg schauen.

Was sie sah, ließ ihr den Atem stocken.

Ihre Mutter kam herein und gähnte herzhaft.

»Du bist ja schon fleißig.«

Es klang beinahe vorwurfsvoll, fand Levke. Da sie aber froh über die Ablenkung war, drehte sie sich um und lächelte.

»Ich habe Kaffee für uns aufgesetzt.« Sie goss zwei Becher voll und reichte ihrer Mutter einen.

»Danke.«

Gunda goss Milch in ihren Kaffee, rührte zwei Löffel Zucker hinein und trank einige Schlucke schweigend, bevor sie sagte: »Ich habe mir extra den Wecker auf sechs gestellt. Wann bist du denn aufgestanden? Um Mitternacht?«

Es war eine rhetorische Frage, auf die Levke nicht zu antworten brauchte.

»Jedenfalls gebe ich mir Mühe«, fügte Gunda hinzu.

»Das sehe ich, Mama.«

»Na ja, du hast uns gestern einen gehörigen Schrecken eingejagt.«

Andernfalls hättet ihr nicht auf mich gehört, dachte Levke, schwieg jedoch.

»Steht es denn wirklich so schlimm?«

»Das tut es. Ich habe nicht übertrieben.«

»Dann müssen wir wohl für eine Weile ordentlich ranklotzen.«

Falls es nicht schon zu spät dafür ist.

Auch diesen Gedanken sprach Levke lieber nicht laut aus.

»Mir ist noch eine Idee für ein Freizeitangebot gekommen«, sagte Gunda nach einer kurzen Pause.

Levke hätte gern erwidert, dass es zunächst wichtiger war, den Hof wieder in Schuss zu bringen, aber sie nickte ihrer Mutter aufmunternd zu. Jede Initiative war ihr willkommen.

»Kennst du noch den Anselm?«

Einen Augenblick war Levke verwirrt. Dann wusste sie es wieder. »Das ist der Kunstmaler mit seinem Atelier am Meer.«

»Genau. Und er ist auch ein guter Freund der Familie. Tjard hat früher in seiner Kneipe gejobbt. Als Kellner und DJ. Das war, gleich nachdem er die Arbeit als Maurer auf dem Festland aufgegeben hatte, weil er es satthatte, nie zu Hause zu sein.«

Levke musste grinsen. Sie konnte sich ihren Großonkel beim besten Willen nicht vorstellen, wie er Platten auflegte.

»Täusch dich mal nicht«, meinte Gunda, als hätte sie ihre Gedanken gelesen. »Der Tjard war zu seiner Zeit ein flotter Typ und begehrter Junggeselle. Und er hatte einen besseren Musikgeschmack als bloß Freddy Quinn. Einmal haben zwei Mädchen hier im Vorgarten campiert, nur um ihm nah zu sein.«

»Ist nicht wahr!«

»Wenn ich's dir doch sage. Egal, ist lange her. Jedenfalls sind Tjard und Anselm immer noch ganz dicke. Und ich bin auch sehr gern im Atelier. Bestimmt kriegen wir für unsere Gäste einen Malkurs zum Sonderpreis.«

»Klingt gut«, sagte Levke. »Aber wir sollten uns erst einmal auf die wirklich wichtigen Dinge konzentrieren. Meinst du nicht?«

»Selbstverständlich«, erwiderte Gunda, wirkte aber leicht eingeschnappt.

Levke beschloss, dass sie nicht ständig auf die Gefühle ihrer Familienmitglieder Rücksicht nehmen konnte. Sonst kämen sie nie weiter.

»Mir haben die Malkurse ganz neue Horizonte eröffnet«,

fuhr ihre Mutter fort. »Solltest du auch mal probieren. Man lernt da tolle Leute kennen.«

»Ich fürchte, dafür habe ich jetzt keine Zeit«, erwiderte Levke und fragte sich, was ihre Mutter unter neuen Horizonten verstand. So oft, wie ihr Vater von einem geheimnisvollen Liebhaber sprach, setzte sich dieser Gedanke so langsam auch in ihrem Kopf fest.

Gunda stellte ihren leeren Becher in die Spüle. »Ich sollte mal anfangen. Wie ist es, willst du zum Bäcker gehen und die Brötchen holen?«

Levkes Blick flog zum Küchenfenster. »Lieber nicht.«

»Wieso? Hat sich da draußen die Besatzung von Tjards Geisterschiff versammelt?« Sie lachte über ihren eigenen Witz.

»So ungefähr.«

»Was?«

Levke rieb sich die Stirn. »Da ist jemand, der mir Angst einjagt.«

»Wo?« Gunda trat ans Fenster. »Ich sehe nichts. Die Scheiben sind dreckig.«

Wieder klang es wie ein Vorwurf.

»Ich konnte ihn auch nur unscharf erkennen, aber ich bin mir ziemlich sicher.«

»Ja, wen denn nun?«, fragte Gunda und tat mäßig interessiert. Levke bemerkte jedoch eine gewisse Anspannung in ihrer Stimme.

»Ist dir in letzter Zeit mal ein Mann aufgefallen, der sich hier herumtreibt?«, fragte sie stattdessen.

»Och, so einige.« Erneut klang sie betont lässig, erneut wurde Levke stutzig.

»Mama, bitte. Es ist ernst.«

Gunda wandte sich um. »Erklärst du mir mal, was los ist?«

Also schilderte Levke ihr, wie sie am Tag ihrer Ankunft mit dem geheimnisvollen Fremden zusammengestoßen war. Als sie sein Aussehen schilderte, wirkte Gunda erleichtert. Dann runzelte sie die Stirn.

»Kommt mir irgendwie bekannt vor.«

»Ach was.«

»Kein Grund, sarkastisch zu werden.«

»Sorry.«

Gunda lehnte sich an den Küchentisch. »Viele Männer hier im Norden sind groß und hellblond.«

»Ja, aber diese Ähnlichkeit ...«

»Und deine Phantasie hat dir keinen Streich gespielt? Du sagst doch selbst, er war nur unscharf zu erkennen.«

»Trotzdem.«

»Ich weiß nicht, Levke. Du bist zum ersten Mal seit Jahren wieder angereist. Du warst wahrscheinlich durcheinander und wusstest nicht, ob wir dich freundlich empfangen würden.«

Levke sah ihre Mutter groß an. Bisher war sie nicht auf die Idee gekommen, ihre eigene Familie könnte ihr feindlich gesinnt sein. In all der Zeit hatte sie sich im Recht gefühlt, und als sie Silkas Hilferuf gefolgt war, hatte sie sich als die von allen herbeigesehnte Retterin gesehen.

Gunda betrachtete sie genau. »Du hast wohl erwartet, wir fallen dankbar vor dir auf die Knie und küssen den Boden, auf dem du wandelst.«

»Ähm ...«

»Bist du nie auf die Idee gekommen, wir könnten auf dein plötzliches Erscheinen auch verzichten?«

»Nein, eigentlich nicht.«

Aber sie dachte daran, was Pauline und Märta Fischer gesagt hatten, und ihr wurde erneut klar, dass sie in einer ziemlich selbstgerechten Blase gelebt hatte. Katharina hatte ihr diese Wahrheit ja auch bereits entlockt.

»Das war eine Sache zwischen dir und Silka, weißt du?«

»Mhm.«

»Weder dein Vater noch ich haben Jasper geküsst. Und Tjard schon gar nicht.«

Einen Moment stellte sich Levke diese Kussszenen bildlich vor, und ein albernes Kichern wollte in ihrer Kehle aufsteigen. Sie unterdrückte es nur mit Mühe.

»Aber du hast uns alle gleichermaßen bestraft.«

Die Fröhlichkeit verging ihr. »Ich weiß.«

»Ach ja? Aber diese weise Erkenntnis ist dir verdammt spät gekommen, findest du nicht?«

Dass ihre Mutter fluchte, zeigte Levke, wie verletzt sie noch immer war.

Dann jedoch legte Gunda ihr die Hände auf die Schultern, wofür sie sich strecken musste. »Ist schon gut, meine Große. Das ist Vergangenheit, und du kannst nichts mehr daran ändern.«

Stimmt, dachte Levke, *aber ich kann mit viel Glück und Fleiß den Ferienhof retten und dadurch Wiedergutmachung leisten.*

Laut sagte sie: »Ich glaube, ich war ganz froh, einen Grund zu haben, Langeoog zu verlassen.«

»Kiek an. So viel Einsicht hätte ich dir gar nicht zugetraut. Aber genug davon. Ich muss anfangen, das Frühstück vorzubereiten. Gehst du nun zum Bäcker? Da draußen ist niemand mehr. Auch kein Geist, der deinem Vater ähnelt.«

Genau das war es gewesen, was Levke so erschreckt hatte, als sie den Mann angesehen hatte, der nach Tannenwald und Meer duftete. Er war Ubbo wie aus dem Gesicht geschnitten, und für einen Augenblick hatte sie an ihrem Verstand gezweifelt.

»Wahrscheinlich hast du dich so sehr nach deinem Vater gesehnt, dass selbst ein Spanier mit wundervollen dunklen Augen dich an ihn erinnert hätte.«

»Wie kommst du denn auf wundervolle dunkle Augen?«, fragte Levke irritiert. »Und warum sollte ich einen Spanier sehen?«

Eine feine Röte stieg plötzlich in Gundas Wangen. »Ach, nur so.«

»Mama? Du hast doch nicht wirklich einen Liebhaber, oder? Einen Spanier? Einen, der auch an diesen Malkursen teilnimmt? Oder sogar Modell steht?«

Letzteres jagte nun Hitze in ihr eigenes Gesicht.

Gunda lachte ein hohes unechtes Lachen. »Auf was für Ideen du so kommst!«

»Ein heißblütiger Latin Lover, der schon am frühen Morgen da draußen rumlungert, in der Hoffnung, einen Blick auf dich zu erhaschen?«

»Bäcker! Jetzt! Oder dein schöner Plan vom besseren Service ist schon am ersten Morgen hinfällig.«

»Also gut. Aber ich komme darauf zurück.«

Vor dem Haus atmete Levke ein paarmal tief durch.

Da ist niemand, der mich erschrecken kann, redete sie sich ein. *Kein Mann, der meinen Puls rasen lässt und dabei aussieht wie mein Vater in jungen Jahren.*

Ihr kam der Verdacht, dass sie sich auch deshalb so sehr auf die Rettung des Ferienhofes konzentrierte, weil sie dann weniger an den Fremden denken musste.

Seit Jahren hatte sie keine starken Gefühle mehr für einen Mann gehegt. Nicht seit Jasper. Levke blieb mitten auf dem Gartenweg stehen.

Konnte das sein? Hatte dieser Mann etwas in ihr geweckt, dessen Existenz sie vergessen hatte? Ihre Haut hatte gekribbelt, als sie gegen die harte Männerbrust geprallt war, seine Stimme hatte tief in ihrem Innern ein Echo ausgelöst, sein besonderer Duft hatte sie verhext.

Deshalb war der Schreck auch so besonders groß gewesen, und sie …

»Die Brötchen wachsen nicht auf unserem Rasen!«

Gunda hatte das Küchenfenster geöffnet, und schickte hinterher: »Mach hinne! Ich glaube, die ersten Gäste sind schon auf. Und du musst den Frühstücksdienst übernehmen, wenn du zurück bist. In einer halben Stunde habe ich einen Friseurtermin.«

»Du gehst doch bloß zweimal im Jahr zum Spitzenschneiden«, erwiderte Levke, als wäre dies gerade das Wichtigste.

»Ich hab's aber satt, grau zu sein.«

»Willst du blond werden? Ich habe gehört, viele Männer stehen auf blonde Frauen.«

»Ruhe da draußen!«, erklang Tjards Stimme. »Ihr weckt ja die Toten auf.«

Levke schaute nach oben. Ihr Großonkel lehnte aus dem vorderen Fensters seines Dachbodenzimmers und drohte ihr mit dem Zeigefinger. Seit sie denken konnte, wohnte er dort oben, und er weigerte sich, ins Erdgeschoss zu ziehen, obwohl ihm die steilen Treppen mit jedem Jahr mehr Mühe machten.

Warum wohl?, überlegte sie auf einmal. *Hat er seine Leichen nicht im Keller, wie normale Leute, sondern auf dem Dachboden?*

Tjard behauptete, er liebe die Aussicht auf der anderen Seite. Nur dort oben könne er über die Dünen hinwegblicken. Wozu auch immer.

»Moin!«, rief sie ihm zu. »Deine Schwiegertochter will sich für ihren Liebhaber die Haare färben lassen, was sagst du dazu?«

Gunda lehnte sich nun ebenfalls aus dem Fenster, und verrenkte sich fast den Hals, um auch nach oben schauen zu können.

»Und deine Großnichte hat Angst vor einem Geist, der wie dein Neffe aussieht.«

»Hört sofort auf, ihr beiden! Ihr ruiniert meinen Ruf! *Ich bin der Verrückte in der Familie!*«

Daraufhin brachen Levke und Gunda in schallendes Gelächter aus, und es dauerte eine Weile, bis Levke sich so weit beruhigt hatte, dass sie endlich losging.

Sie folgte dem Fußweg in Richtung Ortskern und blickte sich ständig um. Aber da war niemand. Weder ein Spanier mit dunklen Augen, noch ein groß gewachsener Friese. Sie begegnete nur ein paar frühen Spaziergängern und Joggern, dazu Lieferanten auf ihren Lastenfahrrädern. Langeoog war eine autofreie Insel, und nur die Feuerwehr und der Rettungsdienst waren motorisiert. Selbst die Polizei bewegte sich mit Diensträdern fort.

Tief sog Levke die jodhaltige, saubere Luft ein. Längst wurde ihr dabei nicht mehr schwindelig.

Ich bin hier schon wieder zu Hause, dachte sie und wunderte sich, dass dieser Gedanke sie so fröhlich stimmte.

Sie kam am Wasserturm vorbei und erreichte kurz darauf die Bäckerei. Als sie eintrat, umhüllte sie der herrliche Duft nach frisch gebackenem Brot wie eine warme, weiche Decke, und sie erinnerte sich daran, dass sie sich früher hier von ihrem Taschengeld Matschbrötchen gekauft hatte. Das waren Milchbrötchen mit einem zerdrückten Schokokuss zwischen den aufgeschnittenen Hälften – eine wunderbare Köstlichkeit.

Die Bestellung für den Ferienhof wartete bereits auf sie. Mohn-, Weiß- und Dinkelbrötchen und zwei Vollkornbrote. Levke nahm die große Tüte entgegen und war versucht, sich die Leckerei ihrer Kindheit zu gönnen. Dann erklärte sie sich selbst für albern und verließ beinahe fluchtartig den Laden.

Zurück ging sie im Laufschritt und achtete nicht auf ihre Umgebung.

Was keine gute Idee war.

»Weg da!«

Im nächsten Moment hatte der Lieferant sie auch schon umgefahren. Brötchen und Brot kullerten auf die Pflastersteine, und Levke landete schmerzhaft auf dem Po.

»Aua!«

»Sach mal! Wieso rennst du mir in den Weg?«

Mühsam kam sie wieder auf die Beine. So langsam fragte sie sich, ob sie seit ihrer Ankunft einfach nur tollpatschig war oder ob die Insel sie vergraulen wollte. Erst der duftende Fremde, dann Theodor, der sie umwarf, und nun das hier.

Eine Insel, die sie loswerden wollte?

Levke rieb sich die Stirn, aber sie hatte sich definitiv nicht den Kopf gestoßen.

Der Lieferant war ein junger Kerl mit pickeligem Gesicht, der empört mit dem Finger auf sie zeigte. »Ich bin nicht zu schnell gefahren!«

»Behauptet ja keiner«, murmelte Levke.

»Du bist direkt vor meinem Rad gelandet, als ich um die Ecke kam.«

»Schon gut.« Es war sinnlos, jetzt zu streiten.

Sie betrachtete die Bescherung auf den Pflastersteinen. Ein paar Möwen stießen herab, pickten an den Brötchen herum und flogen wieder hoch. Die Vögel waren wählerisch.

Dem Lieferanten war das schlechte Gewissen ins Gesicht geschrieben. »Warte, ich helfe dir beim Aufsammeln.«

»Ich muss zurück zur Bäckerei, neue Brötchen holen.«

»Ach, was. Ist doch alles sauber geblieben.«

Levke starrte den Jungen an. »Du spinnst ja.«

»Wieso? Hat doch keiner mitgekriegt.«

»Ich schon«, sagte eine Stimme, die ihr einen Schauder über den Rücken jagte.

»Herrgott!« Levke wirbelte herum. »Sie schon wieder!«

»Verzeihung?«

Der große blonde Fremde wirkte erschrocken, fasste sich aber schnell wieder.

»Ich gehe hier nur spazieren.« Er machte einen Schritt auf sie zu, und sein Duft zog ihr in die Nase.

»Sie verfolgen mich!« Ihre Stimme klang hoch und panisch, sie hörte es selbst.

»Unsinn.«

»Und warum lungern Sie dann vor dem Ferienhof herum?«

»Das ... ist eine lange Geschichte. Außerdem lungere ich nicht. Ich habe nur ein paarmal überlegt, ob ich hineingehen soll.«

»Oder Sie wollen mich entführen.«

»Warum sollte ich?«, fragte er.

Tja, gute Frage. Eine kluge Erklärung wollte ihr nicht einfallen.

Levke räusperte sich ausgiebig. »Irgendwas wollen Sie doch von mir.«

»Ich weiß ja gar nicht, wer Sie sind.«

»Levke Dirks. Und Sie?«

Sein Gesicht verdunkelte sich plötzlich. »Das habe ich befürchtet.«

»Was zum Teufel soll das heißen?«

Er kam noch ein bisschen näher, und ihre Knie fühlten sich weich an. Sie hätte nicht so schnell aufstehen sollen.

»Ich bin untröstlich«, sagte er, was nun überhaupt keinen Sinn ergab.

»So schlimm war der Sturz gar nicht.«

»Ich habe mir etwas anderes erhofft.«

»Was? Dass ich mir den Hals breche?«

Kurz schloss er seine strahlend blauen Augen, öffnete sie wieder und stellte fest: »Wir reden aneinander vorbei.«

»Ach was.«

»Ich hoffte, Sie würden anders heißen.«

»Warum?«

Er blieb ihr die Antwort schuldig und deutete nur auf die halb zerrissene Brötchentüte. »Soll ich Ihnen helfen, Nachschub zu besorgen?«

»Nicht nötig. Der Dösbaddel, der in mich reingefahren ist, kann mich begleiten.«

»Wer?«

»Der Trottel hier mit seinem Lastenfahrrad.«

»Ich fürchte, der hat sich aus dem Staub gemacht.«

Levke sah sich nach dem Lieferanten um. Tatsächlich. Weit und breit war keine Spur mehr von ihm zu entdecken.

Wieso habe ich das nicht gemerkt?, fragte sie sich. *Hat dieser Mann hier eine solche Wirkung auf mich, dass ich sonst nichts mehr mitkriege?*

Das war beunruhigend.

»Wie auch immer«, sagte sie. »Ich brauche keine Begleitung. Ich schaffe das allein.«

»Wie Sie wünschen.«

Als sie zurück zur Bäckerei eilte, spürte sie, dass er ihr in einigem Abstand folgte. Er machte ihr jedoch keine Angst mehr. Sie fand es eher beruhigend, dass da jemand auf sie aufpasste. Wenn dieser Jemand bloß anders aussähe!

Mohnbrötchen waren ausverkauft, aber sonst bekam sie von allem noch einmal und machte sich dann auf den Rückweg. Diesmal passte sie gut auf, wohin sie trat, und war sich gleichzeitig der Anwesenheit des Fremden bewusst. Erst als sie durch die Gartenpforte trat, ließ diese Empfindung nach. Offenbar hatte er sich nur davon überzeugen wollen, dass sie heil nach Hause kam.

Levke verspürte Erleichterung. Ein anderes Gefühl ließ sie nicht zu. Sie ging in die Küche, wo Gunda schimpfte, weil sie so lange gebraucht hatte, und stutzte, als ihr plötzlich etwas einfiel: Sie selbst hatte ihm ihren Namen genannt, aber er hatte sich nicht vorgestellt.

8. Kapitel

Levke nutzte die ruhige Mittagsstunde für einen Spaziergang mit dem Bernhardiner Theodor und den schneeweißen Miniponys Anna und Elsa. Wie üblich zog sie auf der Höhenpromenade und am Hundestrand viele Blicke auf sich, und die Feriengäste konnten von der ungewöhnlichen Karawane gar nicht genug bekommen. Selfies wurden geschossen, und das eine oder andere Kind versuchte, sich auf die Shettys zu setzen. Inzwischen musste Levke jedoch nicht mehr selbst eingreifen. Theodor beschützte seine Freundinnen, indem er die Möchtegernreiter sanft, aber entschieden zur Seite drängte.

Einige Einheimische kannten sie inzwischen und grüßten freundlich. Manchmal bekam Theodor einen Zipfel Wurst, und für die Ponys gab es Karotten oder trockenes Brot. Die Tiere nahmen die Gaben hoheitsvoll an, und Levke nutzte diese Momente, um hier und da ein paar Worte zu wechseln. Wenigstens hatte sie nicht mehr das Gefühl, alle Welt auf Langeoog lehne sie ab.

Noch vor einem Monat hatte sie befürchtet, niemand wolle sie auf der Insel haben. Nicht einmal ihre eigene Familie, obwohl sie doch einem Hilferuf ihrer Schwester Silka gefolgt war, um den Ferienhof vor dem Konkurs zu retten. Was eine Mammutaufgabe war, wie sich schnell herausgestellt hatte. Doch Levke, die es in Zürich bis zur Managerin eines Luxushotels gebracht hatte, war jemand, der nicht so leicht aufgab. Und sie hatte es sogar fertiggebracht, den alten Zwist mit Silka vorerst beiseitezuschieben. Nachdem sie ihre Schwester vor Jahren dabei erwischt hatte, wie sie mit ihrer ersten große Liebe Jasper heiße Küsse getauscht hatte, war Levke, so schnell es ihr möglich war, von der Insel verschwunden. Dass sie dadurch auch den Rest ihrer Familie bestraft hatte, war ihr erst nach ihrer Rückkehr aufgefallen. Ihre Eltern, Gunda und Ubbo, und ihr Großonkel Tjard waren über ihr plötzliches Auftauchen ziemlich überrascht gewesen. Allerdings hatte jeder für sich aktuell ganz eigene Probleme, so dass Levke sich beinahe nahtlos wieder in den Familienalltag eingliedern konnte. Inzwischen war der Juli angebrochen, und Levke fühlte sich schon ganz wie zu Hause. Sie war dankbar, dass sie auch von den Insulanern inzwischen akzeptiert wurde. Es hatte sich herumgesprochen, warum sie hier war, und diesen Einsatz rechnete man ihr hoch an.

Die Aktion »Rettet den Ferienhof« lief bloß nicht so glatt wie erhofft. Obwohl alle Familienmitglieder versprochen hatten, kräftig mitzuhelfen, schlich sich schon wieder der alte Schlendrian ein. Ausgerechnet jetzt, wo sämtliche zehn Zimmer ausgebucht waren.

Mal fehlte Silka, um Levke beim Putzen zu helfen, mal verschwand Gunda, bevor sie den Frühstücksservice abgeschlossen hatte, mal ließ Tjard die Gäste sitzen, obwohl er ihnen eine abendliche Strandwanderung mit alten Seefahrergeschichten versprochen hatte.

Erst vor einer Stunde hatte sich ein Familienvater aus Dortmund bei Levke beschwert: »Wir waren gestern pünktlich zum Sonnenuntergang am Hauptbad, aber Herr Dirks hat sich nicht blicken lassen. Dabei waren die Kinder doch so gespannt auf die Geschichte von dem havarierten holländischen Segler. Ach ja, und der Kaffee war vorhin kalt und der Aufschnitt alle.«

Levke hätte gern zurückgefragt, was der Familie mehr zu schaffen gemacht hatte – die fehlende Geschichte über ertrunkene Matrosen oder das mangelhafte Frühstück. Aber natürlich hatte sie sich nur bei Martin Weber entschuldigt und zur Wiedergutmachung für die Kinder eine Runde mit der Ponykutsche angeboten. Und die Strandwanderung werde selbstverständlich an diesem Abend nachgeholt. Dafür werde sie persönlich sorgen.

Während sie nun den Rückweg antrat, seufzte sie verhalten. Gestern war die Sonne an einem wolkenlosen Himmel untergegangen. Sie hätte beizeiten daran denken und die Gäste vorwarnen müssen, dass ihr Großonkel nicht auftauchen würde. Bei solchem Wetter verschwand er regelmäßig, und niemand wusste, wohin. Das Einzige, was Levke inzwischen herausgefunden hatte, war, dass er vorher an seinem hinteren Dachfester stand und angespannt über die Dünen hinweg in Richtung Meer blickte. Er wirkte dort oben größer als sonst. Vermutlich war er für den Ausblick auf einen Hocker gestiegen, was ziemlich gefährlich aussah. Wenn er dann entdeckte, was er anscheinend unbedingt sehen wollte, polterte er die Treppe hinunter und verließ den Ferienhof. Dieses merkwürdige Verhalten erklärte zwar, warum er unbedingt im Dachgeschoss wohnen bleiben wollte, aber es löste das

Rätsel nicht. Sie nahm sich vor, der Sache auf den Grund zu gehen, sobald sie dafür Zeit fand.

Dass ihre Mutter den Frühstücksservice vernachlässigte, ärgerte sie besonders. Gunda hatte fest versprochen, sich zu bessern, und nun verschwand sie, wann immer es ihr passte.

Zu ihrem Liebhaber, behauptete Levkes Vater. Auch Levke hatte da so einen Verdacht, seit Gunda einmal einen Spanier mit dunklen Augen erwähnt hatte. Aber niemand konnte ihr bisher etwas nachweisen.

Auch Silkas nachlassende Hilfe regte Levke auf. Ihre Schwester hatte zwar einen Job als Krankengymnastin, aber gleich nach Levkes Ankunft war sie jeden Morgen früher aufgestanden, um gemeinsam mit ihr die Zimmer herzurichten. Doch ausgerechnet jetzt, da am meisten zu tun war, fehlte sie häufig. Mal war sie nicht wach zu kriegen, mal hatte sie gar nicht zu Hause geschlafen.

Levke vermutete, dass Silka jemanden kennengelernt hatte. Wenn sie dadurch ihren Liebeskummer wegen eines notorischen Lügners vom Festland vergessen sollte, war Levke dies nur recht. Sie gönnte ihrer Schwester neues Liebesglück. Doch musste das ausgerechnet jetzt sein?

Der Einzige, auf den hundertprozentig Verlass war, war ihr Vater. Er hatte wie versprochen einen kleinen Ponywagen gebaut, und nachdem Annabel vom Ponyhof Anna und Elsa eingefahren hatte, gehörte ein Ausflug mit der Kutsche für die kleinen Gäste zu den absoluten Highlights ihrer Ferien.

Und bei allen nötigen Reparaturen war Ubbo ebenfalls sofort zur Stelle und brachte die Dinge in Ordnung. Er wollte den Ferienhof auf keinen Fall verlieren. Hier hatten schon seine Vorfahren gelebt, hier hatte er glückliche Jahre mit seiner Frau und seinen Kindern verbracht. Während Gunda es kaum abwarten konnte, fortzukommen, krallte er sich buchstäblich an die Heimatscholle.

Bloß – ein einziger fleißiger Helfer reichte nicht! Levke litt inzwischen an Schlafmangel, weil sie bis spätabends über den Rechnungen saß, Buchungen hereinholte und die Social-Media-Kanäle fütterte. Morgens stand sie spätestens um halb sechs auf und putzte die Gemeinschaftsräume. Wenn die Gäste nach dem Frühstück den Ferienhof verlassen hatten, um zum Strand zu gehen, nahm sie sich die Zimmer vor.

Etwas Zeit für sich hatte sie nur mittags. Trotzdem. Wenn die Sorge um den Hof nicht gewesen wäre, hätte sie diese viele Arbeit beinahe als Erholung betrachten können. Im Vergleich zu ihrem stressigen Job als Managerin des »Bellevue« in Zürich, ging es auf Langeoog auf ostfriesische Art gemächlich zu. Es klingelten keine drei Handys gleichzeitig, niemand stand bei ihr Schlange, weil sie dringend bei der Lösung eines Problems helfen musste, es wurden auch nicht fünf Mitarbeiter auf einen Schlag krank, und kein Chefkoch warf den Job hin, weil er ein besseres Angebot bekommen hatte. Auch die körperliche Arbeit als Zimmermädchen tat Levke gut. Sie fühlte sich fitter als bei ihrer Ankunft und kämpfte nicht mehr mit ihrem schlechten Gewissen, weil sie seit Ewigkeiten kein Fitnessstudio mehr von innen gesehen hatte.

Zu dumm, dass dieses Wohlbefinden den Ferienhof auch nicht retten würde.

Einen zweiten Seufzer unterdrückte sie. Es half alles nichts. Sie musste wieder härter durchgreifen. Levke schlug einen Holzbohlenweg über die Kaapdünen ein und überlegte, mit wem sie zuerst reden sollte.

Am besten mit Silka, entschied sie. *Wenn wir nicht zusammenhalten, können wir einpacken.*

Die Eltern waren zu zerstritten, Großonkel Tjard lebte zunehmend in seiner eigenen Welt.

Der Strandhafer, der zwischen den Bohlen hervorlugte, kitzelte sie an den Waden, und sie ging ein wenig schneller. Die Ponys liefen bereitwillig mit. Sie witterten den nahen Stall und das Heu, das auf sie wartete. Theodor jedoch, der voneneg lief, blieb so plötzlich stehen, dass Levke scharf bremsen musste, um nicht mit ihm zusammenzustoßen. Hinter ihr drängten Anna und Elsa weiter.

Wenn Levke nicht aufpasste, würde eines der Tiere gleich vom Weg abkommen.

Es war streng verboten die Dünen zu betreten. Die empfindlichen Pflanzen könnten beschädigt werden, der Wind würde den Sand abtragen, der Hochwasserschutz wäre nicht mehr gewährleistet. Vielleicht würden ein paar kleine Ponyhufe allein nicht diesen großen Schaden anrichten, aber das Naturschutzgesetz galt für alle.

»Mach, schon, Theodor!«, rief Levke und drückte gegen sein gewaltiges Hinterteil. Unwillig setzte er sich wieder in Bewegung, knurrte dabei aber drohend.

Erst als Levke selbst den Dünenkamm erreichte, erkannte sie den Grund dafür.

Ihnen kam jemand entgegen. Sie erkannte den Mann auf Anhieb. Es war der Fremde, dem sie im Juni schon zweimal begegnet war, und der sie beide Male verunsichert hatte. Nicht nur, weil er ihren Puls zum Rasen brachte, sondern auch, weil er aussah wie eine jüngere Ausgabe ihres Vaters. Allein der Gedanke, Ubbo könnte fremdgegangen sein und einen unehelichen Sohn gezeugt haben, war so abwegig, dass sie ihn gleich wieder beiseitegeschoben hatte, kaum, dass er aufgetaucht war. Ubbo war der beste und treueste Ehemann, den sich eine Frau nur wünschen konnte.

»Und wenn nicht?«, flüsterte nun eine kleine böse Stimme in ihrem Kopf. »Woher willst du wissen, was Ubbo getan hat, als du noch gar nicht auf der Welt warst?«

Mit aller Kraft kämpfte Levke gegen die Stimme an und konzentrierte sich auf den Fremden.

Seit Wochen hatte sie ihn nicht mehr gesehen. Tatsächlich hatte sie geglaubt, er habe die Insel wieder verlassen, und sie war unentschlossen gewesen, ob sie darüber froh oder enttäuscht sein sollte.

Nun blieb er in einigem Abstand stehen und wirkte selbst überrascht. Er sah erst den großen Hund und die beiden winzigen Ponys an, die in diesem Moment ebenfalls den Dünenkamm erreichten, dann blieb sein Blick auf Levke liegen. Ein Lächeln blitzte in seinen Mundwinkeln auf. Galt es ihr oder ihren vierbeinigen Begleitern?

Levke hielt den Atem an, damit ihr nicht sein ganz besonderer Duft nach Tannenwald und Meer die Sinne verwirrte. Bloß konnte sie das nicht lange durchhalten. Zum Glück hatte sie den Wind im Rücken, und als sie dann doch nach Luft schnappte, sah sie womöglich lächerlich aus, roch aber nur die frische Nordseeluft.

»Hallo«, sagte er.

»Moin.«

Tausend Fragen schossen ihr durch den Kopf. Wer sind Sie? Was wollen Sie von mir? Gehören Sie etwa zur Familie? Sind Sie ein verlorener Sohn oder so was in der Art?

Mein Bruder?

Ein Bruder durfte keine solchen Gefühle in ihr auslösen. Das war absolut indiskutabel!

»Wie bitte?«, fragte er.

Hatte sie etwa laut gesprochen? Levke presste die Lippen zusammen.

»Nichts. Ich muss weiter. Machen Sie Platz!«

Einen Moment lang hielt er noch ihren Blick fest, dann tat er, wie ihm geheißen, und machte auf dem schmalen Weg kehrt, damit sie mit den Tieren weitergehen konnte. Erst am Fuß der Düne blieb er stehen.

Furchtlos ließ er sich von Theodor beschnuppern. Der Hund gab daraufhin seine feindselige Haltung auf und leckte ihm über die Hand.

»Guter Junge«, sagte der Mann und kraulte ihn hinter den Ohren.

Verräter, dachte Levke. *Was bist du denn für ein Wachhund? Du sollst mir gefährliche Männer vom Hals halten und nicht mit ihnen Freundschaft schließen.*

Der Mann sah sie irritiert an, und sie fragte sich erneut, ob sie ihre Gedanken etwa laut ausgesprochen hatte.

Entschlossen gab sie Theodor einen Klaps aufs Hinterteil, damit der endlich weiterging. Eigentlich wollte sie den Fremden auffordern, sich ebenso vorzustellen, wie sie selbst es schon vor Wochen getan hatte, aber dann drängte es sie doch lieber nur schnell fort von ihm.

Wieder hielt sie den Atem an, aber da es eine Weile dauerte, bis auch die Vierbeiner an ihm vorbei waren, musste sie dicht bei ihm nach Luft schnappen. Sein besonderer Duft jagte ihr Schauder über den Rücken und ließ ihre Knie weich werden.

»Verdammt!«

»Wie bitte?«

»Nichts!«

»Ist Ihnen nicht gut? Sie sind ein wenig rot geworden.«

»Das ist bloß die Seeluft.«

»Aha.«

Er glaubte ihr nicht, das war ihm anzusehen. Und sein Lächeln wurde jetzt breiter. Beinahe grinste er.

Mistkerl! Der machte sich lustig über sie.

Levke warf ihm einen bitterbösen Blick zu, dann zerrte sie an den Stricken der Ponys und sah zu, dass sie von ihm wegkam. Sie spürte seinen Blick im Rücken, bis sie endlich außer Sicht war.

Noch ein Problem, das zu lösen war, und in diesem Fall hatte sie noch nicht mal die leiseste Ahnung, wie sie das bewerkstelligen konnte. Vor allem, weil sie gar nicht genau wusste, worin das Problem eigentlich bestand.

Als sie den Ferienhof erreichte, brachte sie die Ponys in den Stall und ließ Theodor im Garten.

In der Küche traf sie auf ihre Schwester.

»Schon Feierabend?«, fragte sie.

Silka nickte. »Samstags arbeite ich nur den halben Tag, das weißt du doch.«

»Stimmt.«

Levke goss sich Kaffee aus der Kanne ein und setzte sich zu ihrer Schwester an den Tisch.

Sie dachte daran, mit ihr über ihre nachlassende Arbeitsmoral zu reden, aber zu ihrer eigenen Überraschung fragte sie: »Sag mal, ist dir in letzter Zeit ein großer blonder Mann aufgefallen? Ein paar Jahre älter als wir?«

»Klar, Dutzende«, erwiderte Silka ungerührt. »Ungefähr die Hälfte der männlichen Inselbewohner ist groß und blond. Das ist hier normal. In Südspanien würden die bestimmt eher auffallen.«

»Jetzt fängst du auch noch mit Spanien an!«

»Was?«

»Mama hat mal von einem Spanier mit dunklen Augen gesprochen.«

Silka lachte kurz auf. »Jetzt, wo du's sagst! Mir hat sie erzählt, sie würde für ihr Leben gern mal nach Sevilla reisen. Meinst du, sie hat wirklich einen Liebhaber? Einen Spanier?«

»Keine Ahnung«, entgegnete Levke.

»Das würde Papa das Herz brechen. Er ist so ein wundervoller Ehemann. Das hätte er nicht verdient. Und ich verstehe überhaupt nicht, was Mama an Papa auszusetzen hat.«

Levke nickte. Die kleine böse Stimme wollte sich melden, aber sie ließ sie nicht zu Wort kommen. Sie fand auch, ihr Vater besaß Eigenschaften, mit denen er jedem anderen Mann überlegen war, egal wie gut dieser aussehen mochte. Seine Zuverlässigkeit, zum Beispiel. Seine Fähigkeit, alles zu reparieren, seine unendliche Geduld und seine Ruhe.

Aber um ihre Eltern ging es im Augenblick nicht.

»Also hast du niemanden im Besonderen bemerkt?«, hakte sie nach. »Einen, der um den Ferienhof streift und zufällig deinen Weg kreuzt?«

Silka stellte ihren Kaffeebecher ab und musterte sie ausgiebig.

»Was ist denn?«, fragte Levke.

»Ach, Mama hat mich vor ein paar Wochen was Komisches gefragt.«

»Nämlich?«

Silka wand sich ein bisschen, kam dann aber doch damit heraus. »Sie wollte nur wissen, ob du meiner Meinung nach noch alle Muscheln am Kiel hast. Weil du anscheinend Leute siehst, wo keine sind.«

»Reizend.«

»Nimm's ihr nicht übel. Sie hat dich viele Jahre lang nur bei Kurzbesuchen gesehen. Und sie fragt sich, ob Tjards – ähm – Andersartigkeit eine Generation übersprungen hat und bei dir gelandet ist.«

»Das wird ja immer besser!«, regte Levke sich auf. »Nur weil ich ihr von dem fremden blonden Mann erzählt habe, der um unseren Ferienhof streift.«

»Echt? Wo denn?« Silka reckte den Hals und schaute aus dem Küchenfenster, das dank Levkes Arbeitseinsatz inzwischen blitzblank war.

»Jetzt gerade nicht.«

»Aber der war definitiv da?«

Levke nickte.

Silka runzelte die Stirn. »Also, mir ist niemand aufgefallen. Hast du den öfter gesehen?«

»Einmal hier am Hof, einmal im Ort und einmal vorhin in den Dünen.«

»Das ist jetzt nicht so wahnsinnig oft. Aber es könnte natürlich sein, dass du es nicht jedes Mal mitbekommst, wenn er unseren Hof ausspioniert. Vielleicht hat er das ja schon vor deiner Ankunft gemacht und muss nur noch ein paar Eindrücke vertiefen. Als du dann plötzlich aufgetaucht bist, ist er dir gefolgt, um zu sehen, wie du ins Bild passt.«

»Wovon redest du?«, fragte Levke alarmiert.

»Ich habe dir nichts davon erzählt«, sagte Silka langsam. »Damit du nicht glaubst, wir hätten gar keine Chance mehr. Aber, na ja, es gab schon ein paar Anrufe von Immobilienagenturen, und auch ein paar Besuche. Ich weiß jetzt jedenfalls, warum diese Leute Immobilienhaie genannt werden. Papa wollte sich schon eine Harpune besorgen.«

Levke spürte, wie sie blass wurde. »Aber woher wussten die, dass wir in Schwierigkeiten stecken? Carl Sievers hat bestimmt nichts ausgeplaudert. Er ist die Diskretion in Person.«

»Das gilt auch für Papa. Und ich erzähle so etwas auch nicht rum. Das mindert ja nur den Wert von Haus und Hof.«

»Tjard?«

Silka schüttelte den Kopf. »Ich bezweifle, dass er überhaupt eine Ahnung hatte, was los ist, bis du uns allesamt auf den Pott gesetzt hast.«

»Also bleibt nur Mama.«

»Ich fürchte, ja. Sie ist so scharf darauf, von Langeoog wegzukommen, dass sie wahrscheinlich ein paar Leuten davon erzählt hat. Und du weißt, wie schnell der Inselfunk ist.«

»Mist!«, sagte Levke. »Und du glaubst also, dieser Fremde könnte von einer Immobilienagentur sein?«

Etwas in ihr wehrte sich dagegen, den schönen Mann mit finsteren Machenschaften in Verbindung zu bringen.

»Möglich wär's«, meinte Silka düster. »Eine andere Erklärung will mir nicht einfallen.«

Mir schon, dachte Levke, aber die war sogar noch erschreckender als Silkas, und deshalb hielt sie lieber den Mund. Wäre der Verdacht erst einmal laut ausgesprochen, könnte er womöglich wahr werden. Levke schluckte, sie hatte nicht gewusst, wie abergläubisch sie sein konnte.

9. Kapitel

Am frühen Abend saßen die Schwestern in zwei Korbsesseln auf der Terrasse und warteten auf die Familie aus Dortmund. Levke hatte den Webers versprochen, die Strandwanderung werde nachgeholt, und sie war fest entschlossen, ihren Groß-onkel zur Not an den Ohren mitzuschleifen.

»Das wird nicht nötig sein«, meinte Silka und rieb sich un-bewusst die eigenen Ohren, nachdem Levke ihr von ihrer Ab-sicht erzählt hatte. »Es ist bewölkt.«

Levke warf einen Blick zum Himmel. »Stimmt. Wenn ich bloß wüsste, was er an klaren Abenden treibt.«

»Irgendwann finden wir es heraus.«

»Wollen wir es hoffen. Enttäuschte Gäste kommen nicht wieder.«

Silka streckte die Beine aus. »Was dagegen, wenn ich mit-komme?«

»Überhaupt nicht. So können wir zu zweit aufpassen, dass Tjard nicht doch noch verschwindet. Aber hast du an einem Samstagabend nichts Besseres vor?«

»Nö, heute nicht.«

Levke wollte nachhaken, denn in letzter Zeit war Silka

abends nur selten zu Hause gewesen, aber sie ließ es bleiben. Vielleicht hatte sie ihren Liebeskummer ja inzwischen überwunden und kam endlich zur Ruhe.

»Ich brauche ein bisschen Bewegung, und auf andere Gedanken komme ich so auch.«

Das klang nach einem Problem, und Levke wollte nun doch nachfragen, aber da klingelte ihr Handy. Sie blickte auf das Display, drückte den Anruf dann weg und schrieb nur eine kurze Nachricht.

»Ein heimlicher Verehrer?«, fragte Silka.

»Nein, das war Marcel.«

»Wer?«

»Marcel Häfeli, der Vizemanager im Hotel.«

»Und warum nimmst du das Gespräch nicht an?«

Levke steckte das Handy weg. »Ich habe ihm gesagt, ich rufe morgen zurück. Ich ahne ja, worum es geht.«

»Er will wissen, wann du wiederkommst.«

»Mhm.«

»Und was wirst du ihm antworten?«

Levke schaute ihre Schwester an. »Ganz ehrlich? Ich weiß es noch nicht. Ich bin nämlich gern hier, trotz der vielen Schwierigkeiten. Das Leben ist weniger hektisch. Ich hatte gar nicht gewusst, wie sehr mir das gefehlt hat.«

»Und es gibt auch gut aussehende Männer«, ergänzte Silka mit einem Augenzwinkern.

»Rede keinen Stuss. Darum geht es gar nicht.«

»Schon klar.«

»Meine Aufgabe hier ist noch nicht erledigt, und als Erstes werde ich heute Abend dafür sorgen, dass Tjard keinen Mist baut.«

»Ich bin kein Kind mehr«, sagte ihr Großonkel, der wie ein Geist plötzlich auf der Terrasse aufgetaucht war.

Beide Schwestern zuckten zusammen.

»Auf mich muss keiner aufpassen.«

»Wo kommst du denn so plötzlich her?«, wollte Silka wissen. »Bist du vom Dach gesprungen oder was?«

Tjard drohte ihr mit einem vom Rheuma geschwollenen Finger.

»Ich bin nicht vom Zirkus. Aber ein Mann der sieben Weltmeere muss wissen, wie er sich unbemerkt einem Beutetier nähern kann.«

Silka tippte sich gegen die Stirn. »Mann der sieben Weltmeere, dass ich nicht lache! Du hast dich höchstens mal auf 'nen Krabbenkutter gewagt, wenn der fest vertäut im Hafen lag.«

Im Gegensatz zu seinem Bruder, dem Fischer, war Tjard Dirks zeit seines Lebens lieber an Land geblieben.

»Und welche Beutetiere überhaupt?«, wollte Levke wissen. »Werden Fische nicht mit Netzen gefangen?«

»Die Robben im Watt nicht«, klärte Tjard sie auf. »Und die Austernfischer auch nicht.«

Levke musste an süße kleine Robbenbabys und wunderschöne schwarz-weiße Vögel mit rotem Schnabel denken. Sie schüttelte sich.

Tjard setzte sich auf die Hollywoodschaukel und stieß sich kräftig ab.

»Vorsicht«, mahnte Levke. »Nicht, dass du rausfliegst.«

Ihr Großonkel war so dünn, dass ihm die Schwerkraft nur wenig helfen würde.

»Außerdem wirst du leicht seekrank«, ergänzte Silka.

»Von euch lasse ich mir gar nichts sagen«, knurrte Tjard und schaukelte noch ein bisschen wilder. Als seine Gesichtsfarbe jedoch ins Grünliche überging, bremste er ab und holte einen Flachmann aus der Hosentasche.

Der strenge Geruch nach Aquavit waberte über die Terrasse, und Tjard nahm einen tiefen Schluck.

»Paulines Teufelszeug«, sagte Silka.

»Betrunken kannst du keine Gäste über den Strand führen«, schimpfte Levke.

»Ihr zwei Deerns geht mir allmählich auf die Nerven. Ein alter Seebär kann 'nen ordentlichen Zug vertragen. Wo sind denn überhaupt die Leute, denen ich einen von den Wasserleichen vertellen soll?«

In diesem Moment trat die Familie durch die Tür und baute sich auf der Terrasse auf. Martin und Regina Weber mit ihren Kindern Emily und Paul. Alle vier trugen gelbe Regenjacken, sogenannte Ostfriesennerze, die so neu waren, dass sie leise knarzende Geräusche von sich gaben.

»Wasserleichen blähen sich auf«, erklärte der achtjährige Paul altklug seiner zwei Jahren jüngeren Schwester. »Wie Luftballons.«

»Platzen die dann auch?«, fragte Emily ängstlich.

»Und wie! Das gibt eine ganz schöne Sauerei.«

Emily drängte sich an ihre Mutter. »Ich will keine Wasserleiche sehen.«

Das fängt ja gut an, dachte Levke und stand auf.

»Niemand wird etwas Gruseliges zu Gesicht bekommen«, erklärte sie. »Wir machen nur einen schönen langen Spaziergang, und mein Großonkel erzählt ein paar Abenteuergeschichten.«

Wie zur Bestätigung rülpste Tjard.

»Hat der Mann getrunken?«, fragte Regina Weber entrüstet. »Wir werden bestimmt keinem Betrunkenen folgen. Am Ende führt er uns noch hinaus ins Watt, und dann kommt die Flut, und dann: Adieu, Familie Weber.«

Levke erkannte, von wem Paul den Hang zur Dramatik hatte, und lächelte beruhigend. »Meine Schwester und ich begleiten Sie und werden aufpassen, dass niemand von der Uferlinie abweicht.«

»Und wenn es dunkel wird?«, fragte die besorgte Mutter nach.

»Wir haben starke Taschenlampen dabei, außerdem sind wir wahrscheinlich zurück, bevor das Tageslicht ganz weg ist.«

Silka erhob sich ebenfalls und kam ihr zu Hilfe. »Die Sonne geht um diese Jahreszeit erst spät unter, so gegen zehn Uhr. Wir haben also fast drei Stunden Zeit, obwohl es leicht bewölkt ist. Ich denke, das ist für die Kinder schon lang, oder?«

Als sie den Sonnenuntergang erwähnte, blickte Tjard automatisch zum Himmel. Levke bemerkte, wie er angesichts der Wolken gleich noch einmal seinen Flachmann zückte.

»Untersteh dich«, raunte sie ihm zu.

Er steckte ihn wieder zurück, aber sie wusste, sie würde ihn während der Wanderung nicht davon abhalten können, daraus zu trinken. Ihr blieb nur, zu hoffen, dass die kleine silberne Flasche nicht genügend Alkohol enthielt, um ihn außer Gefecht zu setzen.

»Wir sollten Trinkwasser und ein paar Snacks mitnehmen«, sagte nun der Familienvater. Er traute den drei Wanderführern offenbar nicht über den Weg und wollte vorsorgen für den Fall, dass sie sich verliefen.

Levke deutete auf einen prall gefüllten Rucksack zu ihren Füßen. »Es ist für alles gesorgt.«

Silka entschied, dass es Zeit war, loszugehen. Sie nahm die kleine Emily an der Hand, und versicherte ihr, dass sie keine Angst haben müsse. Vielleicht würden sie eine besonders schöne Muschel finden oder sogar einen Bernstein, und mit ganz viel Glück könnten sie draußen im Wasser eine Meerjungfrau entdecken.

Daraufhin hüpfte das Kind fröhlich los, wobei ihr kleiner Ostfriesennerz leise vor sich hin knarzte.

Tjard brummelte vor sich hin. »Ich dachte, *ich* wäre hier der Märchenerzähler. Meerjungfrauen! Dass ich nicht lache!«

Nur Levke konnte ihn hören und warf ihm einen bösen Blick zu, der jedoch an ihm abperlte. Er schlurfte nun los, überholte im Vorgarten Silka mit dem Kind und rief: »Alles folgt mir!«

»Kann Theodor nicht mitkommen?«, fragte Emily. »Und Anna und Elsa?«

»Genau!«, rief Paul »Die können uns helfen, die Wasserleiche nach Hause zu ziehen.«

»Hör zu, mien Jung«, sagte Tjard und blieb kurz stehen. »Die Wasserleichen von dem holländischen Segler haben sich längst zersetzt. Wenn sie angespült werden, sind sie höchstens noch ein Häufchen Knochen. Die kannst du problemlos alleine tragen. Ich gebe dir nachher noch einen großen Sack.«

Paul wurde sehr blass, seine Schwester bekam zum Glück nichts mit, weil ihre Mutter ihr die Ohren zuhielt.

Ausnahmsweise war Levke nicht böse auf ihren Großonkel, sondern musste sogar grinsen.

Als Emily wieder hören konnte, sagte Levke zu ihr: »Die

Ponys haben vorhin die Kutsche mit euch beiden gezogen. Sie können auf ihren kurzen Beine nicht noch mehr laufen. Und Theodor lässt seine Freundinnen nicht gern allein.«

Die Kleine nickte verständnisvoll, während ihr Bruder seine Sommerbräune noch nicht zurückhatte.

Silka stupste Tjard an. »Nun man los, sonst stehen wir um Mitternacht noch hier rum.«

Tjard trottete wieder voran, gefolgt von Silka und Emily. Martin Weber ließ Frau und Sohn den Vortritt, Levke schulterte den Rucksack und folgte als Letzte.

»Ich kann den auch tragen«, bot der Familienvater an.

»Danke, nicht nötig. Sie sind unser Gast.«

Er zuckte mit den Schultern und wandte sich nach vorn. »Wie Sie wollen.«

Schon nach zehn Minuten bedauerte es Levke, dass sie sein Angebot ausgeschlagen hatte. Der Rucksack wurde mit jedem Meter schwerer und scheuerte an ihrem Rücken. Aber sie biss die Zähne zusammen und ging weiter.

Tjard pfiff einen alten Schlager. Levke erkannte »Junge, komm bald wieder« von Freddy Quinn. Von wem sonst?

Nach einer Weile rief vorn ihre Schwester: »Stopp, Tjard, wo willst du denn hin?«

Nun sah auch Levke, dass sie an der Abzweigung zu den Kaapdünen vorbeiliefen.

»Der Segler ist im Norden der Insel untergegangen«, entgegnete Tjard. »Ich will nur historisch korrekt sein.«

»Blödsinn. Du willst in die Nähe von Pauline kommen.«

»Ist das eine Meerjungfrau?«, fragte Emily gespannt.

»Beim Klabautermann!«, rief Tjard aus. »Du hast es erkannt, Lütte. Und die Sirene ruft nach mir.«

Das verstand das Kind nicht, dafür brach Silka in schallendes Gelächter aus. Als sie sich wieder beruhigt hatte, sagte sie: »Wenn Pauline das hört, gräbt sie im Watt ein schönes tiefes Loch und steckt dich mit dem Kopf zuerst rein.«

Die Rede von Wasserleichen und deren Knochen hatte offenbar auf sie abgefärbt. Zum Glück hatte Regina Weber jetzt Übung darin, ihrer Tochter die Ohren zuzuhalten. Sie tauschte einen hilflosen Blick mit ihrem Mann. Levke befand es an der Zeit, einzugreifen.

»Der Nächste, der den Kindern Angst macht, trägt den Rucksack.«

Sie fand, auf die Weise könnte sie sich schnell von dem Gewicht befreien.

»Ich habe überhaupt keine Angst«, behauptete Paul mit zittriger Stimme.

Weiter ging es, diesmal in die korrekte Richtung die Kaapdünen hinauf. Oben auf der Höhenpromenade wollte Tjard jedoch erneut nach Norden abdrehen. Levke sah, dass Silka ihn einfach am Ärmel festhielt und ihn so zwang, am Hauptbad hinunter zum Strand zu gehen.

Die meisten Badegäste waren inzwischen zurück in ihre Hotels, Pensionen, Ferienwohnungen und Kurkliniken gegangen. Die bunten Strandkörbe standen aufrecht und abgeschlossen da, und das Meer zog sich mit einsetzender Ebbe langsam vom Ufer zurück, ganz so, als wolle es sich selbst für die Nacht zur Ruhe begeben.

Die Gruppe war stehen geblieben, und Levke setzte für die Pause den Rucksack ab.

»Möchte jemand etwas trinken?«, fragte sie hoffnungsvoll. Jeder Schluck würde ihr Last verringern.

Niemand meldete sich. Silka wischte auf ihrem Smartphone herum, Tjard starrte in den Himmel, als könnte er allein mit der Kraft seiner Gedanken die Wolken vertreiben, die Kinder suchten den Boden nach kleinen Schätzen ab. Ihre Eltern wiederum wirkten verzaubert.

»Wie schön es um diese Zeit ist«, sagte Regina Weber. »Das habe ich gar nicht gewusst. So friedlich und urtümlich. Wenn die Strandkörbe nicht wären, könnten wir uns auch in einem anderen Jahrhundert befinden.«

»Die Strandkörbe und die Ostfriesennerze«, sagte ihr Mann augenzwinkernd. Aber auch er war sichtlich beindruckt. »Die Küste scheint unendlich weit zu sein, wenn nicht mehr so viele Leute da sind. Und bei diesem riesigen Himmel fühlt man sich ganz klein und unwichtig.«

Tjard nickte dazu mit langem Gesicht, worauf Martin Weber allerdings keine Rücksicht nahm. Die Laune des alten Mannes war ihm egal, er wollte so viel wie möglich von dessen Wissen profitieren.

»Was trugen denn die Seeleute früher für Kleidung?«, fragte er ihn.

Tjard ließ sich da, wo er war, in den Sand fallen. Levke war ihm dankbar, und den anderen schien es auch recht zu sein, vorerst nicht weiterzulaufen. Familie Weber hatte bereits einen Tag am Strand hinter sich, und Silka hatte bis mittags gearbeitet und am Nachmittag Levke mit der Wäsche geholfen.

»Schwere Seestiefel und Hosen aus ungefärbter Wolle«, dozierte Tjard. »Baumwollhemden und dicke Joppen darüber. Und genau diese Sachen wurden ihnen zum Verhängnis, wenn ihr Schiff kenterte.«

»Wieso?«, wollte Paul aufgeregt wissen.

»Weil sich die Kleidung sofort mit Wasser vollgesogen und die Männer in die Tiefe gezogen hat.«

Emilys Augen wurden sehr groß und rund, und sie rückte ein Stück näher an ihre Mutter heran, während Silka auf der anderen Seite ihr etwas zuflüsterte. Was sie sagte, konnte Levke nicht verstehen. Vielleicht erinnerte sie die Kleine einfach nur an ihre Schwimmflügel. Jedenfalls wirkte Emily beruhigt.

Paul jedoch war noch nicht fertig. »Warum haben die Männer ihre Klamotten nicht einfach ausgezogen und sind an Land geschwommen? War es ihnen zu kalt?«

»Dumm Tüch!«, schimpfte Tjard.

Levke fand die Frage des Jungen gar nicht so dumm, aber sie schwieg.

»Erstens«, setzte Tjard hinzu, »war dafür keine Zeit. Bei Unwetter sanken die alten Segler furchtbar schnell, besonders wenn der Blanke Hans wütete.«

»Wer war das denn?«

»Nicht wer, sondern was. Der Blanke Hans ist der schlimmste Sturm, den du dir nur denken kannst. Der kommt mit riesig hohen Wellen, richtigen Kaventsmännern. Er zerstört Inseln und ganze Küstenstriche und macht Schiffe kaputt, als wären sie aus Streichhölzern zusammengeklebt.«

Levke sah, dass Regina Weber ihrer Tochter wieder die Ohren zuhielt.

»Heutzutage kann so etwas nicht mehr passieren«, sagte sie schnell. »Unsere Dünen und Deiche werden gut gepflegt und sind in ausgezeichnetem Zustand.«

Niemand hörte ihr zu.

»Zweitens«, fuhr ihr Großonkel fort, »konnten die See-leute nicht schwimmen.«

»Was?«, fragte Paul ungläubig. »Sogar ich habe schon mein Seepferdchen, und ich bin erst acht. Im Herbst werde ich dann mein Schwimmabzeichen in Bronze bekommen. Ich trainiere schon fleißig dafür.«

Tjard zuckte mit den Schultern. »Waren andere Zeiten da-mals. Die meisten Menschen konnten sich kaum über Wasser halten. Es galt als nicht schicklich, im Meer zu baden.«

»Das war aber ziemlich dumm von den Leuten«, stellte Paul fest.

Tjard antwortete nicht, sondern trank so schnell aus sei-nem Flachmann, dass Levke es nicht verhindern konnte. Sie hoffte nur, das Fläschchen wäre langsam leer.

»Und wie war das nun mit dem holländischen Segler?«, fragte Martin Weber.

»War 'n flottes Schiff. Ein Dreimaster, vierzig Meter lang und schön bauchig mit großem Frachtraum. Sah ein bisschen aus wie eine von den alten Koggen aus dem Mittelalter. Hieß ›Van de Liefde‹ und hatte einen großen Stapel Tabakballen, hundertfünfzig Fass Bier und mehrere Dutzend Sklaven ge-laden.«

»Sklaven?« Pauls Stimme überschlug sich vor Aufregung. »Wirklich?«

Tjard sah den Jungen mit ernstem Gesichtsausdruck an. »Wenn ick es doch vertelle.«

Levke runzelt die Stirn. Etwas störte sie an der Geschichte. Nicht die Ladung, die schien in die damalige Zeit zu passen. Sie wusste noch aus dem Schulunterricht, dass Amsterdam einst ein wichtiges Zentrum für den weltweiten Sklavenhandel gewesen war. Auch Tabak und Bier waren gängiges Handelsgut gewesen. Aber bei dem Schiffsnamen klingelte etwas bei ihr. Sie sah zu Silka, die daraufhin aufstand und sich neben sie hockte.

»Entweder bringt unser Großonkel da was gewaltig durcheinander, oder er dreht die Geschichte so lange, bis sie schön dramatisch ist.«

Während Levke sich auf einmal daran erinnerte, was tatsächlich mit dem holländischen Segler geschehen war, griff Silka in den Rucksack und zauberte eine Flasche Weißwein und zwei Plastikbecher hervor.

»Aha! Deshalb war der also so schwer«, sagte Levke und grinste.

Silka grinste zurück. »Ich dachte, wir zwei könnten den gut brauchen. Es sei denn, du willst lieber was von Paulines Aquavit. Dann versuche ich, an Tjards Flachmann ranzukommen.«

»Gott bewahre! Her mit dem Wein!«

Sie überlegte, dem Ehepaar Weber ein Gläschen anzubieten, aber Martin und Regina hingen gebannt an Tjards Lippen und nahmen keine Notiz von ihr.

»Was ist passiert?«, wollte der Familienvater wissen.

»Nun, dat war ein ziemlich schwerer Sturm in jener Nacht. Nicht so schlimm wie die Weihnachtsflut, die siebzehnhundertsiebzehn folgen sollte und bei der Langeoog praktisch zerstört wurde, aber schlimm genug, dass die Insulaner um Leib und Leben fürchten mussten. Als es dann hieß ›Schipp up Strand!‹ sind alle Mann los, um zu raffen, was sie kriegen konnten. Da war das schlimmste Unwetter schon vorbei.«

Er legte eine dramatische Pause ein und sah seine Nichten scharf an. *Wehe ihr zerstört mir meine schöne Geschichte,* sollte das wohl heißen.

Levke und Silka tauschten einen einvernehmlichen Blick. Sollte Tjard ruhig sein Seemannsgarn spinnen. Auch wenn er historisch nicht korrekt erzählte, so hatte es doch genügend Schiffsunglücke dieser Art gegeben, um es ihm durchgehen zu lassen.

Silka goss ihnen nach, und Levke dachte daran, wie sehr sie solche Momente mit ihrer Schwester vermisst hatte. All die Jahre fern von Langeoog war da ein Loch in ihrer Seele gewesen, das sie gar nicht richtig bemerkt hatte.

10. Kapitel

Regina Weber zog sanft ihre Tochter hoch.

»Komm«, sagte sie. »Schauen wir mal, ob wir ein paar besonders schöne Muscheln finden.«

Offenbar war sie es leid, Emily vor Schauergeschichten zu schützen.

»Das haben wir heute Nachmittag schon gemacht«, protestierte die Kleine.

»Aber jetzt hat die Ebbe eingesetzt, da gibt es viel mehr zu entdecken.«

Emily ließ sich überreden, als ihre Mutter ihr auch versprach, ganz fest Ausschau nach Meerjungfrauen zu halten. Regina nickte ihrem Mann verschwörerisch zu und war bald außer Hörweite.

»Erzählen Sie ruhig mehr«, sagte daraufhin Martin Weber zu Tjard. »Was geschah dann mit dem Schiff und seiner Besatzung?«

Sein Sohn Paul neben ihm zappelte aufgeregt. »Sind etwa alle Matrosen ertrunken? Und die Sklaven auch?«

»Die als Erste«, erklärte Tjard. »Die waren ja im Bauch des Seglers eingesperrt.«

»Und auch in Eisen gelegt?«, wollte der Junge wissen. Auf seinem Gesicht zeichnete sich eine Mischung aus Furcht und Aufregung ab.

Tjard schüttelte den Kopf. »Nein, die konnten ja sowieso nirgendwohin flüchten. Jedenfalls – man hat nie mehr etwas von ihnen gesehen. Von der Besatzung wurden ein paar Körper angespült, aber die Sklaven blieben für immer verschollen.«

»Ich wette, es gab gar keine auf dem Schiff«, behauptete Paul.

»O doch.«

Tjard ließ sich auch von dem Jungen seine schöne Geschichte nicht kaputt machen. »Am nächsten Morgen fand man am Strand eine Kassette. Darin befand sich auch die Frachtliste, die vorsorglich in Wachspapier eingeschlagen worden war. So war sie noch lesbar, und die Sklaven waren dort angegeben. Der Tabak, der angeschwemmt wurde, war stattdessen hinüber. Aber wenigstens hatten einige Bierfässer den Untergang überstanden, und es fanden sich auch ein paar Wertgegenstände.«

Tjard sah sich um, stellte fest, dass seine Zuhörerschaft geschrumpft war, störte sich aber nicht weiter daran. »Den Langeoogern hat das Schiffsunglück allerdings nur Pech gebracht.«

»Wieso?«, fragte Paul gespannt. »Sind die Toten dann als Geister über die Insel gewandert?«

»So ungefähr. Es gab in den Tagen und Wochen danach seltsame Unglücksfälle. Ein Fischerboot kenterte, zwei Häuser gingen in Flammen auf, Babys wurden tot geboren, und eine ganze Schafherde starb an einer unerklärlichen Seuche.«

Levke fand, ihr Großonkel ging jetzt zu weit. Selbst Paul, der so scharf auf gruselige Details schien, wurde wieder blass. Außerdem erinnerte sie sich nun genau an die Geschichte des holländischen Seglers.

Die »Van de Liefde« war tatsächlich 1691 vor Langeoog gestrandet. Was genau sie geladen hatte, war nicht überliefert. Aber die Langeooger wollten bereits über die Fracht herfallen, als das Schiff ärgerlicherweise wieder freikam. Trotzdem hielt der Strandvogt es fest, indem er mit zwei seiner Männer bewaffnet an Bord ging und den Kapitän daran hinderte, auszulaufen. Daraufhin kam es zu einem gewaltigen Krach zwischen dem Schiffseigner und den ostfriesischen Statthaltern. Schließlich musste das Schiff freigegeben werden, und ab jenem Tag galten die Langeooger bei Reedereien und Kapitänen als räuberisches Volk. Das änderte sich erst, als Mitte des 19. Jahrhunderts die erste Seenotrettung ins Leben gerufen wurde. Von da an wurden Besatzungen aus den Fluten geborgen und nicht mehr ihrem Schicksal überlassen.

Tjard legte eine weitere Pause ein, um einen Schluck aus seinem Flachmann zu nehmen. So langsam glaubte Levke, er füllte den heimlich aus einer Flasche auf, die er in einer Jackentasche versteckt hielt. Wie war es möglich, dass ein so kleines Fläschchen so viel Schnaps hergab?

»Und was ist mit den Wasserleichen?«, wollte Paul trotz aller Ängstlichkeit wissen. »Gab es die überhaupt?«

»Hast du nicht zugehört? Ich habe doch gerade erzählt, dass einige Körper angespült wurden. Andere gelangten erst viel später an den Strand, wieder andere wurden auf den Nachbarinseln und an der Küste gesichtet, und manche können jeden Moment bei uns aus dem Watt auftauchen. Wenn sie tief genug im Schlick gesteckt haben, sind sie sogar noch erhalten. Wie Moorleichen.«

Paul blickte in Richtung Nordsee, als fürchtete er, dass sich dort draußen plötzlich Untote erheben würden.

»Wie bei ›The Walking Dead‹«, murmelte er.

»Wat?«

Der Junge gab keine Antwort.

Martin Weber war offenbar der Meinung, dass es nun genug war mit Schauergeschichten.

»Wer hat dir erlaubt, so eine brutale Serie zu gucken?«, fragte er seinen Sohn.

»Hab ich gar nicht. Nur von gehört.«

Der Familienvater ließ es ihm durchgehen und wandte sich an Levke. »Wir sollten langsam zurückgehen. Die Kinder sind müde.«

»Ich bin überhaupt nicht müde«, behauptete Paul und gähnte herzhaft.

Martin wuschelte ihm durchs Haar. »Schon klar. Aber vergiss nicht, dass wir morgen früh einen Ausflug zu den Seehundbänken machen. Da willst du doch ausgeschlafen sein.«

Levke hatte dem Familienvater bei der Buchung geholfen. Mit umgebauten Krabbenkuttern wurden die Gäste um die Insel herum bis ganz nach Westen gebracht. Dort wurden die Motoren abgestellt und trieben an den Sandbänken vorbei. Die Seehunde waren längst an die Besucher gewöhnt und ließen sich nicht stören.

»Okay«, gab der Junge nach und stand auf. Dann steckte er zwei Finger in den Mund und pfiff so laut, dass Levke die Ohren klingelten. Regina Weber und ihre Tochter kamen zurück und zeigten ein paar besonders schöne Herzmuscheln.

»Einen Seestern habe ich auch gesehen, aber Mama hat gesagt, den darf ich nicht anfassen, wegen Naturschutz und so. Obwohl er nicht mehr lebendig war«, sagte Emily.

»Das ist völlig richtig«, lobte Levke und stand auf.

Ohne groß zu fragen, verteilte sie Wasserflaschen an die Gäste. Sie hatte keine Lust, auch auf dem Rückweg einen schweren Rucksack zu schleppen.

»Aber Meerjungfrauen waren keine da«, fügte die Kleine enttäuscht hinzu.

Tjard, der ebenfalls aufgestanden war und nun leicht schwankend dastand, sagte: »Die siehst du morgen. Ein paar der Seehunde sind in Wirklichkeit Nixen. Wenn du ganz genau aufpasst, kannst du dabei zuschauen, wie sie sich verwandeln, wenn sie ins Wasser tauchen.«

Seine Sprache klang auf einmal verwaschen. Der letzte Tropfen Aquavit war womöglich einer zu viel gewesen. Kein Mann vertrug so viel wie die alte Strandkorbvermieterin.

»Oh«, machte Emily mit großen Augen.

»Sind Sie betrunken?«, fragte Martin Weber streng.

»Nicht der Rede wert.«

»Scheint mir aber doch. Hören Sie endlich auf, meinen Kindern so viel Mist zu erzählen.«

»Rege dich ab, ich …«

»Und duzen Sie mich gefälligst nicht!«

»Das ist auf Langeoog Tradition.«

»Ist mir egal. Ich erwarte Respekt.«

Levke drängte sich zwischen die beiden Männer.

»Warum gehen wir jetzt nicht zurück? Es ist so ein wunderschöner Abend. Den wollen wir doch nicht mit Streitereien verderben.«

»Genau«, kam Silka ihr zu Hilfe. »Tjard, du übernimmst wieder die Spitze.«

Sie schob ihren Großonkel sanft, aber entschieden in Richtung Dünen. Der fügte sich in sein Schicksal und schlurfte los. Silka folgte ihm auf dem Fuß, danach kamen Regina und Paul. Martin beruhigte sich und nahm seine müde kleine Tochter auf die Schultern. Levke bildete wieder das Schlusslicht.

Auf der Höhenpromenade angekommen, bog Tjard nach Norden ab.

Die Schwestern verabschiedeten sich herzlich von Familie Weber, und Silka bedeutete dem Familienvater, dem ihm bekannten Holzbohlenweg die Dünen hinunter in Richtung Ferienhof zu folgen.

»Lassen wir ihn ziehen«, sagte sie dann zu Levke und nickte in Richtung des Großonkels. »Der hat anscheinend Sehnsucht nach Pauline.«

»Ganz schön mutig von ihm«, gab Levke grinsend zurück. »Sie wird ihn bestimmt nicht freundlich empfangen.«

Auch Silka grinste. »Nicht unser Problem. Allerdings müssen wir entscheiden, ob wir ihn in Zukunft weiterhin solche erfundenen Schauergeschichten erzählen lassen. Die Kinder kriegen bestimmt Alpträume davon.«

»Du hast recht. Am besten wir streichen Tjard aus unserem Freizeitprogramm.«

Eine Weile gingen sie entspannt weiter. Sie passten knapp nebeneinander auf den Weg.

»Es ist schön«, sagte Silka, als sie schon fast am Fuß der Düne angelangt waren.

»Was denn?«, fragte Levke, obwohl sie ahnte, ihre Schwester empfand dasselbe wie sie selbst.

»Zeit mit dir zu verbringen. Quatschen, lachen oder auch nur zusammen still sein.«

»Ja, das ist es.«

»Du hast mir furchtbar gefehlt, Levke. Am Anfang nicht. Da war ich stinksauer auf dich. Aber später wurde es immer schlimmer. Es gab Zeiten, da dachte ich, dass ich ein Leben ohne dich nicht aushalten würde.«

Levke war es ganz ähnlich gegangen, aber die Wut auf ihre Schwester hatte ihr stets geholfen, über solche Zeiten hinwegzukommen.

»Moment mal«, sagte sie dann. »*Du* warst sauer auf *mich*? Mit welchem Recht?«

»Da kannst du dir ja wohl denken.«

Silka blieb stehen und verschränkte die Arme vor der Brust. »Du bist damals einfach abgehauen.«

»Ich hatte allen Grund dazu.«

»Pah! Weil Jasper mich auf der Hollywoodschaukel geküsst hatte?«

»Er *dich*?«

»Ja, natürlich. Er hat mich total überrumpelt.«

»Für mich sah es aber nicht danach aus, als ob es dir unangenehm gewesen wäre.«

»Klar.« Silka ließ hilflos die Arme hängen. »Dummerweise küsste er verdammt gut. Und ich habe mich hinreißen lassen. Außerdem war ich auch in ihn verliebt. Aber als ich wieder klar im Kopf war, wurde mir bewusst, dass ich gerade mit dem Freund meiner Schwester knutschte. Das hätte ich von mir aus niemals getan. Also habe ich ihn weggeschubst.«

Diesen Teil hatte Levke damals offenbar verpasst. Da hatte sie schon kehrtgemacht und war weggelaufen.

Im Dämmerlicht betrachtete sie ihre Schwester forschend. Silka war nie eine gute Lügnerin gewesen, und sie schien auch jetzt ehrlich zu sein.

»Warum hast du mir das nicht gleich gesagt?«

»Was hätte es genutzt? Außerdem war ich stinkwütend, als du noch am selben Abend zu dieser Freundin gezogen bist. Und ich konnte ja nicht ahnen, dass du die Insel schon bald verlassen würdest. Ich dachte wirklich, es würde sich alles wieder einrenken.«

Erneut wurde Levke bewusst, wie selbstgerecht sie damals gewesen war.

»Wir waren so jung«, sagte sie. »Und ich habe wahrscheinlich überreagiert. Aber ich war so furchtbar verletzt.«

»Das verstehe ich ja. Trotzdem hätten wir miteinander reden können, so wie wir es immer getan haben.«

»Stimmt.«

Schon als Kinder hatten sich die beiden Schwestern nach jedem Streit ausführlich ausgesprochen. Ihre Mutter hatte sie einmal sogar dabei gefilmt, wie sie als Sieben- und Fünfjährige darüber diskutiert hatten, wer wohl das Glitzerkleid ihrer gemeinsamen Lieblingspuppe versteckt hatte. Wie sich später herausstellte, war es der damalige Familienhund gewesen.

»Ihr werdet beide einmal Anwältin«, hatte Gunda lachend gesagt.

»Weißt du noch, das Puppenkleid?«, fragte Levke.

Silka lachte. »Und ob. Mama hat unsere Aussprache bei jedem Verwandtenbesuch vorgespielt.«

»Warum haben wir es bei Jasper nicht geschafft?«

»Vielleicht konntest du nicht. Dein Herz war gebrochen.

Übrigens, habe ich dir je erzählt, was er danach zu mir gesagt hat?«

Nein, dachte Levke. *Hast du nicht. Ich habe dir ja keine Chance gegeben, noch einmal mit mir zu reden.*

Laut sagte sie nur: »Was denn?«

»Weil wir uns doch ähnlich wie Zwillinge waren, hatte er herausfinden wollen, ob wir auch ähnlich küssten.«

»So ein Idiot!«

»Du sagst es.«

Nun musste Levke lachen. »Jasper war auch noch jung und dumm.«

»Jep. Er hat mir allerdings nie verraten, zu welchem Ergebnis er gekommen ist.«

»Echt nicht? Auch später nicht?«

»Später habe ich nicht mehr mit ihm geredet.«

»Oh, das wusste ich nicht.«

Levke erinnerte sich daran, dass sie sich in ihren dunkelsten Momenten vorgestellt hatte, Silka und Jasper würden nun als glückliches Paar am Strand spazieren gehen.

»Ich konnte es nicht mehr ertragen, in seiner Nähe zu sein«, gestand Silka. »Er hatte so viel kaputt gemacht.«

»Das hat er«, stimmte Levke ihrer Schwester zu. »Und ich ... ich auch.«

Silka hakte sich bei ihr ein. »Wir alle, denke ich mal. Ist Vergangenheit. Komm, lass uns heimgehen.«

Einträchtig schlenderten sie weiter.

»Hast du einen neuen Freund?«, fragte Levke ein paar Minuten später. Es war ein Schuss ins Blaue, aber als sie die feine Röte auf Silkas Wangen bemerkte, ahnte sie, dass sie auf dem richtigen Weg war.

»Wie kommst du denn darauf?«

»Ach, nur so. Mir ist aufgefallen, dass du oft unterwegs bist. Ich sehe dich nur noch selten zu Hause.«

Silka blickte nach unten auf die Holzbohlen und tat, als müsse sie genau aufpassen, wo sie hintrat.

»Ich habe keine Lust auf die ständigen Streitereien der Eltern«, meinte sie ausweichend.

Levke verstand, dass ihre Schwester nicht darüber reden wollte, wo sie ihre Abende verbrachte. Früher einmal hatten sie einander alles anvertraut.

Früher war sehr lange her.

»Eigentlich geht es mich ja nichts an«, lenkte sie ein. »Ich würde mich nur freuen, wenn wir ein bisschen mehr Zeit miteinander verbringen könnten.«

Silka musterte sie von der Seite.

»In Ordnung, aber ich will mich lieber nicht zu sehr daran gewöhnen.«

»Warum nicht?«, fragte Levke, obwohl sie die Antwort schon kannte.

»Du wirst wieder abreisen, und ich glaube, das wird echt schwierig.«

Levke blieb still, und Silka fügte schnell hinzu: »Versteh mich nicht falsch. Wir sind alle erwachsen, und natürlich muss jede von uns ihr eigenes Leben leben. Außerdem können wir in Zukunft ja in Kontakt bleiben und uns auch gegenseitig besuchen. Trotzdem ...«

»Ich gehe nicht weg«, sagte Levke.

Überrascht blieb sie stehen. Hatte sie das gerade wirklich gesagt?

»Was?«

»Ich bleibe hier.«

»Ist ja ein Ding. Wann hast du das denn entschieden?«

»Gerade eben.«

»Levke«, sagte Silka mit ihrer strengsten Stimme. »Ist dir der Wein zu Kopf gestiegen? Oder hast du heimlich an Tjards Flachmann genippt?«

»Nein, ich bin völlig klar und nüchtern.«

»Hast du dir heute einen Sonnenstich geholt?«

»Es war bewölkt.«

»Irgendwo den Kopf gestoßen?«

»Nein. Silka, ich meine es ernst.«

»Tja, das höre ich, aber ich kann es nicht glauben.«

Im nächsten Moment fiel Silka ihr um den Hals, und beide Schwestern lachten und weinten gleichzeitig. Es dauerte eine Weile, bis sie weitergingen.

»Das wäre wundervoll«, sagte Silka, nachdem sie sich ein wenig beruhigt hatte. »Da kannst du mal wieder sehen, wie magisch Langeoog ist. Die Insel hat dich wieder eingefangen, kaum dass du einen Fuß auf sie gesetzt hast.«

»Die Insel, das Meer, die Dünen, der weite Himmel – ach, das hat mir alles so gefehlt. Ich hatte glatt vergessen, wie sehr ich die Nordsee liebe.«

»Und deine Familie«, ergänzte Silka augenzwinkernd.

»Klar, die vor allem.«

Levke dachte ein paar Minuten lang nach, bevor sie hinzufügte: »Ich muss natürlich sehen, wie ich das hinkriege. Der Hof ernährt mit Müh und Not unsere Eltern und Großonkel Tjard. Du hast ja deinen Vollzeitjob. Ich werde mir wohl auch einen suchen müssen.«

»Da wüsste ich vielleicht etwas«, sagte Silka.

»Wirklich?«

»Für die Kurklinik, an der ich arbeite, wird für nächstes Jahr ein neuer Direktor oder eine Direktorin gesucht, da der jetzige Leiter in Pension geht. Du könntest dich bewerben. Wenn es klappt, musst du dich nur eine Weile mit Nebenjobs durchschlagen.«

»Wunderbar«, erwiderte Levke und hatte das Gefühl, dass sich langsam alles fügte.

»Aber wie regelst du das mit deiner Arbeit in Zürich?«, wollte Silka wissen.

Der Ferienhof kam bereits in Sicht, und Levke zog angestrengt die Brauen zusammen.

»Ich habe das noch nicht bis zum Ende durchdacht, aber es wird sich eine Möglichkeit finden. Mein Vizemanager ist ausgesprochen kompetent. Ich habe schon seit einiger Zeit den Eindruck, dass ihm seine Position im ›Bellevue‹ nicht mehr genügt. Vielleicht schaut sich Marcel auch schon nach neuen Möglichkeiten um.«

»Versucht er deshalb, dich zu erreichen? Nicht bloß, um zu erfahren, wann du zurückkommst?«

»Möglich.«

Levke verkürzte ihren Schritt. »Gleich morgen setze ich mich mit ihm und dem Hoteleigner in Verbindung. Mit etwas Glück werde ich vorzeitig aus meinem Vertrag entlassen, wenn ich bereits einen Ersatz für mich vorschlagen kann.«

»Aber es gibt doch so etwas wie eine Kündigungsfrist«, wandte Silka ein.

»Sicher. Es kann gut sein, dass ich noch für eine Weile nach Zürich zurückmuss. Andererseits habe ich meinen Jahresurlaub noch nicht angetreten und zudem viele Überstunden angesammelt. Das sind zusammen gut zwei Monate. So oder so wird sich eine Lösung finden.«

»Aber du bist doch schon einen Monat hier«, warf Silka ein.

»Das war mein Urlaub vom letzten Jahr«, erwiderte Levke augenzwinkernd.

Silka nahm ihre Hand und drückte sie. »Hauptsache, du bist dir wirklich sicher.«

Levke lauschte angestrengt in sich hinein.

»Das bin ich«, sagte sie schließlich. »Ich werde nur nicht auf Dauer zu Hause wohnen bleiben. Ein eigenes kleines Reich werde ich schon brauchen.«

»Darüber denke ich auch schon länger nach«, gestand Silka. Kurz schien es, als wollte sie noch etwas hinzufügen, doch sie tat es nicht, sondern sagte stattdessen: »Weißt du was? Wenn du bleibst, dann wird unser Ferienhof überleben. Das ist so sicher wie die Ebbe, die auf jede Flut folgt.«

Fröhlich legten die Schwestern das letzte Stück Weg zurück, und erst als sie schon im Vorgarten waren und den lauten Streit hörten, verflog ihre gute Laune. Nicht einmal die ohrenbetäubende Musik konnte über das Gebrüll hinwegtäuschen.

»Oh nein«, sagte Silka stöhnend.

»Wie ich das hasse!«, stimmte Levke ein.

Dann betrat sie das Haus, fest entschlossen, für Frieden zu sorgen.

11. Kapitel

Als Erstes hörte Levke die Stimme Roland Kaisers. Die fand sie normalerweise eher angenehm, aber nun schrie er in voller Lautstärke in der Küche: »Ich glaub, es geht schon wieder los!«

»Das darf doch wohl nicht wahr sein!«, rief Silka, die hinter ihr in die Diele stürmte.

Ganz schön textsicher, dachte Levke. Das war aber auch kein Wunder. Die Schwestern hatten ihre Kindheit mit den Liedern des Schlagerstars verbracht. Mit Freddy Quinn war es ihnen ähnlich ergangen, und immerhin auch mit den Rolling Stones – die waren in Sachen Coolness wenigstens eine andere Nummer.

Wie auf Kommando dröhnte nun »Jumpin' Jack Flash« von oben aus der Familienwohnung. Das war eindeutig Ubbos Stereoanlage, während Levke in der Küche Gundas Lautsprecher vermutete.

Auf der Treppe vermischten sich die beiden so unterschiedlichen Musikrichtungen zu einem unerträglichen Gekreische. Hinzu kamen Gundas laute schimpfende Stimme, und Ubbos Bass, der fast bedrohlich klang.

Mehrere Gäste kamen aus ihren Zimmern. Auch Martin Weber stand im Türrahmen und sagte etwas. Er war bloß nicht zu verstehen.

Levke und Silka verständigten sich mit einem schnellen Blick. Silka rannte die Treppe hinauf und stellte die Rolling Stones ab, Levke eilte in die Küche, um Roland Kaiser zum Schweigen zu bringen.

»Tut mir leid«, sagte sie zu dem Star. »Aber ich muss dich abwürgen.«

»Warum hast du nicht Nein gesagt«, gab er zurück. »Es lag allein an dir.«

Levke fuhr zusammen. Dann begriff sie, dass der nächste Schlager auf der Playlist abgespielt wurde, diesmal ein Duett mit Maite Kelly.

»Wer weiß«, flüsterte sie. »Ich sollte vielleicht doch in Zürich bleiben.«

Kaiser und Kelly äußerten sich nicht dazu, sondern verstummten.

Ganz kurz nahm der Geräuschpegel ab. Bis wieder laut gestritten wurde. Die Eltern waren im Frühstückszimmer aneinandergeraten und hatten ihr Musikduell vorübergehend vergessen.

Levke rannte hinüber, Silka kam zwei Stufen auf einmal nehmend heruntergelaufen. Die Gäste hatten sich entweder zurückgezogen oder waren nach draußen geflohen.

Als die Schwestern ins Frühstückszimmer stürmten, fanden sie ihre Eltern in Kampfhaltung vor. Gunda und Ubbo standen einander gegenüber wie zwei Boxer im Ring. Beide hatten die Fäuste erhoben, und Gunda machte den Eindruck, gleich zuschlagen zu wollen.

Levke und Silka sprangen vor, aber es war, als prallten sie gegen eine unsichtbare Wand.

Levke ahnte, sie durften jetzt nicht eingreifen, wenn sie nicht alles noch schlimmer machen wollten. Silka schätzte die Situation offenbar genauso ein. Also wichen sie zurück, bis sie an der Tür standen und schauten abwartend zu. Ihre Eltern waren so miteinander beschäftigt, dass sie die Schwestern nicht bemerkten.

»Na los«, knurrte Ubbo. »Knall mir eine. Das willst du doch schon ewig tun.«

Gunda tänzelte vor und zurück. »Du hast mein schönes Ölbild zerstört. Bloß, weil du eifersüchtig auf meine neuen Malerfreunde bist.«

»Du meinst diese seltsame Ansammlung von Farbe? Was sollte das überhaupt darstellen? Im Leben würde ich das nicht anrühren.«

»Das war ein Aktbild! Und nun ist die Leinwand zerfetzt«, fauchte Gunda. Ihre Beine zitterten vor Anstrengung, aber sie tänzelte weiter. Wenigstens senkte sie ihre Stimme. Für Brüllen und Hüpfen gleichzeitig blieb keine Luft.

»Ich habe drei Wochen daran gearbeitet.«

»Wirklich? So einen Mist hätte ich locker in drei Minuten geschafft.«

Auch Ubbo sprach ein wenig leiser. Levke entspannte sich. Wenigstens bestand nicht mehr die Gefahr, dass Urlauber wegen Lärmbelästigung das Weite suchten.

»Also weißt du genau, wovon ich rede!«, sagte Gunda triumphierend.

»Das grauenvolle Ding war ja nicht zu übersehen. Das hätte unseren Gästen den Appetit verdorben.«

Ubbo deutete zur Wand hinter dem langen Tisch für das Frühstücksbüfett. Dort hing tatsächlich eine arg zerfetzte Leinwand. Sie sah aus, als hätte sich ein Tiger daran die Krallen geschärft. Zu erkennen waren darauf nur noch ein paar grüne und braune Flecken.

Levke dachte scharf nach. Nein, ihr war im Lauf des Tages kein Aktbild aufgefallen. Schade eigentlich. Sie hätte gern gewusst, wie ihre Mutter einen nackten Menschen malte.

Gundas Arme zitterten jetzt auch. Es musste anstrengend sein, die ganze Zeit die Fäuste erhoben zu haben. »Du hast eben keine Ahnung von Kunst.«

»Weil ich bloß Farbflecken gesehen habe? Nein, anscheinend nicht. Wann hast du das Ding eigentlich aufgehängt?«

»Als du zur Strandbar los bist, um dich volllaufen zu lassen.«

Strandbar?, überlegte Levke. Irgendetwas klingelte da bei ihr, aber sie kam nicht darauf, was es war. In Gedanken war sie noch bei den Farbflecken.

»Ich habe bei Sara die Treppe zur Terrasse repariert«, verteidigte sich Ubbo. »Und zum Dank gab es ein frisch gezapftes Bier.«

Gunda hörte endlich auf zu tänzeln und ließ auch die Arme sinken. Selbst ihr frisch gefärbtes dunkelblondes Haar schien an Schwung zu verlieren.

»So eine Gemeinheit hätte ich dir gar nicht zugetraut«, sagte sie und klang erschöpft. »Ich kann ja verstehen, dass du neidisch bist, aber das war zu viel.«

»Ich habe überhaupt nichts gemacht. Als ich von der Strandbar zurückkam, hing das Teil noch heil an der Wand. Ich habe hier den Stuhl rausgeholt, der neu geleimt werden muss, und habe ihn im Stall abgestellt. Die Arbeit hat auch Zeit bis morgen. Dann bin ich nach oben und wollte zur Entspannung ein bisschen Musik hören.«

»Musik? Grässlichen Krach, meinst du wohl.«

»Das ist wenigstens echter Rock. Irgendwie muss ich ja gegen deine Schnulzen ankommen.«

Beide hielten plötzlich inne und lauschten.

»Wer hat das denn ausgestellt?«, fragte Gunda. Erst jetzt entdeckten die Eltern ihre Töchter an der Tür.

Levke wollte schon antworten, aber Silka hob eine Hand. Ist jetzt nicht so wichtig, sollte das heißen.

Gunda vergaß ihren Schlagerstar und kehrte zum eigentlichen Thema zurück. »Der arme José hat mir drei Tage lang Modell gestanden. Er wird am Boden zerstört sein, wenn er das sieht.«

»José? Wer ist das denn?«, fragte Ubbo. Dann kombinierte er richtig, denn er setzte nach: »Du hast einen Spanier gemalt?«

»Einen mit dunklen Augen«, warf Levke ein, wurde aber glatt überhört. Einzig Silka warf ihr einen wissenden Blick zu. Dann verschwand sie aus dem Frühstückszimmer, was Levke überhaupt nicht gut fand. Sie sollten das hier gemeinsam durchstehen. Als Schwestern. Sie allein hatte keine Erfahrung damit, die Eltern zu beruhigen.

»José ist ein wunderbarer Freund und Malerkollege«, erklärte Gunda.

»Und dein Liebhaber?«

Gunda presste die Lippen aufeinander und machte das Kreuzzeichen.

Levke stutzte. Ihr Mutter war genauso protestantisch wie

der Rest der Familie. Die Geste musste sie sich von irgendwem abgeschaut haben.

Ubbo ließ nicht locker. »Seit wann stehst du auf feiste Spanier? Die Farbkleckse waren ja alle ziemlich kreisförmig.«

»Jetzt hör aber mal auf. José ist überhaupt nicht feist, sondern ausgesprochen gut trainiert. Er hat sogar ein richtiges Sixpack.«

Levke sah, dass dies die Sache nicht unbedingt besser machte. Bei ihrem Vater kehrte der Zorn zurück.

»Und warum hast du ihn dann so gemalt?«

»Das nennt man künstlerische Freiheit, aber davon hast du keine Ahnung.«

»Vielleicht ja doch. Vielleicht habe ich begriffen, dass du ihn mit Absicht verunstaltet hast, damit ich dir und deinem Liebhaber nicht auf die Schliche komme.«

»Nicht das schon wieder«, sagte Gunda schwer seufzend und sank auf einen Stuhl.

Ubbo blieb stehen und wirkte jetzt wieder bedrohlich.

»Ich will endlich die Wahrheit wissen!«

»Theodor!«, rief Silka.

Levke wirbelte herum. In der Tür stand ihre Schwester und hielt etwas hoch, das nach einem Fetzen Papier aussah. Sie grinste triumphierend.

»Theodor mochte dein Kunstwerk anscheinend auch nicht, Mama. Oder er dachte, er könne es fressen.«

Gunda und Ubbo sahen gleichermaßen verwirrt aus, Levke schaltete schneller.

»Theodor hat das Bild zerstört? Nicht Papa?«

Hinter ihrer Stirn meldete sich ein Pochen. Sie ahnte, dass der Tag sie schon zu sehr gefordert hatte.

»Korrekt.«

»Aber hing es nicht an der Wand?«

Silka lachte sie an. »Du vergisst immer noch, wie groß unser Hund ist.«

»Stimmt.«

Und seine Pfoten konnten es sicherlich mit Tigertatzen aufnehmen.

Silka trat zu Gunda. »Das ist doch ein Stück von deiner Leinwand, oder? Habe ich im Stall gefunden. Die Ponys haben auch daran geknabbert. Anscheinend ist Theodor Papa nachgelaufen, als er den Stuhl geholt hat. Dann hat er ruckzuck das Bild zerstört und Papa auf dem Weg zum Stall wieder eingeholt.«

Sie wandte sich an ihren Vater: »Hast du davon nichts mitgekriegt?«

»Nein, ich war in Gedanken.«

Es war leicht zu erraten, was für Gedanken das gewesen waren, fand Levke.

Währenddessen starrte Gunda sprachlos auf das Beweisstück.

Ubbo stellte sich breitbeinig vor seiner Frau auf, verschränkte die Arme vor der Brust und blickte zornig auf sie herab.

»Also?«

»Also was?«

»Wie wär's mit einer Entschuldigung?«

Gunda knetete ihre Finger. Sie wusste genau, sie war im Unrecht, aber nachgeben war nicht so ihr Ding. Kurz schien es, als wollte sie sich erneut bekreuzigen, aber dann merkte sie wohl, dass es wenig hilfreich gewesen wäre.

»Wieso hast du den Hund rausgelassen? Du weißt genau,

dass er abends im Stall bleiben soll. Er könnte die neu ange-
kommenen Gäste erschrecken.«

Alle Achtung, dachte Levke. *So schnell kann man aus einer
Entschuldigung einen neuen Vorwurf machen. Muss ich mir
merken.*

Ubbo nahm eine weniger angriffslustige Haltung ein.

»Habe ihn wohl übersehen«, murmelte er.

»Ein achtzig Kilo schwerer Koloss ist ja auch so gut wie
unsichtbar.«

Ubbo sah zu Silka hinüber. »Hast du den Stall jetzt abgeschlossen?«

»Klar.«

»Prima, dann ist ja alles in Ordnung. Und du, Gunda,
malst das Bild einfach noch mal. Dein Spanier kann es bestimmt kaum abwarten, dir wieder Modell zu stehen.«

Gunda stand auf und lächelte ihren Mann wenig freundlich an.

»José ist ein echter Schatz und sehr hilfsbereit. Wenn ich
ihn darum bitte, macht er das bestimmt. Das Problem ist
nur, dass er als Orthopäde in der Rehaklinik ziemlich beschäftigt ist. Ins Atelier am Meer kommt er nur zur Erholung.«

Levke fragte sich, wie entspannend es wohl sein mochte,
von einer Reihe meist älterer Herrschaften halb oder ganz
nackt angestarrt zu werden. Sie selbst zog allemal einen
Strandspaziergang vor, wenn sie eine Pause brauchte, und
zwar dem Wetter entsprechend bekleidet.

Ubbos Kiefermuskeln arbeiteten. Dass der vermutete Liebhaber seiner Frau nicht nur durchtrainiert, sondern obendrein
noch Arzt war, musste hart an seinem Ego kratzen.

»Kannst ihn ja bitten, seine Nächte für dich zu opfern. Dann könnt ihr das Angenehme mit dem Nützlichen verbinden.«

Das hat Papa jetzt aber schön vornehm ausgedrückt, ging es Levke durch den Kopf.

»Willst du mir vorschlagen, dass ich mich ihm hingebe?«, fragte Gunda mit gefährlich leiser Stimme.

Das klang auch vornehm.

Ubbo ruderte schnell zurück. »Ich will überhaupt nichts vorschlagen.«

»Dann ist ja gut. Zumal ...«

»Zumal was?«

»Ach, nichts.«

»... zumal ihr es längst getan habt?«

»Dumm Tüch. José ist ...«

»Erspare mir die Details!«

Gunda zuckte mit den Schultern. »Wie du willst. Ich kann jedenfalls versuchen, das Bild noch einmal zu malen. Ich weiß nur nicht, ob ich die Inspiration wiederfinde.«

Ubbo öffnete den Mund, um etwas zu erwidern, schloss ihn aber wieder.

Kluger Papa, dachte Levke. Er hätte sich wahrscheinlich endgültig um Kopf und Kragen geredet.

Sie hatte jetzt genug von diesem Streit, außerdem wurden ihre Kopfschmerzen immer stärker.

»Kommst du mit raus?«, fragte sie Silka.

»Ja, gleich. Ich hole uns noch Wein.«

Keine der Schwestern trank normalerweise viel, aber nach dem Stress hatte Levke nichts dagegen.

»Hauptsache, den vertrage ich noch«, sagte sie, als sie beide auf der Hollywoodschaukel saßen und an gut gefüllten Gläsern mit Rosé nippten. »Erst der Weißwein vorhin am Strand, und nun der hier.«

»Ach was. Wir trinken einfach ganz langsam und ruhen uns von dem Stress aus.«

Durch das offene Küchenfenster hörten sie, dass Roland Kaiser und Maite Kelly jetzt vor Leidenschaft brannten. Die Rolling Stones hielten nicht dagegen. Anscheinend hatte Ubbo genug von dem Musikduell.

»Kennst du diesen José?«, fragte Levke ihre Schwester nach einer Weile.

»Nein. An meiner Klinik arbeitet er nicht, und auch sonst habe ich nichts von ihm gehört.«

»Ist das nicht ziemlich ungewöhnlich, ein spanischer Arzt hier im Norden?«

»Überhaupt nicht. Auf Langeoog und den Nachbarinseln arbeiten viele ausländische Mediziner. Ihnen macht die relative Abgeschiedenheit der Inseln nichts aus, und sie verdienen in Deutschland wesentlich mehr als in ihren Heimatländern. Die Mehrzahl kommt allerdings aus osteuropäischen Ländern.«

Levke nippte von ihrem Wein. »Hoffen wir, dass sich da nichts Ernstes zwischen ihm und Mama entwickelt. Es bräche Papa das Herz. Ist es schon lange so schlimm zwischen den beiden?«

Silka blickte eine Weile in den Vorgarten, bevor sie antwortete: »Schwer zu sagen. Ich war ja oft weg. Vor allem, als ich noch mit Emil zusammen war.«

Ein Schatten huschte über ihr Gesicht, und Levke ahnte, dass ihr Liebeskummer noch lange nicht ausgestanden war.

Sie griff nach der Hand ihrer Schwester und drückte sie.

»Du wirst darüber hinwegkommen.«

»Mhm.«

Silka dreht ihr Glas in den Händen, und Levke hatte das sichere Gefühl, dass sie ihr etwas verschwieg.

Aber sie drängte sie nicht weiter. Noch waren sie einander fremd, und es würde wohl einige Zeit vergehen, bis sie die einstige Verbundenheit wiedergefunden hätten. Sie selbst hatte Silka ja auch nichts von ihren verwirrenden Gefühlen für den fremden blonden Mann erzählt. Zwar sehnte sie sich danach, sich ihrer Schwester anzuvertrauen, aber da war noch diese unsichtbare Grenze zwischen ihnen, die keine von beiden bisher überschritten hatte.

»Ich finde es schrecklich, wenn sie so aufeinander losgehen«, kam sie noch einmal auf ihre Eltern zu sprechen. »Das war doch früher nicht so.«

»Manchmal schon«, entgegnete Silka nachdenklich. »Ich glaube, sie haben immer gestritten, aber wir haben es nicht so gemerkt, weil Onkel Tjard uns abgelenkt hat. Weißt du noch, wie oft er mit uns spontan zum Strand gegangen ist? Oder zum Ponyhof? Oder zum Eisessen?«

Mit der freien Hand rieb sich Levke nachdenklich die Schläfe.

»Ja, natürlich. Aber ich dachte, er wollte uns einfach nur eine Freude machen.«

»Ging mir genauso. Ich bin erst in letzter Zeit draufgekommen, dass er uns schützen wollte. Und ich habe ihn einmal darauf angesprochen.«

»Und?«, fragte Levke.

»Am Anfang hat er ziemlich lange rumgedruckst, aber dann sagte er sinngemäß, dass Kinder vor dem Blanken Hans beschützt werden müssen, besonders wenn der im eigenen Haus wütet.«

Levke fröstelte auf einmal. Offenbar war die Welt der Familie Dirks auch früher keineswegs so in Ordnung gewesen, wie sie sich gern eingebildet hatte.

Auf der Stelle verzieh sie ihrem Onkel sämtliche Schrullen. Sollte er ruhig weiterhin Seemannsgarn spinnen und an schönen Abenden auf rätselhafte Weise verschwinden. Er war ein wunderbarer Mensch, der ihre Kindheit um einiges leichter gemacht hatte.

»Aber etwas war damals anders«, fügte Silka hinzu. »Sie haben sich immer schnell wieder versöhnt. Wenn wir zurückkamen, wirkten sie, als sei nie ein böses Wort zwischen ihnen gefallen.«

Auf einmal erinnerte sich Levke. »Stimmt. Und manchmal sahen sie ein bisschen zerrupft aus. So als hätten sie ...«

»Pfui, Düvel!«, rief Silka aus. »Meinst du, sie hatten Versöhnungssex?«

Levke schüttelte sich. Die eigenen Eltern hatten neutrale Wesen zu sein, die ihre Kinder auf wunderbare Weise bekamen. Alles andere war unvorstellbar.

»Aber das geht jetzt natürlich nicht mehr«, sagte Silka nach einer Weile, in der sie beide versuchten, gewisse Bilder aus dem Kopf zu kriegen. »In dem Alter!«

Levke kam der Gedanke, dass Anfang Sechzigjährige durchaus noch Spaß im Bett haben konnten. Warum sonst vermutete ihr Vater, der Spanier sei Gundas Liebhaber? Und galt das sogar für noch ältere Menschen? Tjard zum Beispiel? Oder Pauline?

Oder Tjard *und* Pauline.

Da war er wieder, der leise Verdacht, der sie überfiel, wenn sie über das seltsame Verhalten ihres Onkels nachdachte. Aber das war einfach zu abwegig, oder?

»Ich hätte gern einen jungen Liebhaber«, erklärte sie.

»Huch?«, machte Silka. »Wie kommst du denn jetzt darauf?«

»Ach, nur so.«

Ihre Schwester nahm ihr das noch halb volle Weinglas aus der Hand. »Kein Schluck mehr. Sonst überstehst du den Abend in der Strandbar nicht.«

»Wo?«

»Hast du nicht erzählst, du triffst dich mit Katharina und den anderen in Saras Strandbar?«

Da wusste Levke es wieder. Seit Wochen schon lud Katharina sie ein, mitzukommen. Samstag war der traditionelle Abend der Freundesgruppe, und sie wollte Levke gern den anderen vorstellen.

»Katharina ist nett«, fügte Silka hinzu. »Und ich bin sicher, das gilt auch für die anderen. Ich kenne sie zwar nicht näher, aber du wirst dich bestimmt gut mit ihnen verstehen.«

Levke sah Silka von der Seite an. Ihre Schwester hoffte, dass sie neue Freundschaften auf Langeoog schloss. Das wäre ein Grund mehr, auf der Insel zu bleiben. Der Gedanke rührte sie, dennoch hatte sie so ihre Zweifel.

»Abgesehen von Annabel und Katharina sind mir die Leute aber alle fremd.«

»Deswegen gehst du ja dahin«, erwiderte Silka geduldig. »Um Freunde zu finden.«

Levke seufzte verhalten. Im Augenblick hatte sie gar keine Lust auf eine Partynacht. In den vergangenen Stunden hatte es genug Action gegeben, und die Kopfschmerzen ließen auch nicht nach.

»Ich bin müde«, gestand sie.

»Das gibt sich wieder, wenn du erst mal in netter Gesellschaft bist. Vielleicht verirrt sich ja sogar ein Singlemann in die Strandbar.«

Wie von selbst erschien das Bild des geheimnisvollen Fremden vor Levkes Augen. Es entsprach durchaus ihrer Vorstellung eines jungen Liebhabers. Sie hüstelte und schob es energisch beiseite.

»Das wäre wirklich das Letzte, was ich gebrauchen könnte.«

Silka grinste. »Warten wir's ab.«

»Hast du Lust, mitzukommen?«

»Nein, sorry, habe schon was vor«, entgegnete ihr Schwester plötzlich wortkarg.

Levke stand auf. »Dann gehe ich mal los. Katharina wird es mir sonst nie verzeihen.«

12. Kapitel

Levke wählte den kürzesten Weg zum Nordstrand – einmal mitten durch den Ort und dann am Dünenfriedhof und am Pirolatal vorbei. Sie hatte an diesem Tag bereits mehr als genug Bewegung gehabt und wünschte, sie wäre einfach auf der Hollywoodschaukel sitzen geblieben. Andererseits wollte sie Katharina nicht enttäuschen. Und sie war auch gespannt auf den Freundeskreis, von dem sie nur Annabel kannte.

Wenn ich auf Langeoog wirklich wieder heimisch werden will, brauche ich neue Bekanntschaften, sagte sie sich und beschleunigte ihren Schritt.

Die Dünen hinauf musste sie wieder langsamer gehen. Sie hatte gedacht, nach der vielen körperlichen Arbeit und den Spaziergängen mit den Tieren sei sie schon besser in Form, aber offenbar waren ihre Kräfte begrenzt.

Oben angekommen blieb sie stehen, um zu Atem zu kommen, und musste prompt husten. Wieso fühlte sie sich auf einmal so schlapp? Ob es am Wetterwechsel lag? Rußschwarze Wolken wälzten sich über den Abendhimmel und schluckten das letzte Tageslicht. Die Luft war merklich kühler geworden, und es roch nach Regen.

Levke beeilte sich, weiterzukommen. Sie hatte keinen Schirm dabei und wollte nicht nass werden.

Nach einer Weile erschien ihr die Bar wie eine Oase aus Licht am dunklen Strand, und sie stapfte mit neuer Energie durch den tiefen Sand darauf zu. Als sie angekommen war, standen ihr jedoch Schweißtropfen auf der Stirn, und ihr war furchtbar heiß. Auch ihre Kopfschmerzen hatten zugenommen.

Die Strandbar selbst war nicht viel mehr als ein hölzerner Kiosk, aber ihre große Terrasse wirkte einladend. Dort schienen sich auch sämtliche Gäste versammelt zu haben. Sie standen auf der Treppe, lehnten am Geländer oder saßen in tiefen Korbsesseln.

Levke entdeckte die rothaarige Annabel in einer Sitzgruppe neben ihrem umwerfend gut aussehenden Mann Riccardo. Ihn hatte sie bereits auf dem Ponyhof kennengelernt. Neben den beiden saß ein etwas kleinerer Mann, der Riccardo ähnlich sah. Er hatte seinen Arm um eine große blonde Frau gelegt. Das musste sein Bruder Matteo mit seiner Frau Sophie sein. Das Paar wirkte auch sehr nett, und Levke wollte sich als Erstes zu ihnen gesellen.

Aber die paar Stufen zur Terrasse hinauf gingen fast über ihre Kräfte, und sie musste sich am Handlauf festhalten. Ihre Knie schlotterten, und das Licht der bunten Laternen stach ihr in den Augen.

Ein großer, blonder Mann tauchte vor ihr auf.

»Ist alles in Ordnung mit dir? Du siehst ein bisschen blass aus.«

Levke glaubte zu halluzinieren.

»Was zum Teufel machst du hier?«, fragte sie den großen

blonden Fremden, der sie anscheinend über die halbe Insel verfolgt hatte. »Kannst du mich mal in Ruhe lassen?«

Gleichzeitig wünschte sie sich nichts sehnlicher, als an seine breite Brust zu sinken. Tief sog sie seinen Duft ein.

Komisch. Er roch gar nicht nach Tannenwald und Meer. Eher nach Terpentin.

Neben ihm tauchte Katharina auf. »Hier bist du, Leo. Oh, Levke. Wie schön, dass du es geschafft hast. Und du hast schon meinen Mann kennengelernt.«

»Deinen Mann.«

Der Kunstmaler, überlegte sie. *Daher der Geruch.* Sie war fast ein bisschen überrascht, dass sie noch logisch denken konnte.

»Ja, dieses Prachtexemplar hier.« Katharina knuffte Leo liebevoll in die Seite.

Er ließ es sich lachend gefallen. Dann schaute er wieder Levke an. Sie stellte fest, dass er nur im ersten Moment Ähnlichkeit mit dem Fremden gehabt hatte. Wahrscheinlich war sie auf den schon so fixiert, dass sie ihn in jedem großen Mann zu sehen glaubte.

»Deine Freundin sieht nicht gut aus«, sagte er jetzt zu seiner Frau.

»Sei nicht so unfreundlich. Levke ist ein bisschen erschöpft von der vielen Arbeit, aber ... hoppla!«

Da hatte Levke einen weiteren Schritt gemacht, war gestolpert und in starken Armen gelandet, die aus dem Nichts aufgetaucht waren, um sie aufzufangen.

Diesmal stimmte der Duft.

»Was zum Teufel ...«, setzte sie erneut an, aber dann wurde es schwarz um sie herum.

Sie kam auf einem Feldbett zu sich.

»Da isse ja wedder, unsere Bangbüx.«

Pauline Fischer, ohne Zweifel.

Levke erwog die Option, sich weiterhin bewusstlos zu stellen. Dummerweise war da jetzt wieder ein strenger Geruch, der sie niesen ließ. Terpentin war es nicht, sondern …

Sie musste an Tjard denken, an seinen Flachmann.

»Wer stinkt hier so nach Aquavit?«, fragte sie heiser und richtete sich auf.

»Hallo«, sagte Katharina. »Das bist leider du.«

Sie saß neben ihr auf einem Hocker und atmete durch den Mund.

»Ich?«

»Ja, sorry, Pauline hat dich damit eingerieben, bevor wir sie daran hindern konnten.«

Übelkeit stieg in Levke hoch, und sie hielt sich schnell eine Hand vor den Mund.

»Wehe!«, rief die Strandkorbvermieterin. »Wenn dir kodderich ist, fliegst du raus.«

Der Würgereiz ließ nach, und Levke tat es Katharina nach und holte nur noch durch den Mund Luft.

Pauline stapfte mit dem Fuß auf. »Ich habe dir bloß ein paar Tropfen auf die Stirn gegeben. Hat ja geholfen, oder? Bist aus der Geisterwelt zurückgekommen.«

»Von wo?«

»Pauline«, mahnte Katharina. »Jetzt bring Levke doch nicht noch mehr durcheinander.«

Die Frau schnaubte. »Bloß, weil du mir letztes Jahr das Leben gerettet hast, brauchste dich gar nicht so aufzuspielen.«

Levke kam nicht mehr mit. »Wieso Geisterwelt? Und wie hast du sie gerettet? Wo bin ich überhaupt?«

»Ich fang mal von hinten an«, sagte Katharina lachend. »Wir haben dich in Paulines Büdchen gebracht. Ist nicht weit von der Strandbar entfernt, und hier hast du deine Ruhe. Die alte Frau hatte sich letztes Jahr das Bein gebrochen, und ich habe die Freunde mobilisiert, um ihr zu helfen. Und das mit der Geisterwelt ist absoluter Blödsinn, aber das weißt du ja selbst.«

»Klar«, murmelte Levke, musste aber schon wieder an Tjard denken. Seine Geschichten von den Spökenkiekern hatten ihr früher schlaflose Nächte beschert. Vielleicht erzählte er die ja immer noch.

»Ich gebe dir gleich die alte Frau«, schimpfte Pauline mit Katharina. »Ich stehe noch voll im Saft, wenn du es genau wissen willst.«

»Eigentlich nicht«, gab Katharina zurück.

»Und es gibt Männer, die sich nach mir verzehren. Erst vorhin war wieder einer hier. Die Bangbüx weiß genau, von wem ich rede.«

Katharina schüttelte sich. »Zu viel Information. Hier, Levke, trink etwas Wasser.«

»Schwör mir, dass das kein Schnaps ist.«

»Ich schwöre.«

Trotzdem schnupperte Levke zuerst an dem Glas, bevor sie einen Schluck nahm.

Ein hochgewachsener Mann kam herein. An seiner Seite war eine kleine Frau mit beeindruckend großem Bauch.

»Das sind Sara und Benedikt«, stellte Katharina die beiden vor. »Sara gehört die Strandbar, aber das weißt du ja schon.

Und Benedikt ist Arzt. Sie stammen beide aus Bayern und haben erst auf Langeoog zueinandergefunden. Weil die Insel magisch ist.«

»Von wegen!«, rief Pauline empört dazwischen. »Das war ich, die Insel hat nichts damit zu tun. Und bei euch anderen hatte ich auch mein Händchen im Spiel. Euer Glück habt ihr ganz allein mir zu verdanken.«

Aus unerfindlichen Gründen glaubte Levke ihr, und sie fragte sich, ob Pauline wohl auch ihr helfen würde, den richtigen Mann zu finden. Dann fragte sie sich, ob sie sich irgendwo den Kopf gestoßen hatte bevor sie in den starken Armen gelandet war.

Katharina überhörte Pauline glatt und sprach weiter mit Levke: »Letztes Jahr haben sie geheiratet, genau wie Nella und Jack und Annabel und Riccardo. Das war eine tolle Dreifachhochzeit. Mein Leo und ich hingegen haben uns Ostern ganz allein das Jawort gegeben. Aber das wusstest du ja auch schon. Ich kann mir einfach nicht merken, was ich dir schon erzählt habe und was nicht.«

Levke hoffte, dass sie die vielen Namen irgendwann auseinanderhalten konnte. Annabel und Riccardo hatte sie vorhin gesehen. Demnach mussten Nella und Jack die zwei von der Inseltöpferei sein. Sie fragte zur Sicherheit nach, obwohl sie bei den dröhnenden Kopfschmerzen vermutlich nichts behalten würde.

Katharina klatschte in die Hände, genauso, wie sie es wahrscheinlich tat, wenn einer ihrer Schüler eine Aufgabe richtig gelöst hatte.

»Stimmt. Du bist ganz schön clever, Levke. Ich habe viel länger gebraucht, um alle auseinanderzuhalten. Nella hat im

Winter einen Sohn bekommen, Benno. Ein echter kleiner Prachtkerl. Sophies und Matteos Tochter Paula ist inzwischen zwei Jahre alt, dann kommt meine Mila, und die Älteste ist Annabels Francesca mit ihren vierzehn Jahren.«

»Und Sara ist schwanger mit Zwillingen«, mischte sich Pauline ein.

Sara senkte verlegen den Blick, aber Levke hatte noch kurz das Leuchten in ihren Augen gesehen.

Ganz schön viele glückliche Leute, dachte sie und wunderte sich, weil sie auf einmal so bedrückt war.

»Das wollten wir eigentlich noch nicht an die große Glocke hängen«, rügte Benedikt sanft die ältere Frau.

»Es werden zwei Mädchen«, fuhr Pauline ungerührt fort. »Und sie werden kerngesund sein.«

»Woher willst du das wissen?«, fragte Katharina.

»Dafür habe ich einen Blick.«

»So ein Quatsch.«

»Ist es nicht. Ich habe das zweite Gesicht.«

Katharina lachte wieder. »Das zweite Gesicht? Hör schon auf. Du siehst höchstens mal doppelt, wenn du zu viel von deinem Schnaps intus hast.«

Die alte Frau lächelte nur wissend.

»Es stimmt«, sagte Sara leise. »Wir erwarten zwei Mädchen.«

»Eben«, sagte Pauline.

»Irgendwie muss sie an die Ergebnisse vom Ultraschall gekommen sein«, mutmaßte Benedikt. »Sie kennt ja wirklich fast jeden auf der Insel.« Er sah die alte Frau mit seinem strengsten Arztblick an, aber Pauline guckte nur unschuldig zurück.

»Ist ja ein Ding!«, rief Katharina aus. »Was sagst du dazu, Levke?«

Was sollte sie schon sagen?

Dass sie sich für die werdenden Eltern freute?

Sie kannte sie ja gar nicht. Außerdem fühlte sie sich wieder schlechter und hätte am liebsten geschlafen.

Eine Frage ging ihr aber doch durch den Kopf: »Ist das nicht ziemlich viel Kind für so eine kleine Person?«

Offenbar war sie wirklich nicht mehr ganz bei sich.

Sara streckte den Rücken durch und hob das Kinn. »Ich entstamme einer Familie von starken Frauen. Wir schaffen mehr, als man uns zutraut.«

Benedikt nickte, Levke sah aber trotzdem die Sorge in seinen Augen.

»Genug geredet.« Er trat näher und öffnete seine Tasche. »Levke braucht Ruhe. Ich bin nur Kinderarzt, aber eine fiebrige Erkältung kann ich auch bei Erwachsenen diagnostizieren.«

Er hielt ihr ein Thermometer ans Ohr. »Achtunddreißig Komma zwei. Wie fühlst du dich?«

»Es geht schon«, murmelte Levke.

»Unsinn. Du sieht aus, als hättest du starke Kopfschmerzen.«

Er gab Katharina zwei Tabletten. »Paracetamol. Am besten löst du sie im Wasser auf.«

Katharina tat wie geheißen und reichte Levke wieder das Glas. Sie trank gehorsam und sank dann erschöpft auf die Liege zurück.

»Ich sollte nach Hause gehen.«

»Erst mal bleibst du schön liegen«, widersprach Katharina.

»Annabel ist los, ihren Ponywagen holen. Damit fahren wir dich zum Ferienhof zurück. Wir müssen dich nur erst über die Dünen bringen.«

»Der blonde Schönling kann sie tragen«, schlug Pauline vor. »Der hat sie ja auch von der Strandbar hergebracht.«

»Wer?«, fragte Levke.

Dann kehrte die Erinnerung an den Duft nach Tannenwald und Meer zurück.

Sie fröstelte plötzlich.

»Das ist das Fieber«, meinte Katharina.

Nein, schoss es Levke durch den Kopf. *Das ist der Mann, der mir so unter die Haut geht.*

Sara trat vor und schenkte ihr ein freundliches Lächeln. »Ich muss jetzt leider zurückgehen und mich um die Strandbar kümmern. Sophie und Matteo halten die Stellung, aber die kennen sich besser mit Kuchen und Eiscreme aus als mit Cocktails.«

Levke lächelte ebenfalls. Sara und Benedikt waren ihr schon mal sehr sympathisch, und mit den anderen aus der Gruppe würde es ihr bestimmt genauso gehen. Sie wusste von Katharina, dass Sophie und Matteo ein Eiscafé hier am Strand betrieben und konnte es kaum abwarten, ein paar von ihren Köstlichkeiten zu probieren. Zu dumm, dass sie ausgerechnet heute krank werden musste.

Ihr fielen die Augen zu.

»Lasst sie schlafen«, sagte Benedikt. »Wenn Annabel am Pirolatalweg angekommen ist, können wir sie immer noch wecken. Und du, meine liebste Ehefrau, überanstrengst dich nicht in der Bar.«

»Versprochen«, sagte Sara.

»Ich rufe dann Leo an«, sagte Katharina. »Damit er rüberkommt und sie über die Dünen bringt.«

»Der blonde Schönling soll sie tragen«, mischte sich Pauline wieder ein.

»Das hast du schon gesagt«, erwiderte Katharina. »Der ist
bloß nicht mehr da. Oder siehst du ihn irgendwo?«

Levke war schlagartig wieder wach und bemerkte, wie Pauline sich in dem kleinen Raum umsah. Als könnte sich ein
Mann wie der Fremde unter einem Klapptisch oder hinter
einem Campingstuhl verstecken.

»Suchst du jemanden?«, fragte Katharina.

»Ja, den Schönling. Hast du ihn verjagt?«

»Warum sollte ich?«

»Keine Ahnung. Ich schätze, du kannst es nicht ab, dass ein
anderer Kerl besser aussieht als dein eigener.«

Katharina sah aus, als würde sie langsam die Geduld verlieren. »Du hast doch selber gesehen, dass er verschwunden
ist, kaum dass er Levke auf die Liege gebettet hat.«

»Nee, habe ich nicht. Ich stand mit dem Rücken zu euch
und habe Aquavit auf ein Tuch geträufelt.«

»Und was glaubst du, was ich gemacht habe? Ihn mit einem
bösen Blick verscheucht?«

»Zuzutrauen wär's dir.«

»Jetzt ist aber mal gut!«, ereiferte sich Katharina. »Der
Mann ist weg und damit basta.«

»Der taucht schon wieder auf«, sagte die Strandkorbvermieterin. »Wenn auch nicht mehr heute. Er und unsere Bangbüx sind füreinander bestimmt, obwohl er wie ein waschechter Dirks aussieht.«

Katharina stöhnte auf. »Du sprichst in Rätseln, alte Frau.«

»Kinners, ich habe das zweite Gesicht«, wiederholte Pauline. »Wann kapiert ihr das endlich?«

Levke konnte sie nur sprachlos anstarren. Sie und der Fremde sollten ein Paar werden? War die Frau denn völlig verrückt geworden? Und er hätte ein Familienmitglied sein können, das war auch Pauline nicht entgangen.

»Wat biste so überrascht, Bangbüx? Du denkst doch dasselbe wie ich.«

Levke wusste nichts zu antworten, und weil sie nun endgültig erschöpft war, schloss sie erneut die Augen und war im nächsten Moment eingeschlafen.

Der leichte Geruch nach Terpentin stieg ihr wieder in die Nase, und das sanfte Schaukeln verriet ihr, dass sie von Katharinas Mann Leo getragen wurde.

Sie versuchte, sich so leicht wie möglich zu machen. Es war ihr peinlich, dass ein völlig fremder Mann sie schleppen musste, und sie wünschte, sie würde sich kräftiger fühlen, damit sie auf eigenen Beinen die Dünen überqueren konnte.

»Es tut mir leid«, murmelte sie. »Hoffentlich bin ich nicht zu schwer.«

»Keine Sorge«, sagte Katharina. »Mein Leo ist stark.«

Ihr Mann lächelte nur auf Levke herab. Wahrscheinlich fehlte ihm zum Sprechen die Puste.

Sie merkte, dass sie bereits wieder bergab gingen, und war froh darüber. Bald darauf hörte sie das Schnauben von Pferden. Erleichtert ließ sie sich hinten auf den Ponywagen heben.

»Du machst ja Sachen«, meinte Annabel, als sie eine Decke über sie legte.

»Es tut mir leid«, wiederholte Levke.

»Kein Ding. Ricky und Matty macht so ein kleiner nächtlicher Ausflug nichts aus.«

Ricky und Matty waren die beiden fuchsfarbenen Ponys, mit denen Annabel Kutschfahrten unternahm. Sie hatten dabei geholfen, Anna und Elsa einzufahren. Die Minishettys waren hinter ihnen eingeschirrt worden und hatten schnell gelernt, es ihren größeren Artgenossen nachzutun.

»Danke«, murmelte Levke.

»Kommt ihr alleine klar?«, fragte Katharina. »Dann können Leo und ich zurückgehen und Sara und Benedikt helfen, die Strandbar zu schließen.«

»Klar doch«, erwiderte Annabel und stieg auf den Kutschbock.

»Es sieht auch nicht mehr nach Regen aus. Wir werden also trocken bleiben.«

Levke stellte fest, dass der Himmel jetzt mit unzähligen leuchtenden Sternen bedeckt war.

Wie wunderschön, dachte sie verzaubert. Dann wunderte sie sich. Es war bestimmt nicht der erste Sternenhimmel, den sie über Langeoog strahlen sah. Was war in dieser Nacht anders?

Lag es an Katharinas Gerede von der magischen Insel?

Oder löste Paulines Bemerkung, sie und der Fremde seien füreinander bestimmt, so etwas in ihr aus?

Ach was, rief sie sich selbst zur Ordnung. *Wahrscheinlich ist es nur das Fieber.*

»Gute Besserung«, sagte Katharina zu Levke. »Benedikt lässt ausrichten, er schaut morgen früh nach dir. Aber wenn irgendwas ist, sollst du ihn jederzeit anrufen. Ich schick dir seine Nummer auf WhatsApp.«

»Danke.« Levke lächelte ihrer Freundin zu.

»Sag mal, kennst du den Mann, der dich zu Paulines Büdchen getragen hat?«

»Nicht näher. Ich bin ihm schon begegnet, aber ich weiß nicht mal seinen Namen.«

Katharina nickte nachdenklich. »Äußerst rätselhaft. Uns hat er sich auch nicht vorgestellt, und er ist so schnell wieder verschwunden, dass keiner ihn fragen konnte.«

»Das ist jetzt nicht so wichtig«, verkündete Annabel. »Levke sollte endlich in ihr Bett kommen.«

Sie schnalzte mit der Zunge und strich mit der Fahrleine sanft über die Rücken der Ponys.

Der Wagen setzte sich in Bewegung, und das leichte Schaukeln ließ Levke wieder einschlafen.

13. Kapitel

Levke gab einen Klecks Pistazieneis auf ein Stück Kaffeebrot, schob es sich in den Mund und verdrehte verzückt die Augen.

»Das ist so lecker! Bloß gut, dass ich keine Zeit habe, jeden Tag herzukommen. Ich würde aufgehen wie ein Hefezopf.«

Katharina grinste. »Wem sagst du das. Ich muss mich auch schwer zurückhalten.« Sie hatte sich für Marzipantorte mit Mandeleis entschieden. »Das ist der siebte Geschmackshimmel!«

»Freut mich, dass es euch schmeckt«, sagte Sophie und brachte eine frische Kanne Ostfriesentee. »Das Pistazieneis mit Kaffeebrot ist schon ein Klassiker, und bei deiner Kombination, Katharina, haben wir überlegt, ob der Mandelgeschmack nicht übermächtig wird.«

»Wird er nicht. Ist einfach nur köstlich.«

»Ich werd's Matteo ausrichten. Der hatte nämlich so seine Zweifel.«

Sophie zwinkerte den beiden zu und ging zurück zum Kuchentresen.

Levke sah ihr nach. Sophie war so groß wie sie selbst und ebenfalls blond und blauäugig. Allerdings war ihre Statur kräftiger, und ihr Haar war ein paar Nuancen dunkler. Wäre sie nicht so ein herzlicher Mensch gewesen, hätte sich Levke in ihrer Gegenwart beinahe unscheinbar gefühlt.

Und eine wunderbare Mutter war Sophie außerdem. Jetzt hob sie die quirlige Paula hoch und gab ihr eine winzige Tüte Schokoladeneis. Die Kleine machte sich aber schnell wieder frei und tobte durch das Eiscafé, wobei sie Schokoladentropfen verteilte. Sophie lachte nur und wischte hinter ihrer Tochter auf.

Das Lokal war an diesem Montagnachmittag nur spärlich besucht. Unter blauem Himmel und warmer Sommersonne verbrachten die Urlauber ihre Zeit lieber im Wasser oder auf einer Wattwanderung. Katharina hatte Levke überredet, sich mit ihr in Sophies Eiscafé zu treffen. Es werde Zeit, hatte sie gesagt, dass sie die Freunde nach und nach besser kennenlernte.

Seit dem Abend in der Strandbar waren drei Wochen vergangen. Levke hatte sich von ihrer fiebrigen Erkältung schnell wieder erholt, aber zu einem weiteren geselligen Zusammensein war es seither nicht gekommen. Inzwischen stand der August vor der Tür, und sie war so mit Arbeit eingedeckt, dass sie kaum Zeit für ihr Privatleben fand. Zum Glück wusste sie aber aus Erfahrung, dass es im Herbst ruhiger werden würde. Anders als in Zürich, wo das ganze Jahr Saison herrschte.

Sie freute sich schon auf die Monate, in denen es auf Langeoog gemächlicher zuging – fast wie in früheren Zeiten, bevor der Tourismus Einzug gehalten hatte und die Insulaner vom Fischfang und ein wenig Landwirtschaft gelebt hatten.

Sophies Eiscafé, da war sie sich sicher, würde dann zu ihren Lieblingsorten gehören.

Sie nahm einen weiteren Bissen Kaffeebrot mit Pistazieneis und sah sich um. Die Einrichtung bestand aus einem halben Dutzend Bistrotischen, von denen außer ihrem nur einer von einem älteren Paar besetzt war, sowie einer Anrichte aus hellem Fichtenholz mit gläserner Front. Die Wände waren in Pastelltönen gestrichen. Mehrere Aquarelle hatten Langeoog und das Meer zum Motiv, andere zeigten Neapel und den Vesuv und waren vielleicht ein Beitrag von Matteo gewesen, der von dort stammte.

Auch ein paar Ölbilder entdeckte Levke. Sie beeindruckten sie am meisten, obwohl sie so düster wirkten. Ausnahmslos wurden Stürme auf der Nordsee dargestellt, mit haushohen Wellen und alles überdeckender Gischt, mit tiefhängenden Wolken und beinahe waagerecht herunterkommendem Regen.

Katharina war ihrem Blick gefolgt. »Die sind von Leo. Er ist gerade in seiner Sturmphase. Wir hoffen alle, dass die bald vorübergeht, denn Sophie hat schon angedeutet, mehr von dieser Apokalypse könne sie nicht aufhängen, weil sonst ihre Gäste depressiv würden. Pauline findet das lächerlich. Sie sagt, dass der Himmel nirgends so schön grau strahlt wie in Ostfriesland.«

»Ich verstehe ein bisschen was von Kunst«, erwiderte Levke, die im »Bellevue« auch für die Auswahl der Bilder im Foyer, in den Konferenzräumen und den Gästezimmern zuständig gewesen war. »Dein Mann ist sehr talentiert.«

Katharina errötete vor Stolz. »Stell dir vor, Jack hat ihm angeboten, eine Wand in seinem Souvenirgeschäft für ihn freizumachen. Und seit Leos Werke dort hängen, hat er schon ein halbes Dutzend davon verkauft.«

Kurz musste Levke überlegen, wer Jack war. Noch immer waren ihr die Mitglieder des Freundeskreises nicht ganz geläufig. Dann wusste sie es wieder. Jack war Nellas Mann. Gemeinsam betrieben sie den Souvenirladen und eine Töpferei, und sie waren im Winter Eltern des kleinen Benno geworden.

»Das ist natürlich toll«, gab sie zurück. »Aber auf Dauer sollte dein Mann ein eigenes Atelier haben, wo er seine Werke auch ausstellt und verkauft.«

»Das ist das Ziel. Wir suchen auch schon nach geeigneten Räumlichkeiten. Im Moment leben wir in Paulines Hexenhäuschen, aber da ist einfach nicht genügend Platz.«

Levke hatte das verwunschene Häuschen direkt am Pirolatal schon gesehen. Es war wirklich hübsch, aber eben auch sehr klein. Für eine einzelne Person oder ein Paar mochte es ausreichen, aber für eine Familie, die auch einen Arbeitsraum brauchte, bot es nicht genügend Platz.

»Im Anbau auch nicht?«

»Nein, außerdem hat Nella dort ihre kleine Töpferei, in die sie sich immer noch gern zurückzieht, wenn sie an einer neuen Idee arbeitet.«

Nella und Jack hatten zuvor in dem Hexenhäuschen gewohnt. Dann hatten sie ein Haus ganz in der Nähe des Ferienhofs der Dirks gekauft. Levke war Nella schon ein paarmal begegnet, aber noch hatte sie keine Zeit gefunden, sich mal länger mit ihr zu unterhalten. Auch für die neuen Freundschaften würde im Herbst mehr Zeit übrig bleiben, tröstete sie sich.

»Ich kann ja mal meine Mutter fragen«, bot sie nun Katharina an. »Sie hat eine Reihe Malerfreunde. Vielleicht weiß von denen einer etwas für euch.«

»Das wäre wunderbar, danke. Ideal wäre ein Haus mit einer Wohnung im Erdgeschoss und einem einzigen hellen Raum darüber. Aber die Miete darf keine Unsummen verschlingen. Mit meinem Gehalt als Lehrerin kommen wir so gerade hin, und Leo erzielt noch keine Traumpreise für seine Bilder.«

Unausgesprochen blieb, dass das Leben auf einer kleinen Insel um einiges teurer war als auf dem Festland – angefangen von den Dingen des täglichen Bedarfs bis hin zu Strom- und Heizkosten.

»Ich werde daran denken«, gab Levke zurück und aß ihren Kuchen auf.

»Das Hexenhäuschen könnte übrigens was für dich sein«, fügte Katharina mit einem Augenzwinkern hinzu. »Es wurde mal von Sara so getauft, weil es verwunschen aussieht, aber tatsächlich werden seine Bewohner verhext.«

»Komm schon«, sagte Levke. »An so was glaube ich nicht. Ich bin mit einem Großonkel aufgewachsen, der die dollsten Geschichten erfunden hat.«

»Glaub, was du willst. Ich kann bloß erzählen, was dort schon passiert ist. Sara hat ihr Glück gefunden, als sie dort gewohnt hat, Nella ebenfalls und ich auch. Pauline behauptet, dass sie immer ein paar Zaubersprüche aufsagt, bevor sie es weitervermietet.«

Katharina lachte. »Und wahrscheinlich sprüht sie die Ecken mit Aquavit wie mit heiligem Wasser ein.«

»Möglich. So oder so, wäre es ideal für dich. Die Miete ist niedrig, und obwohl es auf der anderen Seite des Ortes liegt, wärst du mit dem Fahrrad in zehn Minuten beim Ferienhof. Immer vorausgesetzt natürlich, dass du dort nicht wohnen bleiben willst.«

»Will ich nicht. Ein gesunder Abstand zu meiner Familie täte mir gut. Und auf Dauer ist die miese Stimmung zwischen meinen Eltern sowieso nicht auszuhalten.«

»Immer noch so übel?«, fragte Katharina mitfühlend. Mittlerweile war die Ehekrise der Dirks Inselgespräch.

»Ich fürchte, es wird immer schlimmer mit ihnen. Neuerdings schweigen sie sich an. Das ist so ein ohrenbetäubendes, vorwurfsvolles Schweigen. Echt scheußlich.«

Wieder sah sie zu Sophie hinüber, die nun Paula auf den Schoß genommen hatte und mit ihr in einem Bilderbuch blätterte.

»Bewundernswert«, murmelte sie.

»Was denn?«

»Wie sie Job und Kind meistert. Ich weiß nicht, ob ich das könnte.«

Katharina lächelte. »Wir Frauen schaffen mehr, als wir uns zutrauen.«

»Stimmt. Du ja auch.«

»Und du wirst das genauso hinkriegen.«

Levke winkte ab. »Für ein Kind bräuchte ich erst einmal den richtigen Mann. Und der ist nicht in Sicht. Außerdem hätte ich Angst, dass meine Ehe irgendwann so wird wie die meiner Eltern.«

Noch während sie sprach, stellte sie zu ihrer eigenen Überraschung fest, dass sie sich wünschte, Mutter zu werden. Woher kam das auf einmal?

Das muss an Langeoog liegen, entschied sie. *Hier haben eine Menge Leute Kinder oder werden sie bald haben. Es ist das Normalste der Welt.*

In der Schweiz hatte sie höchstens mal nebenbei darüber

nachgedacht und dann schnell wieder anderes im Kopf gehabt. Dort hatte nur ihre Karriere gezählt.

Levke goss sich frischen Tee ein. Zürich und das Hotel »Bellevue« schienen bereits sehr weit weg zu sein. In einem Zoommeeting mit ihrem Vize Marcel Häfeli und dem Hoteleigner war man sich rasch einig geworden. Levke hatte klargemacht, dass sie aus ihrem Vertrag entlassen werden und sofort ihren Resturlaub antreten wolle. Marcel, der das Hotel bereits seit ihrer Abreise ohne Schwierigkeiten führte, hatte das Angebot angenommen, auch offiziell der Manager zu werden. Alle waren zufrieden gewesen, und am Tag darauf hatte Levke eine Umzugsfirma beauftragt, aus ihrer Wohnung im »Bellevue« die wenigen eigenen Möbel, ihre Kleidung und persönlichen Dinge zu holen und nach Langeoog zu schicken.

Irgendwann im Herbst, wenn es auf dem Ferienhof weniger Arbeit geben würde, wollte Levke trotzdem noch einmal nach Zürich reisen. Sie plante eine große Abschiedsparty für ihre Freunde und Mitarbeiter. Inzwischen war sie froh, dass nun ihr neues Leben auf Langeoog begonnen hatte.

Ob mit oder ohne Mann und Kind würde sie hier glücklicher sein, das spürte sie. Manchmal musste man offenbar erst die Heimat verlassen, um zu begreifen, wohin man im Leben wirklich gehörte.

Wie zufällig fragte Katharina: »Was ist eigentlich aus dem geheimnisvollen Fremden geworden?«

Levke tat bewusst ahnungslos. »Aus wem?«

»Du weißt schon. Der dich von der Strandbar zu Pauline getragen hat.«

Natürlich wusste Levke es. Der Mann geisterte ständig in

ihren Gedanken herum. Und sie fürchtete, er würde sie bis in ihre Träume verfolgen, wenn sie auch noch von ihm sprach.

»Erzähl doch«, setzte Katharina hinzu, als sie nichts erwiderte. »Wir fragen uns alle, wo der abgeblieben ist und ob Pauline recht behalten wird.«

»Ich wusste nicht, dass ich bei euch Gesprächsthema bin«, entgegnete Levke.

Katharina tätschelte freundschaftlich ihren Arm. »Selbstverständlich bist du das! Gewöhne dich lieber schnell daran. Letztes Jahr haben alle fleißig über mich geredet, und im Jahr davor war Nella dran.«

Ein Seufzer entschlüpfte Levkes Kehle. Sie wusste wieder, wie es war, auf einer kleinen Insel zu leben, wo jeder jeden kannte und man selbst schnell zum Mittelpunkt der Aufmerksamkeit werden konnte.

»Bloß gibt es nicht viel über mich und den Kerl zu sagen«, gab sie zu bedenken. »Ich bin ihm ja bloß ein paarmal begegnet, und ich weiß noch nicht mal, wie er heißt.«

»Das ist egal. Die Wet…« Katharina schlug sich die Hand vor den Mund.

Levke starrte sie an. »Die Wetten? Ihr habt Wetten auf mich abgeschlossen?«

»Ähm …«

Sophie, die vom Tresen aus anscheinend mitgehört hatte, eilte herbei. »Also, nicht wirklich. Riccardo hat bloß gemeint, der Mann habe echt viel Ähnlichkeit mit dir und dem Rest deiner Familie.«

»Genau wie Pauline behauptet hat«, warf Katharina ein.

Sophie rieb an einem unsichtbaren Fleck auf ihrer Schürze herum. »Na ja, und Matteo hat Riccardo einen Vogel gezeigt.

Sie sind Brüder, wie du weißt, und sie konkurrieren ständig miteinander. Jedenfalls hat Riccardo gekontert, er wette fünfzig Mäuse, dass der Fremde mit euch verwandt ist. Matteo hielt dagegen, und dann haben sich ein paar von uns auf die eine oder andere Seite geschlagen.«

Levke sah erst Katharina an und blickte dann zu Sophie hoch. »Und ihr? Zu wem haltet ihr?«

Eine feine Röte zeigte sich auf Sophies runden Wangen. »Matteo ist mein Mann, was soll ich machen? Mich gegen ihn stellen?«

»Und Riccardo ist mit meiner ersten Freundin hier auf der Insel verheiratet«, sagte Katharina. »Ich musste zu ihm und Annabel stehen.«

»Pauline hat der Sache dann sowieso schnell ein Ende bereitet«, beeilte sich Sophie anzufügen. »Sie hat uns allesamt für bekloppt erklärt und uns eine schöne lange Wattwanderung vorgeschlagen.«

Sie kicherte. »Bei Flut. Dann könnte sie sicher sein, dass sie in Zukunft nicht mehr so viel Dummheit auf einem Haufen erleben müsste.«

Levke hätte es nie für möglich gehalten, aber die alte Strandkorbvermieterin war ihr auf einmal sympathisch.

»Dabei ist sie es gewesen, die den Gedanken überhaupt erst aufgebracht hat«, merkte Katharina an. »Sonst wären wir gar nicht auf die Idee gekommen.«

Sophie zog sich einen Stuhl heran und setzte sich. »Na, ich weiß nicht. Ich fand schon, dass es da eine gewisse Ähnlichkeit gab.«

Sie lächelte Levke an. »Entschuldige, aber denkst du das nicht auch?«

»Ich … weiß nicht.«

Katharina meinte: »Pauline hat aber auch gesagt, dass ihr zwei zusammengehört.«

»Pauline sagt viel, wenn der Tag lang ist«, konterte Sophie. »Außerdem hatte sie an dem Abend schon fleißig ihrem Aquavit zugesprochen.«

»Kann sein«, sagte Katharina. »Aber bei mir hatte sie letztes Jahr recht.«

»Womit denn?«, fragte Levke.

Vielleicht ließen sich die beiden Freundinnen ja endlich von dem Thema »schöner fremder Mann« abbringen.

»Eine Weile sah es danach aus, als würde aus meinem Kollegen Barne und mir ein Paar werden«, erzählte Katharina bereitwillig. »Aber Pauline hat vorausgesehen, dass Leo zur Vernunft kommen und um meine Hand anhalten würde.«

»Interessant.«

»Lenk nicht ab. Hast du den Mann eigentlich wiedergesehen?«

Ein zweiter Seufzer kam Levke über die Lippen. »Nein, er ist verschwunden.« Sie wusste nicht, ob sie darüber enttäuscht oder erleichtert sein sollte. »Wie die großen Pötte, die am Horizont vorbeiziehen und dann plötzlich weg sind.«

Das ältere Paar wollte zahlen, und Sophie stand auf und ging zur ihnen. Anschließend blieb sie bei Paula, die fröhlich mit bunten Eislöffeln spielte.

»Dann ist er auf jeden Fall kein Immobilienmakler«, stellte Katharina fest.

Levke schaute sie fragend an. »Woher weißt du davon?«

»Deine Schwester hat es mir erzählt.«

»Hat sie das.«

Levke wusste, sie war albern, aber sie wollte nicht, dass Katharina auch Silkas Freundin war.

Die junge Lehrerin schien zu spüren, was in ihr vorging, denn sie sagte schnell: »Wir kennen uns eher flüchtig. Aber weil Leo und ich doch nach einem Haus mit Atelier suchen, habe ich sie mal um Rat gefragt. Sie lebt schon ihr ganzes Leben hier und kennt wirklich jeden. Bei der Gelegenheit ist ihr die Sache mit dem Immobilienmakler rausgerutscht.«

»Ach so«, sagte Levke lahm.

Katharina lächelte. »Wäre er wirklich in der Branche, hätte er nicht so leicht aufgegeben, glaubst du nicht?«

»Stimmt.«

Und wäre er wirklich mit mir verwandt, auch nicht, fügte sie im Stillen hinzu. Aber das konnte auch nur Wunschdenken sein.

Laut ergänzte sie: »Ich schätze mal, er hat irgendwo auch noch ein Leben und einen Job. Deshalb kann er sich nicht ständig auf Langeoog aufhalten.«

»Klingt logisch.«

Katharina blickte in ihre leere Teetasse, als könnte sie dort die Zukunft lesen. Dann merkte sie offenbar, dass die Teeblätter in der Kanne geblieben waren, wie es sich gehörte. »Wir halten jedenfalls alle nach ihm Ausschau.«

Levke stellte sich vor, wie der Fremde bei seinem nächsten Besuch auf der Insel von ihren neuen Freunden verfolgt werden würde. Allen voran Pauline. Sie kicherte. Dann war ihr zum Heulen zumute.

»Was ist denn?«, fragte Katharina sanft.

»Ach nichts. Ich bin wahrscheinlich nur überarbeitet. Aber die Pause hier mit dir hat mir gutgetan.«

Sie stand auf. »Ich muss zurück. Silka ist vielleicht noch nicht von ihrem verlängerten Wochenende auf dem Festland zurück, und ich muss dafür sorgen, dass unsere Eltern nicht die Gäste vergraulen.«

Noch während sie sprach, fiel ihr auf, wie oft ihre Schwester neuerdings von der Insel verschwand. Irgendwas war da im Busch. Hatte sie tatsächlich eine neue Liebe gefunden? Levke wünschte es ihr von Herzen. Sie hoffte bloß, Silka würde ihr weiterhin auf dem Ferienhof zur Seite stehen.

Sie umarmte Katharina zum Abschied und wollte bei Sophie bezahlen. Aber die winkte ab. »Das geht heute aufs Haus. Und bitte sei nicht böse wegen der Wettgeschichte.«

»Bin ich nicht. Habe ich schon vergessen.«

Sie verließ das Eiscafé und ging an Saras Strandbar auf die Dünen zu. Ein Schaudern überkam sie, als sie an den Abend in den Armen des Fremden dachte. Sie wünschte, sie wäre bei Bewusstsein gewesen und hätte den Moment genießen können.

Dann lachte sie über sich selbst und beeilte sich, fortzukommen.

14. Kapitel

Während des gesamten Rückwegs zum Ferienhof hielt Levke Ausschau nach dem Fremden. Sie schalt sich selbst einen Dummkopf, aber sie konnte sich nicht davon abhalten, jeden Mann, der ihr entgegenkam, genau anzusehen.

Das wurde anstrengend, als sie durch das Ortszentrum lief, wo inzwischen eine Menge Urlauber unterwegs waren. Viele kamen vom Strand und strebten ihren Unterkünften zu, andere unternahmen noch einen Bummel vor dem Abendessen.

Als Levke in der Barckhausenstraße an der Eisdiele »Dolomiti« vorbeikam, blieb sie stehen. Das Lokal gehörte Riccardo, und kurz war sie versucht, hineinzugehen und dem Italiener wegen der Wette die Ohren lang zu ziehen.

Sie ließ es bleiben.

Wahrscheinlich hätte sie sich nur lächerlich gemacht.

Eine Viertelstunde später erreichte sie den Ferienhof. Von dem Fremden hatte sie keine Spur entdeckt.

Natürlich nicht, sagte sie sich im Stillen. *Ich kann den Mann ja nicht einfach herbeizaubern.*

Gerade als sie die Gartenpforte öffnete, kam ihr Großonkel über den Plattenweg auf sie zu gerannt.

»Platz da!«, rief er und schien gewillt, sie zur Not aus dem Weg zu stoßen.

Dünn wie er war, wäre er dabei vermutlich eher selbst zu Fall gekommen, aber das schien ihn nicht zu kümmern. Sein spärliches weißes Haar wehte lang um seine Schultern, seine Hemd war nur zur Hälfte in die Hose gesteckt, an den Füßen trug er Filzpantoffeln.

Folgsam machte Levke einen Hüpfer zur Seite und ließ ihn durch.

Sie hatte sich von ihrem Schreck noch nicht erholt, als Silka um das Haus herum gelaufen kam.

»Ich habe ihn beobachtet!«, rief sie. »Er stand an seinem Dachfenster und hat über die Dünen in den Himmel gestarrt. Dann ist er losgerannt wie ein geölter Blitz. Los! Komm! Hinterher!«

Das ließ Levke sich nicht zweimal sagen. Ihrem Großonkel zu folgen, war allemal besser als ihre Grübeleien über den Fremden oder die schlechte Stimmung zwischen ihren Eltern.

Erst dachte sie, Tjard wolle ins Zentrum laufen, aber dann bog er nach Süden ab und hielt direkt auf den Wasserturm zu.

»Also definitiv nicht der Strand!«, stieß Silka kurzatmig aus. »Das ist die erste Erkenntnis.«

Seine Schritte verlangsamten sich, je näher er dem Wahrzeichen Langeoogs kam, was den Schwestern Gelegenheit gab, durchzuatmen.

Silka schnappte nach Luft. »So ein Tempo in seinem Alter! In Hausschuhen! Wer soll da mitkommen?«

»Was glaubst du, hat er vor?«, fragte Levke, die ebenfalls außer Puste war.

»Irgendwas völlig Verrücktes, so viel ist mal sicher. Sein Dachfenster hat jedenfalls damit zu tun.«

»Deswegen will er unbedingt ganz oben wohnen bleiben«, mutmaßte Levke, obwohl sie noch nicht darauf kam, was das eine mit dem anderen zu tun hatte.

»Klar. Die Aussicht ist da am besten.«

»Die Aussicht? Aber worauf genau? Die Dünen?«

»Nee«, meinte Silka. »Er guckt ja drüber weg, das sieht man genau. Und nur an schönen Tagen. Als wollte er die Wolken zählen, die gar nicht da sind.«

Levke blieb abrupt stehen, als ihr Onkel jetzt am Fuß der Kaapdüne angekommen war, auf deren Spitze der Wasserturm thronte. Silka tat es ihr nach. Sie duckten sich hinter einem großen Kartoffelrosenbusch und beobachteten, wie Tjard die Düne zu dem weißen achteckigen Bauwerk hinaufstieg.

»Hallo«, sagte jemand über ihnen.

Beide Schwestern zuckten zusammen. Katharinas Mann Leo lächelte auf sie herunter.

»Versteckt ihr euch vor den Piraten?«

»Nicht wirklich«, erwiderte Silka gedehnt. »Was machst du denn hier?«

Er deutete auf eine große blaue Einkaufstasche in seiner Hand. Daraus lugten mehrere Leinwände und Malutensilien hervor. »Ich bin auf dem Weg zum Strand. Meine geliebte Frau hat mir dringend geraten, es mal mit Bildern zu versuchen, auf denen nicht die Welt untergeht. Also widme ich mich heute einem romantischen Sonnenuntergang.«

»Ich finde die Gemälde im Eiscafé sehr schön«, sagte Levke freundlich.

»Herzlichen Dank. Und was tut ihr hier so?«

Silka richtete sich auf, und Levke tat es ihr nach. Mit einem schnellen Blick stellte sie fest, dass Tjard den halben Hügel bereits erklommen hatte. Er würde hoffentlich nicht auf die Idee kommen, sich umzudrehen.

»Wir müssen etwas überprüfen«, sagte sie vage.

»Ist eine Familiensache«, fügte Silka hinzu.

Leo feixte. »Hab schon verstanden. Dann lasse ich die Damen mal ihrem Spionagegeschäft nachgehen.«

Er tippte an seinen Strohhut, der jenem von Vincent van Gogh verdächtig ähnlich sah, und entfernte sich.

Die Schwestern schauten ihm noch einen Moment nach.

»Übrigens habe ich Neuigkeiten über deinen Fremden«, sagte Silka. Auch sie wurde bei Leos Anblick offensichtlich an den geheimnisvollen Mann erinnert.

»Ach ja? Seit wann? Und wann wolltest du es mir sagen?«

»Heute Abend, aber dann ist mir Tjard dazwischengekommen.«

»Spuck's schon aus«, forderte Levke sie ungeduldig auf.

»Luca Sander, vierzig Jahre alt, aus Berlin. Inhaber von zwei Restaurants, die sich auf norddeutsche Küche spezialisiert haben.«

Einen Augenblick lang war Levke sprachlos. Auf einmal hatte dieser Mann einen Namen, eine Heimatstadt, einen Beruf. Auf einmal war er real. Es kam ihr so vor, als hätte sich ein Geist aus Tjards Spukgeschichten vor ihr materialisiert.

»Gruselig«, murmelte sie.

»Finde ich nicht. Es könnte schlimmer sein.«

»Wie zum Beispiel?«

»Stell dir vor, der würde Ubbo Dirks Junior heißen.«

»Hör bloß auf«, bat Levke stöhnend. »Sag mir lieber, woher du die Info hast.«

Silka grinste. »Ganz einfach. Ich habe einen Kumpel bei der Kurverwaltung. Dem war die Ähnlichkeit des Gastes mit unserer Familie aufgefallen, als er letztes Mal da war, und er hat sich den Namen gemerkt.«

»Wofür einen Kurtaxe so alles gut sein kann«, sagte Levke.

Luca Sander, wiederholte sie im Stillen. Ein ganz normaler Name für einen ganz normalen Mann.

Wenn er sich denn normal verhielte.

»Und was soll ich mit der Information jetzt anfangen?«, fragte sie ihre Schwester.

»Wissen ist Macht. Wir können ihn googeln, und so finden wir vielleicht heraus, was er wirklich von uns will. Den Ferienhof ja offensichtlich doch nicht. Mit Immobilien hat er nichts zu tun.«

»Es sei denn, er will bei uns ein Restaurant eröffnen.«

Levke klammerte sich an einen Strohhalm, das war ihr bewusst. Aber alles war besser als ein familiärer Zusammenhang. Sie überlegte, ob sie ihrer Schwester ihre verwirrenden Gefühle für den Mann gestehen sollte, entschied sich jedoch dagegen. So vertraut waren sie noch nicht wieder miteinander.

»Kümmern wir uns erst mal um Tjard«, schlug sie daher vor und schaute wieder zum Wasserturm hoch. »Er ist fast am Eingang.«

Sie bemerkte, dass ihr Großonkel dabei immer wieder prüfend in den blauen Himmel schaute, der sich nun langsam rosa verfärbte.

»Die Sonne«, murmelte sie.

Ihre Schwester sah sie mit zusammengezogenen Augenbrauen an. »Die Sonne. Ja, und?«

»Das weiß ich noch nicht. Aber es muss eine Verbindung geben zwischen dem Wasserturm und der Sonne.«

»Oder eher dem Sonnenuntergang.«

»Stimmt!«, rief Levke aus. Aber dann war sie schon wieder ratlos.

Silka hockte sich ins Gras, und Levke tat es ihr nach. Falls ihr Großonkel hinauf zur Aussichtsplattform wollte, dauerte das eine Weile. Es waren einige Touristen unterwegs, und die Treppe war schmal. Außerdem war Tjard nicht mehr der Jüngste und würde oft verschnaufen müssen. Wenn nötig, konnten sie ihn schnell einholen.

Irrtum!

Sie sprang auf.

Silka stöhnte. »Was ist denn jetzt schon wieder?«

»Wenn wir das Rätsel lösen wollen, müssen wir ihm sofort hinterher. Der ist so fit, der hängt uns sonst ab, macht sein Ding da oben im Turm und ist wieder unten, bevor wir ihn dabei erwischen können.«

»Ich soll die vielen Treppen hinaufjagen? Bis ganz nach oben?«

»Hast du eine bessere Idee?«

»Nee. Leider.« Silka rappelte sich auf. »Denn mal los.«

Beide schnauften schon, als sie die Düne hochgelaufen waren.

»Wir werden alt«, japste Levke.

»Oder Tjard ist gedopt.«

»Jep. Mit Aquavit.«

Sie kicherten beide, sparten sich dann aber ihren Atem für den Aufstieg im Turm.

Ein paar Urlauber kamen ihnen kopfschüttelnd entgegen.

»Frechheit«, sagte einer. Er mochte um die sechzig sein und trug einen beachtlichen Bauch vor sich her. »Da quält man sich nach oben, und dann kommt so ein Rumpelstilzchen und scheucht einen einfach weg.«

Die Frau hinter ihm war ebenfalls aufgebracht. »Ich habe dich gewarnt, Heiner. Die Einheimischen können ziemlich unfreundlich sein.«

»Unfreundlich? Feindselig trifft es wohl eher. Rumpelstilzchen hätte mit seinen Puschen auf uns eingeschlagen, wenn wir nicht geflüchtet wären. Nie wieder setze ich einen Fuß auf diese blöde Insel.«

Der Mann namens Heiner entdeckte Levke und Silka und warf ihnen einen bitterbösen Blick zu. »Sie zwei sehen aus, als wären Sie auf Langeoog zu Hause. Haben Sie auch keine Manieren?«

Levke sah, wie Silka die Fäuste ballte. Als Krankengymnastin verfügte sie über eine beachtliche Muskelmasse, und sie wirkte überaus angriffslustig.

Schnell sagte Levke: »Guetenaabig. Äxgüsi, Galööri.«

Silka lockerte die Fäuste und schaute verdutzt drein. Das Urlauberpaar gab keinen Ton mehr von sich und eilte mit gesenkten Köpfen an ihnen vorbei.

»Was hast du gesagt?«, fragte Silka, als die beiden außer Hörweite waren.

»Das Erstbeste, was mir auf Zürichdeutsch eingefallen ist. Guten Abend und Entschuldigung, Trottel.«

Silka prustete los.

»Ich hätte dem fast eine reingehauen«, sagte sie, als sie wieder Luft bekam.

»Eben deshalb. Eine Schlägerei im Wasserturm bringt uns nicht weiter.«

Levke musste auch lachen, und es dauerte etwas, bis sie weitergehen konnten.

Nach einer Weile ging die Holztreppe in eine enge metallene Wendeltreppe über. Weitere Urlauber kamen ihnen entgegen und quetschten sich an ihnen vorbei. Einige wirkten amüsiert, andere waren ebenso verärgert wie der dicke Heiner und seine Frau.

Eines wurde Levke klar: Sie mussten Tjard stoppen, sonst vergraulte er noch öfter die Gäste. Und so jemand fiel auf Langeoog, wo die meisten Menschen vom Tourismus lebten, schnell in Ungnade.

Oben angekommen, sahen sie ihren Großonkel nicht sofort. Die Sonne stand jetzt tief und schickte ihre letzten hellen Strahlen durch die Fenster der Aussichtsplattform.

Levke kniff die Augen zusammen. Dann entdeckte sie die schmale, hohe Gestalt. Tjard stand an einem der Fenster, das nach Westen ging, und rührte sich nicht.

Beide Schwestern zögerten. Es ging etwas Erhabenes von ihm aus, etwas Unberührbares.

»Glaubst du, er will sich runterstürzen?«, fragte Silka im Flüsterton.

»Unsinn. Er sieht eher so aus, als wollte er hoch in den Himmel fliegen.«

Sie stellte sich vor, wie der alte Mann die Arme ausbreiten und sich ins Abendrot schwingen würde. Zu ihrem leisen Erschrecken wirkte dieses Bild gar nicht so abwegig. Wurde sie etwa wirklich verhext, obwohl sie gar nicht in Paulines Häuschen wohnte?

»In beiden Fällen sind die Fenster zum Glück fest verschlossen«, sagte Silka leise.

Diese Tatsache beruhigte auch Levke. Sie überlegte, wie sie Tjard ansprechen sollte, aber bevor ihr etwas eingefallen war, rief ihr Großonkel laut: »Manntje, Manntje Timpe Te, Buttje, Buttje in der See, myne Fru de Ilsebill will nich so as ik wol will.«

Meine Frau die Isebill, will nicht so, wie ich wohl will?

Levke rieb sich über die Stirn. Was um Himmels willen hatte der Fischer mit seiner unzufriedenen Frau jetzt hier zu suchen? Der arme Mann aus dem plattdeutschen Märchen, der einem verzauberten Butt ständig neue Wünsche seiner unersättlichen Gattin vortragen musste? Ihr Großonkel war doch noch nicht einmal verheiratet!

Tjard war noch nicht fertig: »Sonne, schick min Leevde to Pauline!«

Kurz fühlte sich Levke angesprochen. Sie fragte sich, warum sie zu Pauline gehen sollte. Dann fiel ihr der Unterschied auf: Leevde bedeutete Liebe, ihr eigener Name konnte mit Liebste oder Liebling übersetzt werden.

Silka tippte sich gegen die Schläfe. »Hast du das gehört? Ist Tjard jetzt endgültig abgedriftet?«

Sie hatte nicht mehr im Flüsterton gesprochen, und ihr Großonkel wirbelte zu ihnen herum.

»Was habt ihr zwei hier zu suchen? Wieso stört ihr mein Meeting?«

»Meeting?«, wiederholte Silka kichernd. »Mit wem? Dem Chef des Himmels?«

»Mit der untergehenden Sonne, du Holzkopp.«

Levke sah, wie ihre Schwester erneut die Fäuste ballte. Wenn das so weiterging, würde irgendjemand an diesem Abend noch ein blaues Auge bekommen.

»Der einzige Holzkopp hier oben bist du, Tjard!«, schimpfte Silka.

Ihr Großonkel beachtete sie nicht weiter, sondern drehte sich wieder um und forderte die inzwischen fast untergegangen Sonne erneut auf, seine Liebe zur Strandkorbvermieterin zu schicken.

Die Schwestern warteten ab, bis er fertig war, und nahmen ihn erst in die Mangel, als die letzten Strahlen erloschen waren.

»Was soll dieser Hokuspokus?«, fragte Levke.

»Davon verstehst du nichts. Du glaubst ja nicht mal an Spökenkieker.«

Früher schon, dachte Levke, sagte aber nichts.

»Erklär es uns.«

Tjard seufzte tief und nickte schließlich. »Wenn ihr mir versprecht, mich in Zukunft nicht mehr dabei zu stören.«

Beide Schwestern schworen es und kreuzten die Finger hinter dem Rücken.

»Gut«, sagte Tjard, der als Kind offensichtlich nie einen Schwur aus Not hatte leisten müssen. »Ich werde euch einweihen. Aber nicht hier.«

»Wieso?«, fragte Silka. »Werden wir vom verzauberten Butt belauscht?«

»Rede keinen Stuss. Der Turm wird gleich abgeschlossen, und ich will hier nicht die Nacht mit euch verbringen. Außerdem muss ich zu Pauline, um zu sehen, ob es wirkt.«

Kopfschüttelnd folgten die Schwestern ihrem Onkel erst die Wendel-, dann die Holztreppe hinunter.

Draußen angekommen, strebte Tjard zielsicher auf das bronzene Denkmal von Lale Andersen zu und setzte sich dort auf das Mäuerchen.

»Vielleicht hofft er, die Statue singt ihm und Pauline ein Liebeslied?«, flüsterte Silka.

Levke hielt alles für möglich, schwieg aber.

Die Schwestern hockten sich rechts und links von ihrem Großonkel hin.

Levke holte tief Luft. »Als Erstes würde ich gern wissen, wann du überhaupt dein Herz für Pauline entdeckt hast. Wart ihr euch nicht zeit eures Lebens spinnefeind?«

»Davon verstehst du nichts, Deern. Das nennt man Liebe. Die kann dich ganz plötzlich überfallen. Und insgeheim hat mein Herz schon immer für Pauline geschlagen, obwohl sie mich damals abegewiesen hat.«

Sie sah ihn fassungslos an. Seine Worte trafen sie mehr, als sie zugeben mochte. »Ich weiß sehr wohl, was Liebe ist.«

Tjard strich sich eine weiße Haarsträhne hinters Ohr.

»Ja, ja, ist ja gut.«

Sie fühlte sich wie als kleines Mädchen, als er sie getröstet hatte, wenn sie sich das Knie aufgeschlagen hatte. Aber jetzt war es kein gutes Gefühl.

»Das ist gerade nicht die wichtigste Frage«, mischte sich Silka ein. »Fassen wir mal zusammen. Du liebst Pauline, obwohl sie locker zehn Jahre älter ist als du.«

»Meine schöne Pauline ist dreiundachtzig. Sie steht in der Blüte ihrer Jahre.«

»Kann sein, aber sie liebt dich nicht. Und irgendwie glaubst du, dass die letzten Sonnenstrahlen sie in dieser Sache umstimmen könnten.«

»Ich wusste immer, dass du die Plietschere von euch beiden bist. Auch wenn du keine große Karriere gemacht hast.«

So langsam wurde Levke zornig auf ihren Großonkel. Ihr ihre Liebesfähigkeit abzusprechen, war eine Sache, aber Silka als die Klügere hinzustellen, ging zu weit. Sie fing einen Blick ihrer Schwester auf, und begriff. Tjard wollte sie nur von sich selbst abbringen, damit er sein Geheimnis für sich behalten konnte. Also hielt sie den Mund.

»Nun sag schon. Wie bist du darauf gekommen, und wie soll das funktionieren?«

Tjard druckste noch ein bisschen herum, bis er gestand, dass er eine alte Inselchronik aufgetrieben hatte, in der allerlei überlieferte Legenden standen. Eine davon besagte, dass man die Liebe seines Lebens für sich gewinnen konnte, wenn man vom höchsten Punkt der Insel in den Sonnenuntergang schaute und dabei die Strahlen auf die Reise direkt ins Herz der Angebeteten schickte.

»Können das auch Frauen für einen Mann machen?«, fragte Silka gespannt. Unwillkürlich überlegte Levke, wen ihre Schwester damit wohl meinte. Hatte sie nicht noch gestern schweren Liebeskummer gehabt?

Tjard zuckte mit den knochigen Schultern. »Kann sein. Interessiert mich nicht.«

Er schaute zu Lale Andersen hoch, als könnte die Sängerin wirklich gleich losträllern, und fügte hinzu: »Man muss fest daran glauben.«

»Und dafür soll man einen Plattfisch herbeirufen?«, hakte Silka nach. »Was hat der denn damit zu tun?«

»Nischt, aber der Reim klingt so schön. Und unsere Mutter hat mir und eurem Großvater die Geschichte oft erzählt, als wir klein waren.«

»Das hatte aber wohl eher erzieherische Gründe«, meinte Silka. »Und du weißt schon, wie die Geschichte ausgegangen ist?«

Ihr Großonkel legte seine Stirn in tausend Falten. Dann schlug er sich aufs Knie. »Ich Dösbaddel! Natürlich! Deshalb hat es bis jetzt nicht geklappt. Am Ende wohnen der Fischer und seine Frau wieder im Pisspott, weil sie zu habgierig geworden ist.«

»Korrekt«, sagte Silka sanft.

»Das muss ich ändern. Ist die Sonne noch da?«

»Nein. Untergegangen, schon seit einer Weile.«

»Verflixt. Dann muss ich es morgen wieder versuchen. Und übermorgen. Und an den Tagen danach.«

Er stand auf und ging los in Richtung Ferienhof.

Die Schwestern folgten ihm in einigem Abstand.

Levke sah Silka an. »Wir werden es Pauline sagen, richtig?«

»Natürlich. Sie ist wahrscheinlich die Einzige, die ihn kurieren kann, bevor er noch zum Gästeschreck wird.«

Sie lachten und beschleunigten ihre Schritte.

15. Kapitel

Es vergingen zwei weitere Wochen, bis Levke den rätselhaften Fremden wiedersah. Luca Sander aus Berlin, Inhaber zweier Restaurants. So viel wusste sie inzwischen, aber mehr hatte sie nicht herausbekommen können. Zum Glück blieb ihr kaum Zeit, darüber nachzudenken, was dieser Mann von ihr oder ihrer Familie wollte. Sie war ihm nur wenige Male begegnet, und jedes Mal hatte sie eine gefährliche Anziehungskraft verspürt. Gefährlich deshalb, weil er vom Aussehen her ein waschechter Dirks hätte sein können. Groß mit weißblonden Haaren und hellblauen Augen.

Doch an der Nordsee herrschte jetzt, Mitte August, Hochbetrieb, und Levke war von früh bis spät auf dem Ferienhof der Familie beschäftigt. Sie hatte ihren gut bezahlten Job als Hotelmanagerin in Zürich aufgegeben, um den Betrieb vor dem Ruin zu retten, hatte sich mit ihrer Familie, insbesondere mit ihrer Schwester Silka, versöhnt und war fest entschlossen, sich auf Langeoog ein neues Leben aufzubauen.

Ging das überhaupt?, fragte sie sich manchmal. Ein neues Leben in der alten Heimat? Oder holte einen die Vergangenheit immer wieder ein?

Vielleicht würde ja das Drama um ihre erste Liebe ein Leben lang zwischen ihr und ihrer Schwester stehen. Damals hatte Levke beobachtet, wie Jasper und Silka sich geküsst hatten. Daraufhin hatte sie mit ihrer Familie gebrochen und war so weit weg wie möglich gezogen – bis hinunter in die Schweiz.

Ach, Quatsch, beruhigte sie sich selbst, während sie an diesem strahlenden Sommertag das Frühstückszimmer betrat. *Silka und ich sind längst wieder beste Freundinnen. Auch wenn sie mir nicht alles erzählt.*

Levke war inzwischen sicher, dass ihre Schwester sich neu verliebt hatte. Noch zu Beginn des Sommers war sie am Boden zerstört gewesen, weil ihr Freund Emil sie zwei Jahre lang von vorn bis hinten belogen hatte. Weder war er Küchenchef in einem Sternerestaurant in Esens noch finanziell so gut aufgestellt, wie er behauptet hatte. Stattdessen zahlte er Alimente für drei Kinder und betrieb eine Pommesbude.

Inzwischen aber wirkte Silka wieder gelöster. Sie lachte oft und gern, sie war zu jedermann freundlich, sie begleitete Gäste zum Dünensingen und schmetterte am lautesten die bekannten Shantys.

Erst am Abend zuvor hatte Levke zwei Freundinnen im Rentenalter sagen hören, wie sympathisch sie es fanden, dass jemand, der so unmusikalisch war wie die jüngste Dirks-Tochter, so voller Inbrunst »De Hamborger Veermaster« singen konnte.

Und sogar mit ihren Eltern, die sich schon seit Monaten nur noch stritten, legte Silka eine Engelsgeduld an den Tag. Gunda hatte die Nase voll von ihrem eintönigen Leben als Pensionswirtin, Ubbo glaubte, sie habe einen Liebhaber.

Automatisch ging Levkes Blick zur Wand über dem Tisch für das Frühstücksbüfett. Dort hatte Gunda vor sechs Wochen ein angebliches Aktbild aufgehängt, das allerdings so ausladend geriet, dass Bernhardiner Theodor es für Futter gehalten und kurzerhand zerfetzt hatte.

Sie kicherte bei der Erinnerung daran, wurde aber sogleich wieder ernst. Gähnend schenkte sie sich einen Kaffee ein, und fragte sich, ob das der zweite oder dritte an diesem Morgen war.

Eher der vierte, sagte sie sich. Die Tage in der Hochsaison schienen nie genug Stunden für all die Arbeit zu haben, und der Schlafmangel machte sich mittlerweile deutlich bemerkbar.

Silka kam herein und schmetterte eine fröhliches »Moin!« in ihre Richtung.

»Herrgott, wo nimmst du nur die Energie her«, knurrte Levke. »Du arbeitest doch genauso viel wie ich. Wenn nicht noch mehr.«

Im Hauptberuf war Silka Krankengymnastin und half vor und nach ihren Arbeitstagen in einer Kurklinik auch auf dem Ferienhof aus.

»Das ist die Kraft der Jugend!«

»Du bist aber nur zwei Jahre jünger als ich«, gab Levke zurück und musste lachen. Eine fröhliche Silka war ihr allemal lieber als eine todunglückliche. Auch wenn diese gute Laune ihre eigene Stimmung eher niederdrückte.

Ich wäre auch gern mal wieder verliebt, dachte sie im Stillen. *In jemanden, der nach Tannenwald und Meer duftet wie Luca Sander aus Berlin, der aber keine hinterhältigen Absichten hegt.*

Wobei – ob seine Absichten hinterhältig waren, konnte sie nicht beurteilen. Möglicherweise steckte gar kein Geheimnis hinter seinem gelegentlichen Erscheinen. Er war einfach von Levke so sehr fasziniert, dass er immer wieder ihre Nähe suchen musste.

Und warum hat er mich dann nicht angesprochen und um ein Date gebeten, wie jeder andere normale Mann auch?, fragte sie sich. *Und warum sieht er aus wie eine jüngere Ausgabe meines Vaters?*

»Tock, tock.« Silka klopfte mit dem Fingerknöchel gegen Levkes Stirn. »Ist jemand da drin?«

Levke drückte die Hand ihrer Schwester weg.

»Lass das.«

»Dann sei so gut und antworte mir.«

Levke nahm einen Schluck von ihrem Kaffee. »Wie war die Frage?«

»Bis du mit den Gästezimmern durch oder brauchst du meine Hilfe?«

»Bin durch.«

Silka hob die Brauen. »So schnell? Ich habe erst vor einer halben Stunde zwei Paare aus dem Anbau kommen sehen. Da hast du auch schon geputzt?«

Die Ferienwohnung im Anbau bot Platz für bis zu acht Urlauber, und war sehr beliebt.

»Ich wollte schnell fertig werden«, sagte Levke. »Heute Nachmittag kommen zwei neue Familien und eine Person für das Haupthaus an.«

Samstag war An- und Abreisetag, und es ging oft besonders hektisch zu.

»Das heißt, du hast auch schon die Zimmer hier im Erdgeschoss komplett gereinigt und neue Bettwäsche aufgezogen?«

»Ja, sicher. Aber nur die zwei für die Neuankömmlinge. Und das kleinere Zimmer für den einzelnen Gast. In den anderen beiden habe ich nur staubgesaugt und die Handtücher ausgetauscht.«

»Dunnerlittchen!«, stieß Silka aus. »Du bist wirklich schnell geworden.«

Levke winkte bescheiden ab. »Sagen wir mal, ich habe erkannt, dass nicht alles immer hundertprozentig perfekt sein muss. Gegen den Sand, den die Gäste mitschleppen, kommt man sowieso nicht an.«

»Ich erinnere mich an eine ältere Schwester, die Anfang des Sommers dreimal mit dem Staubsauger durchs Haus gegangen ist, weil sie es nicht ertragen konnte, auch nur ein Sandkorn zu übersehen.«

Levke grinste. »Sieht so aus, als hätte ich mich ein bisschen verändert.«

Ihr Grinsen wurde erwidert. »Auch ein bisschen mehr, würde ich behaupten. Langeoog tut dir gut.«

»Sagen wir mal so: Ich habe erkannt, dass ich auch mal alle fünfe gerade sein lassen kann und der Betrieb trotzdem läuft. Es muss nicht alles von Heck bis Bug glänzen.« Sie streckte sich ausgiebig.

Silka nickte und holte sich selbst einen Kaffee. »Und was steht jetzt an?«

»Ich wische hier im Frühstückszimmer und kümmere mich dann um die Buchungen.«

»Das kann ich doch übernehmen. Sonst fühle ich mich nutzlos.«

»In Ordnung«, sagte Levke. »Dann finde ich nachher noch Zeit für einen kleinen Spaziergang.«

»Zum Hexenhäuschen?«, fragte Silka mit einem Augenzwinkern.

»Mal sehen.«

Katharina, Leo und ihre Tochter Mila waren vor ein paar Tagen dort ausgezogen. Sie hatten eine Doppelhaushälfte ganz in der Nähe des Inselwäldchens gefunden. Annabel vom Ponyhof hatte sie darauf aufmerksam gemacht. Die Hauseigentümer waren nach Teneriffa gezogen und hatten Mieter gesucht.

Das Haus bot alles, was die kleine Familie brauchte, sogar einen hellen, ausgebauten Dachboden, der sich als Atelier für Leo eignete. Mila war ebenfalls begeistert gewesen, weil sie nun ganz in der Nähe des Ponyhofs und ihrer angebeteten großen Freundin Francesca lebte.

Paulines Hexenhäuschen am Pirolatal war somit frei geworden, und Levke überlegte ernsthaft, ob sie dort einziehen wollte. Das Problem war nur, dass sie kein freundschaftliches Verhältnis zu der Strandkorbvermieterin pflegte. Seit Pauline sie als Bangbüx bezeichnet hatte, die ihre Familie im Stich gelassen hatte, war Levke nicht so gut auf sie zu sprechen.

Eine Stunde später machte Levke sich trotzdem auf den Weg zum Hexenhäuschen. Sie fuhr mit einem der Fahrräder, die für die Gäste zur Verfügung standen, und wollte herausfinden, wie lange sie für eine Strecke brauchte. Neben ihr trottete Theodor an der Leine. Der Bernhardiner hatte in diesem Sommer zu viel Speck angesetzt. Kein Wunder, bei so viel Liebe der kleinen Gäste. Die Kinder reichten ihm oft kaum bis zum Rücken, aber er war so gutmütig, dass er ständig gefüttert wurde. Sein neuester Trick bestand darin, sich lang hinzulegen und die Schnauze aufzureißen. Da flogen ihm die Leckereien nur so zu.

Manche Leute glaubten, er sei eine Hündin, eine hochträchtige Hündin.

Ubbo hatte bereits angekündigt, er werde Theodor im Stall eingesperrt lassen, wenn das nicht aufhörte. Wenigstens bis die Saison vorbei war.

Levke und Silka taten, was sie konnten, um das Füttern zu verhindern und Theodor in Bewegung zu halten. Aber sie waren nicht überall und hatten nur selten Zeit für einen langen Marsch.

Die schneeweißen Miniponys Anna und Elsa hingegen nahm Levke nicht mit. Seit sie die kleine Kutsche zogen, hatten sie mehr als genug Auslauf. Der Samstag war ihr wohlverdienter Ruhetag. Kinder, die mit ihren Eltern neu auf dem Ferienhof ankamen, durften sie streicheln, aber die erste Ausfahrt gab es erst am Sonntag.

Da sie nur mit dem großen Hund unterwegs war, erregte Levke kein sonderliches Aufsehen und kam gut voran.

Eine gute Viertelstunde später hatte sie ihr Ziel erreicht. Manchmal vergaß sie noch, wie klein Langeoog war. Ohne Theodor, der immer wieder etwas zu beschnuppern fand, würde sie noch schneller sein, und diese Fahrtzeit zur Arbeit und wieder nach Hause war auf jeden Fall machbar.

Zu ihrer Enttäuschung musste sie feststellen, dass die Haustür abgeschlossen war. Sie hatte gehofft, Katharina anzutreffen, die noch letzte Sachen aus dem Haus holte.

Ich bin wirklich überarbeitet, stellte sie fest. *Ich hätte Katharina ja vorher fragen können.*

Schnell schickte sie der Freundin eine Nachricht, die umgehend beantwortet wurde. »Sorry, schaffe es nicht, jetzt vorbeizukommen. Wir räumen unsere neue Küche ein.«

Enttäuscht steckte Levke ihr Handy wieder in die Tasche und überlegte, kehrtzumachen. Sie zögerte. Wenigstens von außen wollte sie sich das Häuschen gründlich ansehen. Es war ein roter Backsteinbau mit weißem Fachwerk und einem tief hängenden Reetdach und wirkte wie aus einem Märchen entsprungen. Hinten grenzte es direkt ans Pirolatal, das wusste Levke von Katharina.

Theodor hatte sich inzwischen auf sein Hinterteil gesetzt und schien nicht gewillt, sich so bald wieder zu bewegen.

»Komm schon!«, befahl Levke und zerrt an der Leine. Nichts zu machen.

»Du bist ein faules Riesenbaby!«

Theodor blieb unbeeindruckt. Erst als er laut angekläfft wurde, schnellte er mit einer Gelenkigkeit hoch, die Levke ihm gar nicht zugetraut hätte. Dann drehte er seinen breiten Kopf mal hierhin, mal dorthin und sah ziemlich verdutzt aus, als er die Quelle für die Kläfferei nirgendwo ausmachen konnte.

Levke war da schneller. Sie schaute nach unten und entdeckte den wohl hässlichsten Hund, den sie je gesehen hatte. Nur so groß wie ein ausgewachsener Hauskater, mit einer platten Schnauze, riesigen Glubschaugen und abgeknickten Ohren. Die Rute war lang, das Fell irgendwas zwischen weiß und grau.

»Mannomann!«, entfuhr es Levke.

Sara kam schwerfällig angelaufen. Sie war mit ihren Zwillingen mittlerweile fast im achten Monat. »Bella! Bei Fuß!«

Bella?, dachte Levke amüsiert. *Schöne?* Einen unpassenderen Namen hatte sie noch nie gehört.

Sara hatte sie jetzt erreicht, ahnte wohl, was Levke dachte, und erklärte: »Sie hat eine schöne Seele. Als ich sie aus dem Tierheim in Bayern geholt habe, sah sie noch schlimmer aus. Da hatte sie üblen Haarausfall und Asthma. Aber hier auf Langeoog hat sie sich prima erholt, und sie ist mir eine wunderbare Gefährtin.«

Levke lächelte entschuldigend. Sie hatte Sara bisher noch nicht näher kennengelernt. Außer an dem Abend, als ihr Mann Benedikt bei ihr die fiebrige Erkältung diagnostiziert hatte, hatte sie die Strandbarbesitzerin während zwei weiteren Abenden in ihrem Lokal gesehen. Aber jedes Mal war Sara zu beschäftigt gewesen, um mehr als ein paar Worte zu wechseln.

Die kleine Frau mit dem noch immer hörbaren bayerischen Zungenschlag war ihr auf Anhieb sympathisch. Wer einem solch hässlichen Hund ein neues Leben bot, konnte nur ein guter Mensch sein.

»Wahrscheinlich ist sie eine Mischung aus Mops, Spitz und irgendwas sehr Kleinem«, fuhr Sara fort. »Schätzungsweise Chihuahua.«

Bella kläffte weiterhin den Riesen an, der über ihr aufragte. Angst schien sie nicht zu kennen. Aber Sara ging mit einiger Mühe in die Knie, nahm die kleine Hündin auf den Arm und sagte zu Theodor: »Pfui!«

»Er hat doch gar nichts gemacht«, protestierte Levke lachend.

Theodor kümmerte sich sowieso nicht darum. Endlich

hatte er Bella entdeckt. Er legte den Kopf schief, und seine Augen traten mindestens so stark hervor wie die seiner kleinen Herausforderin.

Dann ließ er ein kurzes tiefes Bellen erklingen, dass jeden anderen Hund zu Tode erschreckt hätte.

Nicht so Bella. Sie kläffte zurück.

»Mutiges kleines Ding«, sagte Levke anerkennend und merkte, dass sie die hässliche Hündin bereits in ihr Herz schloss.

Theodor erging es ähnlich. Er fuhr seine große Zunge aus und leckte seine neue Freundin einmal ab. Die verkroch sich daraufhin in Saras Jacke und streckte dem Riesen beleidigt ihr Hinterteil entgegen.

Nun lachten Sara und Levke gemeinsam, womit ihre neue Freundschaft besiegelt war.

»Ich habe hier vor drei Jahren gewohnt«, erklärte Sara und deutete mit dem Kinn zum Hexenhäuschen, »und komme auf meinen Spaziergängen manchmal gern hier vorbei. Bella glaubt anscheinend, das sei immer noch ihr Revier.«

»Einen Schlüssel hast du wahrscheinlich nicht mehr?«, fragte Levke mit wenig Hoffnung.

»Nein, leider nicht. Willst du hier einziehen?«

»Vielleicht. Ich brauche ein wenig Abstand von meiner Familie.«

»Kann ich mir vorstellen.«

Wie fast jedermann auf der Insel wusste natürlich auch Sara, was bei den Dirks los war.

»Aber warte mal, ich rufe Pauline an.«

Bevor Levke protestieren konnte, hatte Sara die Strandkorbvermieterin bereits informiert.

»Sie kommt, so schnell sie kann«, sagte sie dann.

»Das wäre nicht nötig gewesen«, erwiderte Levke. Auf eine Begegnung mit Pauline war sie nicht sonderlich scharf.

Nachdem Sara sich verabschiedet und zu Theodors großem Kummer ihre Bella mitgenommen hatte, dachte sie, dass die alte Frau bestimmt einige Zeit brauchen würde, um über die Dünen zu kommen. Sie wollte sich das Haus wenigstens von außen richtig ansehen, und so ging sie durch den kleinen Vorgarten und dann nach hinten. Levke konnte sich nicht daran erinnern, ob ihr dieses Haus schon früher aufgefallen war. Aber damals hatte sie wohl noch keinen Sinn für romantische Fleckchen besessen.

Das Pirolatal hingegen kannte sie gut. Als sie jetzt um das Haus herumkam und die herrliche Dünenlandschaft sich vor ihr ausbreitete, dachte sie an die Ausflüge mit ihrer Schulklasse, auf denen den Kindern die Flora und Fauna ihrer Heimatinsel nähergebracht worden waren. Sie wusste wieder, dass das Tal nach der Pirolapflanze benannt war, einem hübschen Wintergrün mit runden Blättern. Allerdings war diese Pflanze, die auch Wintermaiglöckchen genannt wurde, selten geworden, seit das Tal trockengelegt worden war. Stattdessen wuchs dort nun vorwiegend die Krähenbeerenheide.

An Herbsttagen hatten die Schulkinder große Schwärme von Ringelgänsen und Eiderenten beobachtet, die sich im Wattenmeer mit Muscheln und Würmern vollfraßen, bevor sie den langen Weg nach Süden fortführten. Auch Regenpfeifer, Wanderfalken und Seeschwalben waren Levke im Gedächtnis geblieben. An der Aufgabe, ein paar dieser wundervollen Tiere zu zeichnen, war sie jedoch regelmäßig gescheitert. Bei ihr hatte jeder Vogel gleich ausgesehen. Da sie jedoch minutiös ihre Beobachtungen notiert hatte und ausgefeilte Referate hielt, bekam sie trotzdem gute Noten. Lächelnd schaute sie in den Himmel. In diesem Sommer herrschten ungewöhnlich hohe Temperaturen, daher fand der Vogelzug nach Süden, der oft schon im Juni begann, bisher nur kleckerweise statt. Die meisten gefiederten Reisenden würden wohl erst im September und Oktober vorbeiziehen.

Levke hatte inzwischen das Haus umrundet und sah sich um.

Neben der Hintertür stand eine klobige Bank, die aussah, als sei sie aus verschiedenen Stücken Treibholz zusammengezimmert worden, was vermutlich auch zutraf. Es war eine romantische, windgeschützte Stelle, und Levke setzte sich. Theodor ließ sich zu ihren Füßen ins Heidekraut plumpsen.

Nur einen Moment ausruhen, sagte sie sich, legte den Kopf an die Rückenlehne und schloss die Augen.

16. Kapitel

Etwas Spitzes traf sie in den Oberarm.

»Aua!«

Ein paar Sekunden später jaulte Theodor auf.

»Das haben wir gerne! Hier faulenzen, während 'ne alte Frau mühsam über die Dünen humpeln muss!«

Levke blinzelte verwirrt. Sie bemerkte, dass die Sonne hoch am Himmel stand.

»Habe ich geschlafen?«, fragte sie verwundert.

»Wie 'ne tote Piratenbraut. Und die Monstertöle hier genauso.«

Pauline ließ sich ächzend neben sie auf die Bank sinken und stellte den Stock, mit dem sie Levke und Theodor gepiekt hatte, zwischen ihre Knie. Seit ihrem Beinbruch im vergangenen Jahr stützte sie sich an manchen Tagen noch schwer auf ihre Gehhilfe.

Levke hatte sie allerdings im Verdacht, dass sie den Stock für ihre Zwecke einsetzte. Um bei Gästen Mitleid zu erregen und ihnen höhere Gebühren abzuluchsen, zum Beispiel. Oder um Leute und Hunde zu piesacken.

Sie rieb sich den Arm. »Das hat wehgetan.«

»Sollte es auch. Wer hat dir erlaubt, auf meinem Grund und Boden ein Nickerchen zu halten? Ein sehr langes noch dazu?«

»War keine Absicht.«

»Ach nee? Du bist also aus Versehen hier eingedrungen?«

»Ich bin bloß im Garten. Das kann man ja wohl kaum eindringen nennen. Und geschlafen habe ich aus Versehen, weil ich erschöpft bin.«

»Du arme Heidi. Du hast es wirklich schwer.« Paulines Stimme troff nur so vor Spott.

Levke bis die Zähne zusammen, um nichts Unbedachtes zu sagen. Sie hatte gehofft, dass wenigstens dieser Spitzname in Vergessenheit geraten wäre. Irrtum. Seit Pauline wusste, dass sie in der Schweiz gelebt hatte, war Levke Heidi, oder eben auch die Bangbüx, weil sie angeblich damals vor ihren Problemen davongelaufen war.

Dummerweise konnte sie Letzteres nur schlecht widerlegen.

»Und?«, fragte Pauline. »Ist der Geißenpeter schon vorbeigekommen? Oder wartest du auf den Schönling Luca aus Berlin?«

Natürlich war sie über die Identität des rätselhaften Fremden inzwischen auch informiert. Auf Langeoog gab es nichts, was Pauline Fischer entging.

»Ich warte auf überhaupt niemanden«, gab Levke zurück. »Ich habe mich nur einen Moment ausgeruht.«

»Du hast zwei Stunden gepennt und vor dich hingesabbert.«

»Zwei Stunden?«, fragte sie erschrocken und wischte sich über den Mund, der vollkommen trocken war. Das mit dem

Sabbern war zumindest eine Lüge gewesen. Oder es traf nur auf Theodor zu, und Pauline nahm es nicht so genau.

Die alte Frau legte ihr Füße auf Theodors Bauch ab, der sich trotz der Piekserei mit dem Stock noch nicht erhoben hatte. Er ließ es sich ohne Protest gefallen. Vor Pauline hatten auch die Vierbeiner auf Langeoog gehörig Respekt. Außerdem war da so ein Glitzern in seinen treu blickenden Augen, und er wirkte abwesend.

Wäre er ein Mensch gewesen, hätte Levke gewettet, dass er verliebt war. Aber ein Hund kannte solche Gefühle nicht, oder? Auf jeden Fall war es ausgeschlossen, dass sich der massige Bernhardiner in eine Handvoll Vierbeiner wie Bella verguckt hatte. Sie merkte, dass sie lieber über Theodor als über Pauline nachdachte und dass sie damit aus der Situation nicht rauskam.

»Ich habe bestimmt nicht so lange geschlafen.«

»Und ob. Als Sara mir Bescheid gegeben hat, dass du dich hier rumtreibst, konnte ich nicht gleich weg. Aber jetzt bin ich da und zeig dir das Haus.«

Da sie allerdings keine Anstalten machte, aufzustehen, blieb auch Levke sitzen.

»Wo wohnt Sara jetzt?«, fragte sie, weil die Stille der alten Frau bedrohlich klang.

Pauline ließ sich mit der Antwort Zeit.

»Sie und Benedikt haben eine schöne Wohnung über der Insel-Apotheke angemietet«, sagte sie endlich. »Für einen Arzt ist das günstig, und Sara sagt, sie fühlt sich da wohl. Allerdings schätze ich mal, dass sie ein Haus mit Garten suchen werden, wenn die Kinder da sind.«

Die Apotheke lag keine zweihundert Meter vom Ferienhof

entfernt, in Richtung Ortskern. Levke wunderte sich, dass sie Sara bisher noch nicht zufällig über den Weg gelaufen war. Wahrscheinlich waren sie zu unterschiedlichen Zeiten im Zentrum unterwegs.

Wieder trat Stille ein. Die strahlende Mittagssonne blendete sie, und sie kniff die Augen zusammen.

»Aua!«

Pauline hatte wieder zugestochen. »Dass du mir nicht schon wieder einpennst. Ich habe nicht den ganzen Tag Zeit.«

»Und warum sitzt du hier dann doch?«, fragte Levke genervt und rieb sich die Stelle am Oberschenkel, wo sie diesmal von dem spitzen Stock gestochen worden war. Theodor blieb verschont, wahrscheinlich, weil er als Fußbank gute Dienste leistete.

»Im Gegensatz zu dir bin ich eine hart arbeitende Frau«, gab Pauline zurück. »In meinem Alter braucht man da mal eine Pause. Aber nu' ist gut.«

Sie stand auf und ging los. Der Stock schaukelte unbenutzt an ihrem Arm.

»Ich weiß ja noch gar nicht, ob ich hier wohnen will«, erwiderte Levke störrisch und blieb, wo sie war. Der Vorwurf, sie sei nicht annähernd so fleißig wie Pauline machte ihr mehr zu schaffen, als sie zugeben mochte.

Theodor setzte sich immerhin auf sein Hinterteil und schaute unschlüssig von der jungen zur alten Frau.

»Natürlich willst du. Sara hat hier ihr Glück gefunden und Nella und Katharina auch. Du bist die Nächste.«

»So ein Quatsch.«

»Na? Willste warten, bis die olle Bank sich in ein Schiff verwandelt und zurück aufs Meer segelt?«

»Kann sein.«

Pauline erwiderte nichts, sondern verschwand um die Haus-ecke.

Seufzend erhob sich Levke und ging ihr nach.

Wenn ich schon mal hier bin, kann ich es mir wenigstens ansehen, redete sie sich ein und gab sogar vor sich selbst nicht zu, dass Paulines Worte vom Glück sie geködert hatten.

Theodor trottete hinter ihr her. Pauline knallte ihm aller-dings die Haustür vor der Nase zu. Er hatte Glück, dass er nicht getroffen wurde.

»Riesenviecher haben hier drinnen nichts zu suchen«, er-klärte sie mitleidslos. »Die versauen mir mit ihren Krallen mein schönes Parkett.«

Levke öffnete die Tür wieder und schaute kurz nach, ob es Theodor gut ging. Er schnüffelte angeregt im Vorgarten, of-fenbar in seliger Erinnerung an die kleine Hundedame Bella. Beruhigt wandte sie sich wieder um. Im nächsten Moment staunte sie über die moderne und zugleich stilvolle Einrich-tung.

Es gab eine gut ausgestattete offene Küche, und den Wohn-bereich dominierte ein gemütliches breites Sofa neben einem Ohrensessel und kleinen Beistelltischen. In einer Ecke war so-gar noch Platz für einen Esstisch mit vier Stühlen. An den Fenstern hingen helle, luftige Gardinen, Kunstdrucke von Langeoog schmückten die Wände. Auch ein Paar Ölbilder aus Leos Sturmzeit hingen dort. Eine Treppe führte ins obere Stockwerk.

»Da gibt es zwei Schlafzimmer und ein Bad«, erklärte Pau-line. »Kannst du dir allein ankieken. Die steile Treppe ist nix für mich.«

Levke lief nach oben und verliebte sich auf der Stelle in das kleinere Zimmer. Der Ausblick durch das schräge Fenster über das Pirolatal war einfach grandios.

Außerdem brauche ich kein Doppelbett, entschied sie nach einem Blick in das große Schlafzimmer. *Ich bin ja allein.*

Sie schluckte den Kloß in ihrem Hals hinunter, warf einen Blick in das moderne Bad und ging wieder nach unten.

Pauline sah ihr offenbar an, dass sie begeistert war, und nannte eine Mietsumme, die Levke sich nicht leisten konnte. Sie hatte auch sofort das Gefühl, dass die alte Frau sie abzocken wollte.

Mit mir nicht, dachte sie und sagte: »Das ist zu viel.«

»Mit Urlaubern würde ich das Zehnfache verdienen.«

»Aber du hättest auch zehnmal so viel Arbeit. Außerdem schleppen dir die Badegäste Sand ins Haus und ruinieren deinen Holzfußboden.«

Sie sah, dass sie Paulines Schwachstelle getroffen hatte, und machte ein Gegenangebot.

»Du willst mich ins Armenhuus bringen«, protestierte Pauline. »Ich wusste, es war keine gute Idee, mein Häuschen einer Heidi vom Fach anzubieten.«

Levke grinste. »Hast du den anderen etwa so viel abgeknöpft?«

Pauline schwieg und stützte sich plötzlich schwer auf ihren Stock.

»Also nicht«, sagte Levke und spürte einen Stich in der Magengegend. Aus unerfindlichen Gründen fühlte sie sich verletzt, weil die alte Frau allen anderen Mieterinnen bessere Angebote gemacht hatte als ihr.

»Nu' spiel hier nicht die beleidigte Leberwurst. Ich bin Geschäftsfrau und muss sehen, wo ich bleibe. Außerdem wusste ich, dass du dich nicht übers Ohr hauen lässt.«

Falls das ein Kompliment sein sollte, wusste sie es gut zu verstecken.

Sie einigten sich schließlich auf einen Mietpreis, der für Levke immerhin im Bereich des Möglichen lag. Sie würde auf ihre Ersparnisse zurückgreifen müssen, denn der Ferienhof warf noch nicht genug ab, um sich selbst ein Gehalt auszuzahlen. Aber das war ihr egal. Auf einmal wollte sie unbedingt im Hexenhäuschen wohnen. Ein tiefes Gefühl sagte ihr, dass es ihr hier gut gehen würde. Auch wenn sie an die Sache mit dem Liebesglück nicht glaubte.

»Aber eine Bedingung habe ich noch«, setzte Pauline abschließend hinzu.

»Welche?«

»Das Riesenviech zieht hier nicht mit ein.«

Levke schmunzelte. »Keine Sorge. Theodor würde niemals seine Freundinnen Anna und Elsa verlassen.«

Außer für eine große Hundeliebe, setzte sie in Gedanken hinzu. *Aber Bella lebt ja in der Nähe des Ferienhofes.*

»Denn ist ja gut.«

Pauline scheuchte sie aus dem Haus und schloss hinter ihnen ab.

Beim Anblick des Stockes versuchte Theodor, sich hinter einem Heidebusch zu verstecken, was ihm aber nur mäßig gelang.

Pauline zog eine Flasche Aquavit hervor und wollte mit Levke auf den erfolgreichen Handel anstoßen.

»Für mich nicht, danke.«

»Olle Spielverderberin.«

Pauline nahm Theodor ins Visier, aber der vergrub seinen breiten Kopf zwischen den Vorderbeinen.

»Rum habe ich nicht zu bieten«, sagte sie achselzuckend und trank für drei. Dann warf sie einen Blick auf ihre altmodische Armbanduhr.

»Höchste Zeit, dass ich zurückgehe. Die Arbeit erledigt sich nicht von allein.«

Es klang vorwurfsvoll, aber Levke ging nicht darauf ein.

Also setzte die alte Frau noch einen drauf: »Du könntest dich hier im Vorgarten nützlich machen, wenn du mir schon meine Zeit gestohlen hast. Im Schuppen findest du Rasenmäher und Werkzeuge, um die Heidebüsche zu stutzen.«

»Sobald ich hier eingezogen bin, werde ich mich gern darum kümmern«, erwiderte Levke. »Aber nicht heute. Ich muss auch los. Die neuen Gäste kommen bald an.«

»Pfft«, machte Pauline abfällig. »Mit denen werden Gunda und Ubbo auch allein fertig, wenn sie sich nicht gerade Fisimatenten machen. Der Ferienhof hat ohne dich auch schon prima funktioniert.«

Entweder wollte sie nur wieder gemein sein, oder sie war in diesem Fall ausnahmsweise nicht so gut informiert. Levke verzichtete auf einen Kommentar.

»Und deine plietsche Schwester ist ja auch noch da.« Sie kratzte sich am Kopf. »Jo, es sei denn, sie poussiert mit ihrer Landratte rum.«

Levke wurde hellhörig. »Mit wem?«

Paulines Gesicht verschloss sich. »Ich denke gar nicht dran, Inselklatsch weiterzugeben.«

Da musste Levke auflachen. Pauline war die größte Tratschtante von Langeoog.

»Du willst es bloß mir nicht sagen«, schlussfolgerte sie, wurde wieder ernst und fühlte sich erneut getroffen. Es war wie damals in der Grundschule, wenn sie als Letzte für eine Mannschaft im Völkerball gewählt wurde, weil sie so lang und dünn war, dass sie nur selten länger als ein paar Minuten auf dem Feld blieb.

»Glaub, was du willst. Ihr Dirks habt inner Liebe all einen an der Klatsche. Der olle Tjard will mit mir seinen dritten Frühling genießen, deine Eltern sehen das Meer vor lauter Wellen nicht, deine Schwester kommt nicht über die Landratte hinweg, und du verlierst dein Herz an einen Schönling, der dich bloß mal über den Strand in meine Bude geschleppt hat.«

Nur gut, dachte Levke, *dass sie nichts von Theodors Gefühlen für die kleine Bella ahnt. Sonst wäre die gesamte Familie bei ihr unten durch.*

Dann erst drangen Paulines Worte wirklich zu ihr durch. Silka kam über ihre Landratte nicht hinweg? Sollte das heißen, dass der Mann, der sie belogen und ihr das Herz gebrochen hatte, wieder zurück in ihrem Leben war?

Ich muss unbedingt mit Silka reden!

Pauline noch einmal zu fragen, hatte keinen Sinn, das wusste sie. Stattdessen sagte sie: »Du weißt also, dass Tjard in dich verliebt ist?«

»Der Dösbaddel kann sich nicht besonders gut verstellen. Kiekt mich an wie 'n geisteskranker Romeo und trinkt mir noch meinen schönen Aquavit weg, wenn ich ihn nicht erhöre.«

Sie lachte ein meckerndes Lachen, das kein Stück liebevoll klang. »Dem muss ich bald mal ordentlich den Kopf waschen. Habe vorher bloß noch Wichtigeres zu tun.«

Dabei starrte sie Levke an, als wollte sie bis in deren Innerstes schauen, was ihr vielleicht sogar gelang. Dieser Frau war alles zuzutrauen. Levke schauderte.

»Dat wird schon werden«, sagte Pauline auf einmal zärtlich, woraufhin Levkes Augen plötzlich feucht wurden.

Diese Frau schaffte es wirklich, sie durcheinanderzubringen! Ein solches Gefühlschaos kannte sie sonst nicht. Erleichtert sah sie zu, wie Pauline sich abwandte, den Vorgarten durchquerte und dabei Theodor noch einen scharfen Blick zuwarf.

Nachdem Pauline gegangen war, machte sich auch Levke auf den Heimweg. Diesmal schob sie das Rad neben sich her. Sie hatte es nicht eilig, heimzukommen. Lieber wollte sie noch in Ruhe nachdenken.

Allerdings merkte sie schnell, dass ihr zu viel im Kopf herumging, um auch nur annähernd Ordnung hineinzubringen. Sie atmete ein paarmal tief durch. Ihr blieb wohl nichts anderes übrig, als die Dinge auf sich zukommen zu lassen.

Als sie den Ferienhof erreichte, sah sie ihren Vater in einem Korbsessel auf der Veranda sitzen. Er sah aus wie ein Mann, der einem Geist begegnet war.

Was ist denn jetzt schon wieder passiert?, fragte sich Levke ungeduldig. *Hat Mama ihm zugesetzt? Oder ist Onkel Tjard endgültig durchgedreht?*

Sie hatte jetzt keine Zeit für Familienprobleme. Die Betten in den Zimmern für die Neuankömmlinge mussten noch bezogen werden, in den Bädern fehlten Handtücher, frische Blumen waren für die Vasen angeliefert worden, und zum Abschluss wollte Levke noch einmal mit dem Staubtuch durchgehen. Mochte sie auch lockerer geworden sein – sie bekam die goldene Regel des Hotelbetriebs nie aus dem Kopf: Der erste Eindruck, den der Gast hat, ist entscheidend.

Aber ihr großer, starker Vater saß da wie ein Häufchen Elend, und sie musste daran denken, wie oft er früher für sie da gewesen war.

Also brachte sie Theodor in den Stall, wo er von Anna und Elsa wiehernd begrüßt wurde, und gesellte sich dann zu Ubbo auf die Terrasse.

Eine Weile schwiegen sie vor sich hin, aber es war kein angespanntes Schweigen wie vorhin mit Pauline. Ubbo schien einfach froh über ihre Anwesenheit zu sein, denn er richtete sich auf und blickte nicht mehr so verloren. Die schaufelgroßen Hände, die er eben noch fest ineinander verschränkt hatte, hingen nun locker über die Sessellehnen, und die langen Beinen waren ausgestreckt.

Levke zwang sich, nicht auf die Uhr zu sehen, sondern fragte nur leise: »Hat Mama wieder etwas angestellt?«

Ubbo hob den Kopf und sah sie verständnislos an. »Deine Mutter? Was hat die damit zu tun?«

Er sprach in Rätseln.

»Sag du es mir.«

»Gibt es etwas, dass ich wissen sollte?«, fragte er. »Was verheimlichst du mir, Pusteblume?«

Der Kosename passte nicht zu seinem strengen Tonfall, aber das schien ihm nicht aufzufallen.

»Ich? Gar nichts.«

Außer, dass ich ausziehen will und euch in gewissem Sinne wieder im Stich lasse.

Aber das war Unsinn. Sie würde weiterhin für ihre Familie

da sein und dabei helfen, den Ferienhof gewinnbringend zu betreiben. Außerdem konnte ihr Vater noch gar nichts von dem Hexenhäuschen wissen. Sie hatte doch selbst erst von einer halben Stunde entschieden, dass sie dort wohnen wollte.

»Also gut«, sagte Ubbo. »Kannst du mir vielleicht erklären, was es mit dieser jüngeren Ausgabe von mir auf sich hat?«

17. Kapitel

Ungläubig blickte Levke ihren Vater an. »Wovon redest du?«

»Na, von unserem neuen Gast, der aussieht wie ich vor gut zwanzig Jahren.«

Der Terrassenboden tat sich unter ihr auf und verschluckte sie.

Zumindest in ihrer Wunschvorstellung.

In Wahrheit blieb sie in ihrem Korbsessel sitzen und brachte kein Wort heraus, während in ihrem Kopf die Gedanken umherschwirrten wie ein Schwarm hungriger Seevögel über einem Fischkutter.

»Ich warte«, sagte Ubbo. Er klang brummig und gleichzeitig verunsichert.

Kein Wunder, dachte Levke mitfühlend. Wie muss es wohl für einen Mann sein, wenn er seinem potenziellen Sohn begegnet, von dessen Existenz er vierzig Jahre lang nichts gewusst hat?

Frauen hatten es da wesentlich einfacher. Sie konnten sich stets sicher sein, welches Kind sie geboren hatten und welches nicht.

Fieberhaft ging sie im Geist die Buchungen durch. Der

einzelne Gast hatte sich als Walter Haas angemeldet – ganz offensichtlich ein falscher Name.

Dumm ist der nicht, dachte sie. *Er kann sich denken, dass auf einer so kleinen Insel bereits über ihn geredet wird, weil er wie ein Mitglied der Familie Dirks aussieht. Und da sein richtiger Name bei der Kurverwaltung bereits bekannt ist, hat er sich einen anderen ausgedacht, damit wir ihn überhaupt akzeptieren.*

Sie beschloss, ihrem Vater alles zu sagen, was sie wusste. Viel war es ja nicht. »Er heißt Luca Sander und betreibt in Berlin zwei Restaurants mit Spezialitäten der norddeutschen Küche.«

Ubbo rieb sich das kantige Kinn. »Der Name steht in seinem Ausweis, den Beruf hat er nicht erwähnt. Ein Krabbenpuler aus der Hauptstadt? Was soll ich damit anfangen?«

Levke empfand Mitleid mit ihm. »Er war schon ein paarmal hier, aber niemand kennt ihn näher. Und er …«

Sie brach ab. Fast hätte sie von seinem besonderen Duft erzählt. Nach Tannenwald und Meer. Kaum dachte sie daran, schien ein Hauch davon an ihr vorbeizuziehen. Was gar nicht so abwegig war, da er im Ferienhof eingecheckt hatte.

Ein Schauder lief ihr über den Rücken. Was hatte das zu bedeuten? Was um Gottes willen führte dieser Mann im Schilde?

»Ich warte«, unterbrach Ubbo ihre Gedanken.

»Hä?«

»Du wolltest noch was sagen.«

»Nein, ist nicht so wichtig.«

Ubbo musterte sie mit seinem strengsten Vaterblick – so wie früher, wenn Silka und sie etwas ausgefressen hatten.

Aber die Zeiten, in denen er sie einschüchtern konnte, waren lange vorbei, und so erwiderte sie bloß: »Eine Zeit lang haben wir gedacht, er sei ein Immobilienmakler, aber der Verdacht hat sich dann zerschlagen.«

»Wir? Wer wusste noch von ihm?«

»Nur Silka«, sagte Levke schnell.

Ihre Mutter zählte nicht, fand sie, und die Freunde ließ sie lieber unerwähnt. Erst recht Pauline. Ihr Vater sollte nicht denken, dass er als Letzter von diesem rätselhaften Mann erfahren hatte – selbst wenn das zutraf.

»Und was gibt es sonst noch?«, fragte er, machte aber den Eindruck, dass er lieber gar nichts mehr hören wollte.

»Nichts«, entgegnete sie.

Ihre ganz und gar unangemessenen Gefühle würde sie nicht erwähnen.

Gefühle? Levke tippte sich mit dem Finger gegen die Schläfe. *Die können gar nicht echt sein,* sagte sie sich. *Ich habe mir da bloß was eingebildet.*

»Was?«, fragte Ubbo, der ihre Geste offenbar auf sich selbst bezog. »Ist es so dumm, zu denken, der Mann könnte es auf den Ferienhof abgesehen haben?«

Erst jetzt bemerkte Levke, wie erschrocken er wirkte. Sein Blick hatte etwas Ängstliches, seine Kiefermuskeln waren angespannt. Die Sache mit dem Immobilienhai musste ihm schwer zu schaffen machen.

»Vielleicht steckt ja deine Mutter dahinter. Sie hat ihren heimlichen Sohn hergeholt, damit er ihr hilft, den Hof loszuwerden.«

Seine gerunzelte Stirn sagte ihr, dass er selbst den Fehler bemerkte.

»Er sieht aber nicht aus wie Mama«, sagte sie sanft, »sondern wie du.«

»Dat reinste Ebenbild«, mischte sich Tjard ein. Er war unbemerkt auf die Terrasse gekommen, und Levke fragte sich nicht zum ersten Mal, wie er das bloß machte. Einfach so erscheinen, ohne dass es jemand mitbekam.

Ob das mit rechten Dingen zuging?

»Halt du dich da raus«, grollte Ubbo.

»Ich denke gar nicht dran.«

Tjard ließ sich auf die Hollywoodschaukel sinken, stieß sich allerdings nicht ab. Offenbar erinnerte er sich daran, dass ihm beim letzten Mal schlecht geworden war. »Ich will wissen, was du nun schon wieder angestellt hast, Ubbo. Seit dein Vater, mein geliebter Bruder, nicht mehr unter uns weilt, fühle ich mich für dich verantwortlich.«

»Brauchst gar nicht so hochgestochen zu reden«, entgegnete Ubbo. »Und mein Vater ist gestorben, als ich schon lange erwachsen war. Kein Mensch musste die Verantwortung für mich übernehmen. Du als Allerletzter.«

»Was willst du damit sagen?«

»Du bist nicht besonders zuverlässig, um es mal nett auszudrücken.«

Levke hätte einwenden können, dass Tjard sich früher sehr zuverlässig um Silka und sie selbst gekümmert hatte, aber sie ließ es bleiben. Sie war viel zu sehr mit einer erschreckenden Frage beschäftigt: Luca Sander war also ein neuer Gast – hieß das, er hielt sich in diesem Moment in seinem Zimmer oder irgendwo anders im Haus auf? Nur durch eine Wand von ihr getrennt?

Wieder glaubte sie, seinen Duft zu riechen, und sie machte

sich in ihrem Korbsessel so klein wie möglich. Was ungefähr so erfolgreich war wie Theodors Versuch vorhin, sich hinter einem Heidebusch zu verstecken.

»Sitz gerade, Kind!«, fuhr Tjard sie an. »Sonst kriegst du einen Buckel!«

Automatisch richtete sie sich auf.

»Du hast meiner Tochter gar nichts zu sagen!«, wetterte Ubbo.

Tjard zupfte scheinbar gedankenverloren an seinem dünnen Pferdeschwanz.

Levke ahnte, was in ihm vorging, und hätte ihm am liebsten eine Hand auf den Mund gehalten.

Zu spät.

»Deiner Tochter nicht, aber deinem Sohn vielleicht schon. Ich könnte ihm ein bisschen aus deinem Leben erzählen, damit er sich gleich wie zu Hause fühlt.«

Ubbo wurde blass wie eine von Tjards ausgedachten Wasserleichen. Einen Moment lang fürchtete Levke, er würde ohnmächtig aus seinem Korbsessel rutschen. Aber schon wurde sein Gesicht dunkelrot, und eine Ader an seiner Stirn schien platzen zu wollen.

»Wie kannst du es wagen«, sagte er mit tiefer, gefährlicher Stimme.

Tjard rutschte in die am weitesten entfernte Ecke der Schaukel, schoss aber zurück: »Irdendeiner muss ja aussprechen, was alle denken. Ist das nicht ein Freudentag? Nach der verlorenen Deern kehrt nun auch der verlorene Jung in den Schoß der Familie zurück.«

Levke zuckte zusammen. Tjard sah Zusammenhänge, die sonst keiner sah. Das war ziemlich erschreckend.

»Ich warne dich«, knurrte Ubbo.

»Wovor? Sogar deine Frau hat vorhin fassungslos den Mund aufgesperrt und für eine Sekunde ihren feurigen Spanier vergessen.«

Jetzt flackerte Mordlust in Ubbos Augen auf.

Beinahe bewunderte Levke ihren Großonkel. So mutig musste man erst mal sein, einen potenziellen unehelichen Sohn und einen Liebhaber innerhalb einer Minute zu erwähnen.

Ubbo atmete geräuschvoll ein und aus. »Halte dich gefälligst aus meinen Familienangelegenheiten heraus, alter Mann!«

»Was soll das denn heißen? Ich gehöre auch zu dieser Familie!«

»Nein!«, stieß Ubbo aus. »Du bist der Klabautermann, der von Zeit zu Zeit hier auftaucht und uns alle in den Wahnsinn treibt.«

Das war ziemlich gemein, fand Levke, aber Tjard hatte es nicht besser verdient.

Sie beschloss, einzugreifen, bevor die beiden Männer noch handgreiflich wurden.

»Sollten wir uns nicht besser auf das anstehende Problem konzentrieren?«

»Du musst auch nicht so hochgestochen sabbeln«, fuhr ihr Vater sie ein.

»Verzeihung«, erwiderte sie eingeschnappt. »Ich wollte nur helfen.«

Sie verschränkte die Arme vor der Brust. Sollte Ubbo doch selbst zusehen, wie er mit Luca Sander fertig wurde.

Tjard machte inzwischen ein Gesicht, wäre ihm etwas sehr Wichtiges eingefallen. Er hatte die Augenbrauen zusammengezogen und biss auf seiner Unterlippe herum, als müsse er ein Lachen unterdrücken.

»Was ist denn?«, fragte sie neugierig.

Ihr Instinkt sagte ihr, dass ihr Großonkel zu einer alles verändernden Erkenntnis gelangt war, die mit dem seltsamen Gast zu tun hatte.

Tatsächlich öffnete er kurz den Mund, schloss ihn aber wieder, als sein Blick auf das finstere Gesicht seines Neffen fiel. Der hatte ihn eben erst als Klabautermann bezeichnet.

Also biss er nur wieder auf seiner Unterlippe herum und schüttelte den Kopf.

Levke verlegte sich auf Schmeicheleien. »Komm schon, lieber, lieber Tjard. Du bist doch so ein kluger und gut informierter Mann. Bestimmt kannst du uns helfen, das Rätsel zu lösen.«

Zu ihrem Leidwesen ließ er sich nicht einwickeln, sondern stand behände aus der Schaukel auf.

»Da ich nicht zur Familie gehöre, kann ich auch nichts sagen«, erklärte er. »Hasta la vista.«

Dann verschwand er genauso plötzlich, wie er aufgetaucht war.

Levke rieb sich die Augen.

»Er ist nur um die Hausecke«, knurrte Ubbo.

Ein paar Minuten später tauchte Tjard schon wieder auf, würdigte sie aber keines Blickes mehr. Er zog Theodor hinter sich her, der eindeutig keine Lust hatte, noch einmal rauszugehen.

»Weißt du, wo der hinwill?«, fragte Ubbo.

»Keine Ahnung. Pauline einen Besuch abstatten? Und der Hund soll helfen, ihr Herz zu erweichen.«

Armer Theodor, dachte Levke bei sich. *Zweimal in kurzer Zeit die alte Frau mit dem Stock könnte ihn traumatisieren.*

Laut fügte sie hinzu: »Für den Wasserturm ist es jedenfalls noch einige Stunden zu früh.«

»Also, entweder werde ich alt, oder du redest wirr, Pusteblume.«

»Entschuldigung.«

Sie beeilte sich, ihren Vater über Tjards Liebe zu Pauline und sein Ritual bei Sonnenuntergang aufzuklären.

Ubbo sah sie daraufhin eine ganze Weile ungläubig an. Dann legte er den Kopf in den Nacken und lachte schallend.

Levke kicherte erst, dann stimmte sie fröhlich in sein Lachen ein.

»Der Alte ist ja noch tausendmal bekloppter, als ich gedacht habe«, sagte Ubbo, als er wieder einigermaßen sprechen konnte.

Weil sie es liebte, ihren Vater mal wieder ausgelassen lachen zu sehen, setzte Levke noch eins drauf und erzählte vom Butt, der von ihrem Großonkel zwecks Verstärkung der Liebeswirkung angerufen wurde.

Das war zu viel für Ubbo. Er brüllte los, musste sich den Bauch halten und schnappte nach Luft, während ihm die Tränen aus den Augen liefen.

»Gnade!«, flehte er ächzend. »Ich kann nicht mehr!«

Die Eingangstür wurde aufgestoßen.

»Auf unserer Terrasse trompetet ein Elefant!«, schimpfte Gunda und baute sich vor ihrem Mann auf. »Was soll dieser Krach? Ich hatte mich gerade zu meinem Schönheitsschläfchen hingelegt.«

Ubbo hörte schlagartig auf zu lachen, nur seine Mundwinkel zuckten noch belustigt.

»Du brauchst kein Schläfchen. Du bist auch so wunderschön.«

Gundas Mund formte sich zu einem großen O. Sie ließ sich auf die Hollywoodschaukel sinken, auf der eben noch Tjard gesessen hatte und blickte fassungslos ihren Mann an. Mit einem einfachen Kompliment hatte er sie vollkommen entwaffnet. Sie wirkte auf einmal jung und liebreizend.

Auch Levke staunte. Ihr Vater bediente das typische Klischee des Ostfriesen. Meistens mundfaul und praktisch nie zu romantischen Äußerungen aufgelegt. Bei ihm lautete eine Liebeserklärung: Du bist mir nicht ganz unsympathisch.

Entweder hatte ihn das Auftauchen eines gewissen Gastes aus Berlin aus dem Gleichgewicht gebracht, oder er verfolgte bei seiner Frau eine neue Strategie.

Levke verschränkte die Finger ineinander. Das Zwischenspiel mit Großonkel Tjard und ihren Eltern hatte sie vom eigentlichen Problem abgelenkt. Aber nun war Luca Sander wieder da, als stünde er direkt vor ihr.

»Wo ist er eigentlich?«, fragte sie.

»Wer?«

Ubbos Blick war fest auf Gunda gerichtet. Die kniff ein paarmal die Augen zusammen, und öffnete sie wieder. Vielleicht dachte sie ja, ein Süßholz raspelnder Doppelgänger ihres Mannes sitze vor ihr.

Doppelgänger. Uff!

Dieser Berliner war nicht aus ihrem Kopf zu kriegen.

»Luca Sander«, sagte sie zu ihrem Vater.

»Ach«, meinte Gunda. »Sprecht ihr von Ubbos jüngerem

Ich? Der ist vorhin zu einem Spaziergang in den Ort aufgebrochen. Hat er zumindest behauptet. Oder aber er will noch ein paar mehr Familien zu Tode erschrecken.«

Alle Weichheit war aus ihrem Gesicht verschwunden.

Levke atmete erleichtert auf. Sie musste ihm also nicht gleich begegnen.

Aber dann bemerkte sie, wie ihre Mutter sich versteifte, und sah den nächsten Stress kommen.

»Wann genau hast du mich eigentlich betrogen, Ubbo? Und wieso habe ich das nicht mitgekriegt? Ich habe im Anmeldebuch nachgeschaut. Der junge Mann ist Jahrgang neunzehnhundertvierundachtzig, und wir haben ein Jahr vorher geheiratet.«

»Gunda, bitte. Es ist nicht das, wonach es aussieht.«

Ziemlich dummer Spruch, dachte Levke.

Gunda auch. »Veräppeln kann ich mich selbst.«

»Ich schwöre dir, dass ich nie mit einer anderen Frau als dir geschlafen habe«, sagte Ubbo mit fester Stimme. »Du bist meine erste und einzige Liebe. Niemals könnte mein Herz sich einer anderen zuwenden.«

Mannomann!, dachte Levke. Glaubte ihr Vater womöglich, er könne auf diese Weise mit einem Liebhaber mithalten?

Gunda hatte es jedenfalls erneut die Sprache verschlagen.

Eine Weile schaukelte sie still vor sich hin.

Levke entschied, dass sie die Eltern besser allein lassen sollte, damit sie sich aussprachen. Sie selbst musste ohnehin an die Arbeit. Sie hatte die Ankunftszeiten der Fähre im Kopf und wusste, dass die nächsten Gäste spätestens in einer Stunde eintrafen.

Gerade als sie aufgestanden war und die Terrasse verlassen

wollte, kam der Mann, über den sie die ganze Zeit geredet hatten, durch den Vorgarten auf sie zu.

Die Knie wurden ihr weich, als sie seinen Duft wahrnahm, und sie zwang sich, ihm nicht in die Augen zu schauen.

Luca Sander zog Theodor hinter sich her, der sich zwar nach Leibeskräften wehrte, aber gegen den starken Mann nicht ankam.

Ganz schöne Leistung, überlegte sie und fragte sich, wie seine Oberarmmuskeln unter dem langärmligen Hemd wohl aussahen. Dann fragte sie sich, ob es nicht drängendere Fragen als diese gab.

»Ich war zu einem späten Mittagessen bei Fisch-Klette«, erklärte Luca, dem nicht aufzufallen schien, dass die drei anwesenden Mitglieder der Familie Dirks ihn mit offenem Mund anstarrten.

Was er da wohl wollte?, fragte sich Levke. *Im beliebten Fischlokal von Langeoog? Etwa für seine Restaurants spionieren?*

Sie merkte, dass sie diesem Mann grundsätzlich fiese Absichten unterstellte, und schämte sich kein Stück dafür.

»Auf dem Rückweg habe ich diesen vierbeinigen Freund vor der Apotheke gefunden. Er heulte laut, und der Apotheker schimpfte schon, weil er die Kunden verschreckte. Er gehört doch zu ihnen, oder? Bitte sagen Sie mir, dass ich keinen fremden Hund entführt habe.«

Er lachte dazu und klang so unglaublich nett, dass Levke fast mitgelacht hatte.

»Bella«, sagte sie.

»Wie bitte?«

»Über der Apotheke wohnen Freunde von mir, und die haben eine Hündin, in die sich Theodor anscheinend verliebt hat. Sie heißt Bella.«

»Redest du von diesem winzigen Vierbeiner, der wie eine glubschäugige Ratte aussieht?«, fragte Gunda.

Luca sah von einem zum anderen und rieb sich das kantige Kinn. Ubbo tat im gleichen Moment dasselbe.

Unheimlich!, entschied Levke.

Die Männer fanden das anscheinend auch, denn beide hörten gleichzeitig damit auf. Ubbo schon wieder erschrocken, Luca eher nachdenklich.

Theodor zerrte an der Leine. Er wollte zurück zu Bella, ganz klar. Oder nur weg von den bekloppten Zweibeinern, was Levke ihm nicht hätte verdenken können.

»Ich bringe ihn in den Stall«, bot sie an und stand auf.

Ihr Vater schaute sie flehend an. Lass mich nicht allein, sollte das wohl heißen.

Aber sie tat, als hätte sie es nicht bemerkt. Als Kind hatte sie oft versucht, zwischen ihren Eltern zu vermitteln. Gut möglich, dass das wieder nötig war, aber nicht jetzt. Sie war selbst von dieser besonderen Situation überfordert.

Also nahm sie Luca die Leine aus der Hand und berührte dabei aus Versehen seine Finger. Ein Stromstoß durchfuhr sie. Er hatte die Stärke eines Blitzschlages bei schwerem Sturm aus Nordwest.

Luca lächelte sie zärtlich an. Oder grinste er teuflisch?

Sie war sich ihrer Sinneseindrücke nicht mehr sicher.

Mit aller Kraft zog sie Theodor hinter sich her, und hätte es trotzdem beinahe nicht geschafft. Erst als sie hinter ihn trat und ihm mit einem Stöckchen in sein Hinterteil piekte, gab er schlagartig nach und rannte los.

Levke flog mit.

Im Stall landete sie zum Glück weich auf einem Strohbal-len. Dann rappelte sie sich auf, brachte Theodor in die Box zu den Shettys und beobachtete die Vierbeiner eine Weile.

Anna und Elsa beschnupperten den Bernhardiner, als wäre er monatelang fort gewesen.

Wie friedlich es hier war! Niemand rückte einem auf die Pelle, und wer wollte, konnte sogar nach Herzenslust streiten, ohne andere Leute zu stören. Sie dachte an ihre Eltern und hatte einen Einfall.

Dann dachte sie an Luca und entschied, dass sie handeln musste. Sie verließ den Stall und schlüpfte durch die Hinter-tür ins Haus. Vielleicht fand sie in seinem Zimmer Hinweise auf seine wahren Absichten, während er noch auf der Ter-rasse war.

Zwei Minuten später erstarrte sie vor Schreck. Sie war nicht die Einzige, die diesen Einfall gehabt hatte.

18. Kapitel

Levke ließ die Handtücher fallen, die sie eben aus dem Wäscheschrank im Flur genommen hatte. Nur für den Fall, dass Luca sie in seinem Zimmer überraschen sollte.

Silka tat das Gleiche.

»Mist!«, sagten beide Schwestern wie aus einem Mund und blickten auf den Handtuchhaufen auf dem Boden. Dann grinsten sie einander an. Sie waren beide auf dieselbe Idee gekommen. Das war schon früher oft so gewesen. Levke erinnerte sich daran, wie sie einmal das Frühstücksbüfett neu arrangiert hatten, um genügend Aufschnitt für ein Strandpicknick mit Jasper abzuzweigen, und musste kichern. Ein anderes Mal hatten sie sich unabhängig voneinander aus dem Haus geschlichen und sich beim Dünensingen getroffen.

»Schon was gefunden?«, fragte Levke. Obwohl das Zimmer nach hinten rausging und das Fenster geschlossen war, sprach sie im Flüsterton.

Silka schüttelte den Kopf. »Bin erst seit einer Minute hier drinnen.«

»Okay. Du übernimmst die Reisetasche, ich den Schreibtisch.«

Schreibtisch war ein zu großes Wort für das schmale Pult mit den zwei Schubladen. Aber der Ferienhof warb mit einer Arbeitsecke in jedem Zimmer.

Levke öffnete die Schubladen. Leer. Auch auf der Schreibtischplatte war nichts zu entdecken.

Sie wandte sich zu ihrer Schwester um, die vorsichtig den Inhalt der Reisetasche untersuchte.

»Hat noch nicht ausgepackt«, murmelte Silka, »Aber außer Jeans, T-Shirts und Wäsche ist hier nichts. Oder ... warte mal.«

Gespannt hielt Levke den Atem an.

Mit spitzen Fingern zog Silka eine Klarsichthülle heraus, in der ein Foto in DIN-A4-Größe steckte.

»Da haben wir ja unseren geheimnisvollen Freund«, sagte sie. »Inmitten einer Gruppe ... ähm ... anderer Leute? Seiner Familie?«

Levke nahm ihr das Foto ab und studierte es. Ein Ehepaar ungefähr im Alter ihrer Eltern war darauf zu sehen. Und zwei jüngere Männer. Alle waren von eher kleiner Statur und dunkelhaarig. Die Familienähnlichkeit war eindeutig. Es handelte sich hier um Mutter, Vater und zwei Söhne. Der fünfte im Bunde war fast einen Kopf größer als die anderen und weißblond statt schwarzhaarig. Luca Sander, kein Zweifel. Er gehörte in diese Gruppe wie ein Seeadler in einen Möwenschwarm. Und doch stand er zwischen den Eltern und hatte seine Arme um sie gelegt.

Neugierig studierte Levke die Rückseite. Aber da stand bloß: Mamas sechzigster Geburtstag.

»Was hältst du davon?«, fragte Silka.

Levke betrachtete das Foto, bis sie merkte, dass sie nur

Luca ansah. Daraufhin ließ sie es fallen, als hätte sie sich verbrannt. Es landete weich auf dem Handtuchhaufen.

»Wenn das seine Familie ist, dann ist er aber ziemlich aus der Art geschlagen«, erwiderte sie und wunderte sich, dass ihre Stimme so rau klang.

»Komisch. Warum er das wohl ausgedruckt hat? Will er es auf der Insel herumzeigen, um, um … Ich komme einfach nicht drauf.«

»Wir brauchen mehr Hinweise«, sagte Levke.

»Stimmt. Wir müssen ihn ausspionieren.«

»Wie stellst du dir das vor? Sollen wir ihn auf Schritt und Tritt verfolgen?«

»Warum nicht?«

»Weil es zum Beispiel am Strand weit und breit kein Versteck gibt und er uns genau kennt?«

Silka seufzte. »Hast ja recht. Dann muss das jemand übernehmen, dem wir vertrauen können, der Zeit hat, und dem Luca noch nicht begegnet ist.«

»Fällt dir jemand ein?«, fragte Levke hoffnungsvoll.

»Nö. Wir müssen wohl irgendwie anders hinter sein Geheimnis kommen.«

Kurz überlegte Levke, ihrer Schwester von Tjards seltsamem Verhalten vorhin zu erzählen. Womöglich mussten sie ja nur ihren Großonkel ausquetschen. Aber dafür war später auch noch Zeit. Jetzt galt es, von hier zu verschwinden.

Sie hob das Foto auf und gab es Silka, damit sie so zurück in die Reisetasche legte, wie sie es vorgefunden hatte. Dann sammelten sie gemeinsam die Handtücher auf.

»Ziemlich magere Ausbeute«, stellte Silka fest.

Levke nickte nur und folgte ihr nach draußen auf den Flur.

Keine Sekunde zu früh. Von der anderen Seite kam Luca auf sie zu. Er schritt energisch aus und wirkte tief in Gedanken versunken.

Die Schwestern drehten sich schnell zum Wäscheschrank um und taten, als seien sie schwer beschäftigt.

Aus den Augenwinkeln bemerkte Levke, wie Luca kurz innehielt und zu ihnen herübersah. Dann jedoch zuckte er mit den Schultern und betrat sein Zimmer.

»Puh!«, flüsterte Silka. »Gerade noch mal gutgegangen.«

»Wart's ab.«

Aber zu Levkes unendlicher Erleichterung kam kein wütender, wohlduftender Gast wieder herausgestürmt und fragte, wer es gewagt hätte, seine Sachen zu durchwühlen.

Alles blieb still.

Also nahm sie die Handtücher, die Silka eben zurück in den Schrank sortiert hatte, wieder heraus und sagte: »Die lagen auf dem Boden. Ich tue sie in die Wäsche.«

Silka grinste. »Kannst eben doch nicht über deinen Schatten springen.«

Froh, wieder etwas Normales zu tun zu haben, lief Levke nach unten in die Waschküche.

Als sie wieder nach oben kam, war von Silka nichts mehr zu sehen.

Die nächsten paar Stunden verbrachte Levke mit dem Empfang der neuen Gästen. Sie führte sie auf dem Ferienhof herum, versprach den Kindern für den nächsten Tag eine Ausfahrt mit der Ponykutsche, empfahl Restaurants und Freizeitaktivitäten und war die ganze Zeit über mit ihren Gedanken bei Luca Sander.

Sie traf ihn erst am Abend wieder, als er an ihr vorbei nach draußen eilte. Er nickte ihr nur kurz zu.

Unhöflicher Kerl, dachte sie und sah ihm nach. Im Vorgarten verließ gerade ihr Vater das Grundstück. Luca holte zu ihm auf und hielt ihm etwas unter die Nase.

Neugierig kniff Levke die Augen zusammen. Es war das Foto in der Klarsichthülle. Kein Zweifel.

Ubbo starrte erst die fremde Familie an und dann den Gast.

»Was soll ich damit?«, fragte er.

Schnell lief Levke nach draußen. Was immer jetzt geschah, sie wollte dabei sein.

Es geschah bloß nicht viel.

Luca fragte: »Erkennen Sie niemanden auf diesem Bild?«

»Doch, Sie.«

»Und sonst?«

»Niemanden«, erklärte Ubbo mit fester Stimme. Levke hörte ein leichtes Zittern darin, aber sie vermutete, das lag eher an seiner Verunsicherung denn an irgendeinem Bemühen, ein Geheimnis zu wahren.

Und was für ein Geheimnis sollte das schon sein? Traute sie ihrem Vater wirklich einen Seitensprung zu?

Ausgeschlossen, sagte sich Levke und hoffte verzweifelt, es würde sich eine andere Erklärung finden.

Schwierig bloß, wenn sich da zwei Männer gegenüber standen, die sich so sehr glichen.

Wie. Vater. Und. Sohn.

Ein Zittern ging durch ihr Herz. Sie hatte so sehr gehofft, es möge eine andere Erklärung geben, doch nun musste sie die Wahrheit anerkennen. Luca Sander war der uneheliche Sohn von Ubbo Dirks und somit ihr Bruder. Zwar nur Halbbruder, aber dennoch ganz verboten für sie. In Zukunft würde sie jegliche romantischen Gefühle für ihn unterdrücken müssen. Unwillkürlich spannte Levke die Schultern an. Es würde nicht einfach werden, aber sie hatte schon viele schwierige Momente im Leben überwunden. Sie war stark. Das hier würde sie auch schaffen. War doch ein Klacks.

Zu dumm nur, dass ihr die Tränen über die Wangen liefen.

Während sie so mit sich kämpfte, trat Luca einen Schritt von Ubbo zurück.

»Dann möchte ich im Moment nicht weiter stören«, sagte er und ging samt Foto weg.

Ubbo wischte sich die Schweißperlen von der Stirn und wollte sich ebenfalls davonmachen.

Levke trocknete rasch ihre Tränen. »Wo willst du denn hin? Es gibt gleich Abendessen.«

Sie klammerte sich an die Normalität wie eine Schiffbrüchige an eine Holzplanke.

»Deine Mutter ist sowieso nicht da«, gab er zurück, ohne auf ihre Frage einzugehen. »Die verbringt den Abend mit ihren Malerfreunden. Oder nur mit dem einen. Wer weiß das schon. Jetzt bin ich ja angeblich der Bösewicht in der Familie und darf gar nichts mehr fragen.«

Er schaute angestrengt in den wolkenlosen Himmel.

Levke kam ein Verdacht. »Du willst aber nicht auf den Wasserturm, oder? Vorhin hast du dich halb totgelacht, als ich dir von Tjard erzählt habe.«

Ubbo antwortete nicht. Was auch eine Antwort war.

Seine Frau trat durch die Gartenpforte zu ihnen. Sie hatte die letzten Worte gehört.

»Was willst du denn auf dem Wasserturm?«, fragte sie Ubbo. »In Erinnerungen schwelgen? War es da, wo du …«

»Hör schon auf!«, fuhr Ubbo sie an. »Wieso bist du überhaupt schon zurück? Beglückt dein Spanier etwa eine andere mit seinem Feuer?«

»Du Holzkopp! Wage es ja nicht, den lieben José zu beleidigen. Du weißt ja gar nicht, wie sich ein echter Mann benimmt.«

»Och, meine Fäuste wissen das aber ganz gut. Ich werde dem Señor …«

»Stopp!«, schrie Levke.

Beide Eltern wirbelten zu ihr herum.

Sie hielt sich die Hand vor den Mund. Der Schrei war wirklich ziemlich laut geraten. Vermutlich war er noch drüben auf Baltrum zu hören gewesen.

Erst als sie sicher war, ihre Stimme wieder unter Kontrolle zu haben, fuhr sie fort: »Ihr müsst damit aufhören. Ihr bringt Unglück über diese Familie.«

»Sagt die Richtige«, murmelte Gunda.

»Sei still«, fuhr Ubbo seine Frau an. »Unsere Tochter hat recht. So geht das nicht weiter mit uns.«

Gunda senkte den Kopf.

Überrascht betrachtete Levke ihre sonst so streitbare Mutter. Sie wirkte erschöpft, des Kämpfens müde.

Im nächsten Moment erinnerte sie sich an den Einfall, den sie vorhin gehabt hatte.

Wenn ich schon selbst nicht glücklich werden darf, kann ich vielleicht wenigstens die Ehe meiner Eltern retten, überlegte sie.

Dass sie es sich für alle Zeiten mit ihrer Familie verscherzen würde, war eine weitere Möglichkeit, über die sie aber lieber nicht nachdachte.

»Warum setzt ihr euch nicht wieder auf die Terrasse und ich bringe euch ein schönes Glas Wein?«, fragte sie mit Unschuldsmiene.

»Ein kaltes Pils wäre mir lieber«, brummte Ubbo.

»Mir auch«, stimmte Gunda zu.

»Kommt sofort.«

Levke lief ins Haus, bevor die beiden sie fragen konnten, warum sie sich plötzlich als Servicekraft anbot.

Sie brachte schnell die beiden Biere nach draußen und eilte dann zurück, um alles vorzubereiten. In einen großen Korb packte sie Räucherfisch, Krabbensalat, Bauernbrot, Aufschnitt und Butter. Vier weitere Biere und zwei Flaschen Wasser wanderten dazu. Wenn alles nach Plan lief, würde das eine lange Nacht werden. Dann holte sie ein paar Kissen und Decken, brachte alles an seinen Bestimmungsort und kehrte zu ihren Eltern zurück.

Die wirkten ungewöhnlich friedlich, und kurz kamen Levke Zweifel. War eine so extreme Maßnahme wirklich nötig?

Doch, entschied sie. Es war nur eine Frage der Zeit, bis dieser Waffenstillstand gebrochen würde.

»Könnt ihr bitte mal mitkommen? Ich glaube, Anna und Elsa geht es gar nicht gut.«

»Was haben sie denn?«, fragte Gunda alarmiert.

»Die Kleinen kriegen leicht mal Bauchweh«, sagte Ubbo und stand auf. »Wir müssen besser aufpassen, was die Kinder ihnen füttern.«

Im Stillen entschuldigte sich Levke bei den Zwergponys, weil sie deren Gesundheit für ihre Zwecke missbrauchte.

Doch sie hätte nicht gewusst, wie sie sonst beide Eltern in den Stall hätte locken sollen.

Fünf Minuten später untersuchten Gunda und Ubbo die Minishettys.

»Du musst dich irren«, erklärte Ubbo. »Den beiden geht es gut.«

Er hatte sich zu Anna ins Stroh gesetzt und tastete noch einmal ihren Bauch ab. Gunda tat das Gleiche bei Elsa.

Aber da war Levke schon an der Stalltür, schlüpfte hinaus und ließ von außen den Riegel einrasten.

»Was soll das?«, rief Gunda. »Lass uns sofort wieder raus!«

Ubbo musste in Sekundenschnelle auf die Füße gesprungen sein, denn er hämmerte schon von innen gegen die Holztür. Weil er sie jedoch selbst gebaut hatte, gab sie nicht nach.

»Ihr müsst euch endlich mal aussprechen!«, schrie Levke gegen den Lärm an. »Vorher werdet ihr nicht befreit. Essen und Decken findet ihr beim Kutschengeschirr.«

Eine Weile herrschte ungläubige Stille.

»Und was ist, wenn wir mal müssen? Oder Theodor?«, fragte Gunda.

Mist! Daran hatte Levke nicht gedacht.

Dann fiel ihr etwas ein. »Theodor war gerade erst draußen, und für euch gibt es die Wassereimer.«

»Wie eklig!«, stieß Gunda aus.

Ubbo sagte nichts mehr. Er hörte auch auf, zu hämmern.

Levke hoffte, er hatte ihren Plan als genial erkannt.

Vielleicht suchte er aber auch gerade nach Werkzeugen, um den Stall einzureißen. Levke wollte es lieber nicht herausfinden.

Schnell lief sie wieder um das Haus herum. Am Eingang kam ihr Luca entgegengelaufen, im Gesicht ein Ausdruck nackter Panik.

Hier ist ja heute ganz schön was los, dachte sie. Dann entdeckte sie den Grund für seine Angst und sah sich nach einem Fluchtweg um. Da war bloß keiner. Sie stand gut sichtbar im Vorgarten und hinter ihr war das Haus. Levke wünschte dringend, sie hätte etwas von Großonkel Tjards Fähigkeit geerbt, sich unsichtbar zu machen.

Luca kam bei ihr an und stellte sich hinter sie. Ein toller Held, der sich bei Gefahr im Rücken der Prinzessin versteckte.

Bloß war Levke keine Märchenfigur, und die Gefahr war wirklich angsteinflößend.

Märta Fischer ragte in voller breitschultriger Größe vor ihnen auf. Sie atmete schwer, hatte den Kopf vorgereckt und die Fäuste in die Hüften gestemmt. Neben ihr stand ihr nicht weniger beeindruckender Bruder Keno, der aber eher wie ein freundlicher Riese guckte. Hinter ihnen drängte sich halb Langeoog in den Vorgarten. Nur von ihren neuen Freunden konnte Levke niemanden erkennen. Nicht mal Pauline hatte sich unters Volk gemischt, wobei nicht sicher war, auf wessen Seite sie wohl gestanden hätte.

Auf meiner und Lucas, redete Levke sich ein und fand Trost in diesem Gedanken. *Sie sagt doch, wir gehören zusammen.*

»Wie Bruder und Schwester«, wisperte die Stimme in ihrem Kopf, die sie schon auf den möglichen Seitensprung ihres Vaters aufmerksam gemacht hatte.

Luca stand wirklich verdammt dicht hinter ihr und duftete, wie er duften sollte. Sein Atem streifte ihren Nacken und jagte ihr eine Gänsehaut über den Körper. Sie wollte ein Stück vortreten, wäre dabei aber in Reichweite von Märtas großen Händen gekommen.

Also verschränkte sie nur fest die Arme vor der Brust, als könnte sie sich selbst damit zusammenhalten und sämtlichen Gefahren trotzen.

»Wir wollen wissen, wieso der Kerl da die Leute aufscheucht!«, tönte Märta. »Warum rennt er auf der Insel rum und fragt jeden nach Ubbo und dieser Frau da auf dem Foto aus? Keine Landratte geht es etwas an, was unsereins in den langen Wintermonaten so treibt.«

Levke fand, das klang ziemlich zweideutig. Hie und da wurde hinter Märta gekichert. Kenos Mundwinkel zuckten auch, und Levke nutzte den Augenblick und wandte sich an ihn. »Na du? Lange nicht gesehen. Bist du immer noch so schön am Singen?«

»Äh, ja klar. Habe gerade ›Rolling Home‹ eingeübt. Willst du mal hören?«

Vielleicht wusste er nicht mehr genau, wer sie war, aber wer ihn an seine Sangeskunst erinnerte, war augenblicklich sein bester Freund.

Er räusperte sich und stimmte ein paar Töne an. Hinter ihm taten es ihm ein paar Insulaner nach.

Erst als Märta einen ohrenbetäubenden Pfiff ausstieß, hörte das Gesumme wieder auf.

»Spinnt ihr allesamt? Wir sind nicht zum Singen hier, sondern um diesen Spion hier zur Rechenschaft zu ziehen.«

Luca hinter ihr hielt den Atem an, was Levke in gewisser Weise bedauerte.

Sie straffte sich. »Herr Sander ist unser Gast, und ihr alle begeht gerade Hausfriedensbruch. Wenn ihr nicht wollt, dass ich die Polizei hole, solltet ihr ganz schnell wieder verschwinden.«

»Klar, soll sie den Peer rufen«, meinte jemand aus der Gruppe. »Der hat bloß schon Feierabend, sitzt in der ›Kaapstube‹ und zischt sein zweites oder drittes Bier.«

Alles lachte, was der Situation sofort jegliche Bedrohung nahm. Der Gedanke an ein kühles Helles tat ein Übriges. Die Ersten ganz hinten machten kehrt und gingen davon. So aufregend war die Walküre Märta Fischer nun auch wieder nicht. Gleich darauf folgte ihnen der Rest der Gruppe samt Keno. Sie stimmten das Shanty an und zogen fröhlich ab.

Bloß Märta blieb, wo sie war, und funkelte Levke böse an.

»Dass ausgerechnet du den Kerl in Schutz nimmst, will mir nicht in den Kopf.«

»Wie gesagt, er ist unser Gast.«

Märta stieß ein Schnauben aus. »Na, dann lass ihn mal schön Unglück über deine Familie bringen.«

Damit wandte sie sich endlich ebenfalls ab und stapfte ebenfalls davon.

»Danke«, murmelte hinter ihr Luca. »Ich wusste nicht, dass die Insulaner so streitlustig sind. Und so ... ähm ... beeindruckend groß.«

Er war selbst kein kleiner Mann, aber eine Märta Fischer konnte einem schon Respekt einflößen.

Levke würdigte ihn keiner Antwort, sondern ließ ihn einfach stehen. Sie musste jetzt dringend seiner Nähe entkommen. Aus einiger Entfernung drang Gesang zu ihr herüber. »... Rolling home across the see, rolling home to di old Hamburg ...«

17. Kapitel

Am nächsten Morgen reiste Luca Sander schon früh ab. Die Begegnung mit den Insulanern hatte ihm offenbar gezeigt, dass er die Dinge vorsichtiger angehen musste.

Oder er spürt auch, dass zwischen uns etwas ist, was nicht sein darf, überlegte Levke, während sie ihm durch das Küchenfenster nachsah. Er hatte seine große Reisetasche geschultert, blickte sich gründlich nach möglichen Feinden um und fiel dann in einen Laufschritt in Richtung Ortszentrum und Bahnhof.

Wahrscheinlich wünschte er sich ein kugelsicheres Papamobil herbei. Er hatte Levke gefragt, ob er sich ein Fahrrad ausleihen dürfe, aber sie hatte mit falschem Bedauern den Kopf geschüttelt. Leider seien die Räder allesamt verliehen.

In Wahrheit standen die Fahrräder unbenutzt im Stall, und Levke hätte ihr zweites großes Problem in Lucas Anwesenheit angehen müssen, wenn sie seinem Wunsch nachgekommen wäre.

Kaum war er weg, ging sie ihre Eltern befreien. Der Frühstücksservice musste noch ein paar Minuten warten. Die übrigen Gäste schliefen ohnehin noch, und die Bewohner des

Anbaus verfügten über eine eigene Küche und versorgten sich selbst.

Einen Moment lang blieb sie lauschend vor der Stalltür stehen. Aber bis auf Theodors Schnarchen und ein leises Schnauben der Ponys war nichts zu hören. Dann wieherten Anna und Elsa auf einmal. Sie waren definitiv die besseren Wachhunde, entschied Levke. Die Minishettys witterten, dass jemand vor der Tür stand.

Vorsichtig schob Levke den Riegel zur Seite und spähte hinein. Gunda und Ubbo hatten sich vor der Box ein großes Nest aus Stroh gebaut und schliefen Arm in Arm. Sie wirkten so friedlich, als hätte es nie ein böses Wort zwischen ihnen gegeben.

Levke blieb reglos stehen und nahm dieses Bild ganz fest in sich auf. Es konnte ja sein, dass sie sich noch oft daran würde erinnern müssen.

Theodor erwachte erst, als sie ihn mit einem Strohhalm im Ohr kitzelte. Er bellte laut und weckte damit auch ihre Eltern.

Gunda rieb sich die Augen und setzte sich auf. Ubbo brauchte ein bisschen länger, um zu sich zu kommen.

Der Bernhardiner ließ sich von Levke folgsam an die Leine nehmen. Im hinteren Teil des Grundstücks erledigte er sein Geschäft, ging dann aber eher unwillig mit zurück. Levke ahnte, welche Sehnsucht sein großes Hundeherz plagte, und schob ihn zur Sicherheit schnell wieder zu Anna und Elsa in die Box.

Die Eltern waren währenddessen entspannt auf ihrem Nachtlager sitzen geblieben. Levke staunte, wagte aber nicht zu fragen. Mit einem schnellen Blick stellte sie fest, dass die Wassereimer unbenutzt waren.

Rätsel über Rätsel.

»Das war ganz gemütlich, nicht wahr, mein Schatz?«, wandte sich Ubbo an seine Frau.

»Oh ja, mein Herz. Genau wie früher. Weißt du noch, wie wir uns mal auf dem Heuboden von Kallis Peerstall versteckt haben?«

»Als wär's gestern gewesen. Du warst mit deinen Eltern zu Besuch und wolltest nicht zurück aufs Festland. Die haben stundenlang nach uns gesucht.«

Sie kicherten wie Kinder, denen ein Streich gelungen war, und die Jahre fielen vor Levkes Augen von ihnen ab.

Mein Schatz? Mein Herz?

Sie wagte nicht zu hoffen, dass ihre Strategie aufgegangen war.

»Ihr streitet euch ja gar nicht«, sagte sie vorsichtig.

Beide sahen auf. Jetzt erst schienen sie ihre Tochter richtig wahrzunehmen.

»Hinsetzen!«, befahl Ubbo.

Levke tat, wie ihr befohlen. Ihre Beine hätten sie bei dem strengen Ton vermutlich sowieso nicht viel länger getragen.

Sie zog die Schultern ein und erwartete schicksalsergeben das Donnerwetter.

»Hast du Kaffee mitgebracht?«, fragte Gunda.

»Ähm ... nein, sorry.«

»Zu nichts gut, dieses Kind.«

»Mein Schatz, wir wollten doch über Wichtiges reden.« Ubbo Stimme klang schon wieder zärtlich.

Levke entspannte sich ein bisschen.

»Ich weiß, mein Herz, aber Kaffee ist wichtig.«

»Nur die Liebe zählt«, sagte Levke. Als Kind hatte sie Kai Pflaume angehimmelt und keine Sendung von ihm verpasst.

Ihre Eltern schauten sie irritiert an.

Vielleicht war es besser, erst mal die Klappe zu halten.

Ubbo wartete einen Moment ab, ob von ihr noch ein weiterer kluger Kommentar kommen würde, dann sagte er: »Vielen Dank.«

»Hä?«

Was Kluges fiel ihr gerade nicht ein.

Gunda fügte hinzu: »Ohne dich hätten wir uns nie die Zeit genommen, uns mal richtig auszusprechen.«

»Ach so.«

Mehr war derzeit wirklich nicht drin.

»Deine Mutter will weder auf Weltreise gehen noch nach Sevilla fliegen.«

»Sag bloß.«

Levke hatte sich immer für einen redegewandten Menschen gehalten. Das war jetzt vorbei.

»Sie liebt auch José nicht. Jedenfalls nicht so von Frau zu Mann. Das stimmt, doch, mein Schatz?«

»Absolut, mein Herz. Außerdem ist er unten in Spanien verheiratet und hat vier Kinder. Sein Familie wird nächstes Jahr auf die Insel nachziehen.«

»Korrekt«, sagte Ubbo. »Und mein Schatz hängt an unserem Zuhause genauso wie ich.«

»Echt jetzt?«

Gunda und Ubbo tauschten einen Blick. Höchstwahrscheinlich fragten sie sich, ob ihre Tochter schlagartig verblödet war. Levke schätzte die Chancen dafür sehr hoch ein.

Sie hatte mit allem Möglichen gerechnet. Mit neuen Vorwürfen, mit der Bekanntgabe der endgültigen Trennung, mit dem Rauswurf ihrer selbst, weil sie sich erlaubt hatte, die Eltern einzusperren. Aber auf keinen Fall mit dieser zuckersüßen Versöhnung.

Das kann doch nicht angehen!, dachte sie. *Gleich rufen sie »Reingefallen!« und gehen sich wieder an den Kragen.*

Sie wartete, doch nichts dergleichen geschah. Es wurde sogar noch schlimmer, denn Ubbo sagte zu Gunda: »Dich zu lieben, dich berühren, mein Verlangen, dich zu spüren …«

»Grmpff«, sagte Levke.

Beide schauten wieder sehr irritiert.

»Irgendwann ging uns der Gesprächsstoff aus«, erklärte Gunda. »Da habe ich ihm Lieder von Roland Kaiser vorgesungen.«

»Der ist gar nicht so übel«, gab Ubbo zu.

Das war zu viel für Levke. Sie fand wieder ein paar Worte mehr: »Ich finde es ja toll, dass ihr euch versöhnt habt. Aber was ist mit Luca Sander? Hast du Papa ruckzuck verziehen, Mama? Wie geht denn das?«

Gunda griff nach Ubbos Hand. »Das ist natürlich nicht so einfach. Aber es ist vierzig Jahre her.«

»Außerdem habe ich dich nie betrogen, mein Schatz.«

Erstaunlich, dass er daran festhielt, obwohl sie doch bereit war, ihm zu vergeben.

Beide versenkten den Blick ineinander, und Levke hatte auf einmal das Gefühl, überflüssig zu sein.

Eines musste sie aber unbedingt noch wissen. »Wie habt ihr das eigentlich gemacht mit euren … also … bestimmten Bedürfnissen?«

Ubbo grinste und hielt sein Smartphone hoch.

»Ganz so plietsch, wie du denkst, bist du nicht, Pusteblume. Wir haben zweimal Tjard angerufen. Der hat uns dann vorübergehend befreit.«

»Erst hat er sich ein bisschen geziert«, ergänzte Gunda. »Weil die zwei Männer sich am Nachmittag anscheinend gezofft haben. Ich konnte ihn dann doch überreden, uns diesen kleinen Gefallen zu tun.«

»Aber dann hättet ihr doch im Haus bleiben können«, sagte Levke und ahnte, dass ihr Gesichtsausdruck im Moment nicht der klügste war. Es stand zu befürchten, dass sie in den letzten paar Minuten einen Großteil ihrer Intelligenz eingebüßt hatte.

Gunda lachte. »Wozu? So romantisch hatten wir es lange nicht.«

Und auf einmal verstand Levke, was in ihrer Mutter vorging. Sie hatte gar nicht radikal ihr Leben verändern wollen, sie hatte sich ganz einfach nach der Liebe und Aufmerksamkeit ihres Mannes gesehnt. Nun, da Ubbo ihr vollkommen zugewandt war, brauchte sie nichts anderes.

Ganz so verblödet, wie ich dachte, bin ich zum Glück doch nicht, stellte sie erleichtert fest.

»Außerdem haben wir beim ersten Toilettengang den Tumult im Vorgarten gehört«, ergänzte Ubbo. »Darauf hatten wir überhaupt keine Lust. Was war eigentlich los?«

Levke klärte sie kurz über die Geschehnisse auf und erzählte auch, dass Luca abgereist war. Sie nahmen es auf wie etwas, das sie nichts anging.

»Wir werden das übrigens öfter machen«, sagte Gunda zu Levke.

»Was? Im Stall schlafen?«

Gunda lachte ein mädchenhaftes Lachen. »Es muss ja nicht

der Stall sein, aber wir wollen uns ab jetzt eine regelmäßige Auszeit nehmen.«

»Ich finde, das klingt wunderbar.«

Auf einmal hielt sie dieses viele Glück nicht mehr aus. Sie freute sich für ihre Eltern, aber ihr eigenes Herz war nun mal traurig.

»Ich muss Frühstück für die Gäste machen«, sagte sie und stand auf.

»Ich helfe dir«, bot Gunda an.

»Nur keine Eile«, murmelte Ubbo und zog seine Frau zurück ins Stroh.

Levke sah zu, dass sie aus dem Stall kam.

Im Frühstückszimmer saß nur noch eine Familie aus Dresden, aber die ließ sich Zeit. Die drei Jungs drängelten, weil sie an den Strand wollten, doch die junge, erschöpft wirkende Mutter erklärte, dies sei auch ihr Urlaub und sie wolle in Ruhe frühstücken. Tatsächlich bestellte sie bei Levke noch ein weiches Ei, während ihr Mann den Nachwuchs bändigte.

Als sie in die Küche ging, fragte sich Levke, ob sie mit eigenen Kindern genauso gestresst wäre und ob sie das Glück haben würde, dass ihr Ehemann sie unterstützte. Dann erinnerte sie sich daran, dass weder Mann noch Kinder in Sicht waren und stellte den Eierkocher an.

Weil sie schon einmal dabei war, ließ sie auch noch eine Kanne Kaffee durchlaufen und brachte dann alles zusammen mit ein paar weiteren Croissants ins Frühstückszimmer.

Die Jungs rutschten nicht mehr auf ihren Stühlen hin und her, aber sie schauten Levke mit großen Augen an und fragten sie, ob es wahr sei, dass die Ponys die Kutsche nur mit ganz braven und stillen Kindern ziehen würden.

»So ist es«, bestätigte Levke und wurde mit einem dankbaren Blick der Eltern belohnt. »Aber erst heute Nachmittag, wenn es nicht mehr so warm ist. Und wenn ihr noch ein bisschen Zeit habt, könnt ihr mir in einer halben Stunde beim Füttern helfen, bevor ihr zum Strand geht.«

Sie musste ja auch warten, dass Gunda und Ubbo den Stall verließen, sonst hätte das eine Menge Kinderfragen aufgeworfen.

Nun saßen die Jungs ruhig wie Playmobilfiguren auf ihre Stühlen und tauschten nur aufgeregte Blicke. Ihre Eltern hingegen konnten sich alle Zeit der Welt mit ihrem Frühstück lassen.

Kaum sah Levke, dass Gunda und Ubbo mit Decken und Kissen unter dem Arm aus dem Stall kamen, holte sie die Jungs und nahm sie mit in den Stall, wo sie Anna und Elsa Heu und etwas Kraftfutter geben durften.

Ein paar Wurstzipfel wanderten außerdem in Theodors Maul, aber Levke tat, als hätte sie es nicht bemerkt. Spätestens in der Nachsaison würde der Bernhardiner auf strenge Diät gesetzt werden.

Als die Familie schließlich aufgebrochen war, deckte Levke den Tisch ab und lächelte in sich hinein. Diese kleine Aktion würde ihr zusätzlich eine Fünfsternebewertung bringen. Da war sie ganz sicher.

Ein rothaariger, kräftiger Mann mit Vollbart kam ihr im Flur entgegen und hielt ihr höflich die Tür zur Küche auf.

»Danke«, sagte Levke und versuchte, ihn einzuordnen. Er

war kein Gast, da war sie ziemlich sicher. Vielleicht ein Handwerker oder Lieferant aus dem Ort?

Nein, sie hatte den Sommer über jeden kennengelernt.

Es gab nur eine Antwort.

»Moin!«, trompetete Silka und kam die Treppe heruntergesaust. »Ups!«

Schlagartig blieb sie stehen und blickte mit einem panischen Ausdruck in den Augen zwischen Levke und dem Rothaarigen hin und her.

»Ihr habt euch schon kennengelernt.«

»Nicht wirklich«, erwiderte der Mann und reichte Levke die Hand. »Guten Morgen. Emil Pötter. Angenehm.«

»Hallo«, murmelte Levke. Mehr bekam sie vor lauter Überraschung nicht heraus. Sie hatte die Arme voller Geschirr. Eine gute Ausrede, um erst einmal Zeit zu gewinnen und in der Küche zu verschwinden.

Emil? *Der* Emil? Der ihrer kleinen Schwester das Herz gebrochen hatte, weil er ihr nichts als Lügengeschichten erzählt hatte?

Nee, ne?

Sie stellte klappernd die Teller ab und begann, das Besteck in die Geschirrspülmaschine zu sortieren.

Silka kam herein, gleichzeitig sah Levke den Mann am Fenster vorbeigehen. Sie fand, er sah ein bisschen aus wie der Wildling-Krieger in ›Game of Thrones‹. Nur besser. Der Name wollte ihr nicht mehr einfallen.

»Fehlt bloß der Fellüberwurf«, sagt Silka. »Findest du nicht auch?«

Offenbar hatte sie erraten, was im Kopf ihrer älteren Schwester vorging.

Levke ließ sich nicht so leicht einwickeln. »Emil? Der Lügenbaron aus Esens? Echt jetzt?«

Silka lief dunkelrot an. Sie sank schwer auf einen Küchenstuhl.

»Es ist schwer zu erklären.«

»Versuch's mal.«

»Nur, wenn du das Ding da weglegst.«

Levke bemerkte, dass sie ein großes Brotmesser in der Hand hielt, und packte es zu dem übrigen Besteck. Dann setzte sie sich ebenfalls. Eigentlich hatte sie genug von Liebesgeständnissen an diesem Morgen. Sie dachte daran, dass Silka ihr seit Monaten ihr Herzensleid klagte, und ihr Blick wurde finster.

Dann stutzte sie.

Seit Monaten? Wirklich? Wann eigentlich zuletzt?

Musste eine Weile her sein, wenn sie sich nicht mehr daran erinnerte.

»Seit wann geht das mit euch beiden?«, fragte sie im Tonfall einer strengen Mutter.

»Anfang Juli«, nuschelte Silka.

»Seit anderthalb Monaten? Und du hast mir nichts davon gesagt?«

»Wir haben uns ja nicht gleich wieder versöhnt. Aber Emil ist fast jede Woche mit der Fähre rübergekommen und hat richtig um mich gekämpft.«

Erneut sah Levke den Wildling vor sich, verscheuchte das Bild aber.

»Und seine ganzen Schwindeleien?«

»Er sagt, das war der größte Fehler seines Lebens. Und er schämt sich schrecklich. Aber jetzt hat er einen Job als Koch in der Jugendherberge bei der Melkhörndüne in Aussicht. Das sei ein echter Aufstieg für ihn und er sei hier bei mir auf der Insel.«

Die berufliche Karriere des Mannes interessierte Levke weniger.

»Warum hast du mir nicht gleich was gesagt?«

»Ich ... habe mich auch geschämt. Du hattest ja gesagt, ich könnte ihm verzeihen, und ich habe mich dagegen gewehrt. Und dann hast du so oft betont, dass man auch als Single glücklich sein kann, dass ich mich schließlich nicht mehr getraut habe.«

»Nur die Liebe zählt«, sagte Levke zum zweiten Mal an diesem Morgen.

»Wir haben die Sendung geliebt«, entgegnete Silka.

Daraufhin fiel Levke ein, dass sie beide für Kai Pflaume geschwärmt hatten, und ein verständnisvolles Lächeln huschte über ihr Gesicht.

»Hauptsache, du bist glücklich, kleine Schwester. Ich wünsche euch für alle Zeiten immer eine Handbreit Wasser unter dem Kiel.«

Silka sprang auf und fiel ihr um den Hals.

»Danke! Ich habe dich lieb! Aber jetzt hole ich schnell Emil. Der hat sich wahrscheinlich irgendwo draußen versteckt.«

»Bin ich so furchteinflößend?«

»Nee, aber er hat sein Schwert nicht dabei.«

Grinsend räumte Levke weiter das Geschirr ein und achtete nicht auf den traurigen Nachhall in ihrem Herzen. Sie nahm sich fest vor, eine Freundin zu finden, die nicht glücklich liiert war. Es musste doch eine weitere Singlefrau auf Langeoog leben!

Sie kochte einen frischen Kaffee für sich selbst und hoffte auf ein paar Minuten Frieden.

»Theodor! Wirst du wohl zurückkommen!«, schallte es von draußen herein.

War wohl nix, dachte sie und blickte nach draußen.

Dort lief gerade Silka vorbei, ihr dicht auf den Fersen war Emil.

Theodor sprang über den niedrigen Gartenzaun.

Levke spurtete ebenfalls los und war fast gleichzeitig mit dem frisch verliebten Pärchen auf dem Fußgängerweg vor dem Grundstück.

»Das war meine Schuld«, sagte Emil geknickt. »Ich wollte mir mal ansehen, ob an der Box noch was gemacht werden muss.«

»Er hat sie zusammen mit Papa gebaut«, erinnerte Silka ihre Schwester.

»Ach ja.«

Silka legte ihrem Emil einen Arm um die Schultern. Sie waren beide große Menschen. »Und als er die Boxentür aufgemacht hat, ist Theodor an ihm vorbeigeflitzt.«

»Tut mir furchtbar leid«, sagte Emil zerknirscht. »Macht er das öfters?«

»Nur, seit er verliebt ist«, entgegnete Levke.

»Unser Theodor?«, fragte Silka mit großen Augen. »In wen denn?«

»Bella«, gab Levke Auskunft.

Silkas Augen fielen ihr nun fast aus dem Kopf. »Bella? Saras Bella?«

»Korrekt.«

Silka lachte los, während Emil eher verständnislos guckte.

Levke setzte sich in Richtung Ortskern und Apotheke in Bewegung, Silka und Emil folgten ihr und lachten kurz darauf beide. Da war Emil über die Ausmaße der Hundedame aufgeklärt worden.

Vor der Apotheke hatte sich ein kleiner Menschenauflauf versammelt. Mittendrin ein laut heulender Theodor und ein ziemlich wütender Apotheker.

Levke rief Sara an und bat sie, kurz mit Bella herunterzukommen.

»Bist du verrückt?«, fragte Silka. »Theodor frisst die Lütte vor lauter Liebe doch auf.«

»Hoffentlich nicht.«

Schwerfällig schob sich Sara aus der Tür. Ihr Schwangerschaftsbauch löste allgemeines Staunen aus. Theodor hatte jedoch nur Augen für das Häufchen Hündin auf ihren Armen. Er ließ seine überlange Zunge heraushängen, offenbar bereit, seine Angebetete abzulecken. Da schoss Bellas Kopf vor, und sie biss ihm einmal kräftig in die empfindliche Nase.

Theodor jaulte auf.

»Der ist kuriert«, bemerkte Silka.

Emil rieb sich über die eigene bemerkenswerte Nase. »Danke, dass du das bei mir nicht gemacht hast.«

»Immer gern, Tormund.«

Genau, schoss Levke durch den Kopf. *So hieß der Wildling.*

Dann packte sie Theodor am Halsband und zerrte ihn weg. »Sorry, Sara!«, rief sie noch über die Schulter. »Soll nicht wieder vorkommen.«

»Keine Sorge. Meine Bella weiß sich zu wehren.«

Gemeinsam gingen sie zum Ferienhof zurück. Erst nach

einer Weile bemerkte Levke, dass ihre Schwester und Emil anscheinend irgendwo abgebogen waren.

Sie zuckte mit den Schultern und schimpfte ein bisschen mit dem Bernhardiner. Allerdings sah Theodor dermaßen unglücklich aus, dass sie ihm nicht lange böse sein konnte.

»Tut mir leid Kumpel. Manche Lektionen muss man auf die harte Tour lernen.«

Insgeheim war sie aber froh über den Ausgang dieser Geschichte.

Noch ein Happy End hätte sie an diesem Vormittag nicht ertragen. Selbst dann nicht, wenn es nur um einen riesigen und einen winzigen Vierbeiner ging.

20. Kapitel

Die Morgenluft roch nach würzigem Heidekraut und dem Salz der Nordsee, das von einem leichten Wind über die Dünen herangeweht wurde. Ein großer Schwarm Graugänse kam im ersten Sonnenlicht über das Pirolatal angeflogen und segelte über das Hexenhäuschen hinweg. Der August ging zu Ende, und nun waren täglich Zugvögel am Himmel zu sehen.

Levke kniff die Augen zusammen und bestaunte die nahezu perfekte Keilformation. Sie glaubte, ein fernes Schnattern zu hören. Diese beeindruckenden Gänse kamen aus Skandinavien und flogen bis an die Nordküste Afrikas.

Im Stillen wünschte Levke ihnen viel Glück für ihre lange und gefahrvolle Reise. Dann stand sie von der Holzbank auf, die schnell ihr Lieblingsplatz geworden war, und ging zurück ins Haus. Sie wohnte erst seit einer Woche hier, aber es fühlte sich viel länger an, so sehr gefiel es ihr.

Es war eben etwas anderes, ob man an seinem Arbeitsplatz wohnte oder einen Ort hatte, an den man sich am Abend zurückziehen konnte.

Sie betrat die Küche und stellte ihre leere Kaffeetasse in die Spüle. Dabei fiel ihr Blick auf die wertvolle, handbemalte

Rosenthal-Vase, die sie ganz oben in den Glashängeschrank gestellt hatte. Um sie vor den Kindern ihrer Freundinnen in Sicherheit zu bringen, redete sie sich ein. In Wahrheit führte ihr dieses Abschiedsgeschenk ihrer Kollegen und Freunde in Zürich vor Augen, wie unpersönlich ihr Verhältnis über die Jahre dort gewesen war.

Sie hatte sich artig bedankt, als man ihr am vergangenen Wochenende die Vase mit großer Geste überreicht hatte, aber sie hatte eine leise Enttäuschung empfunden. Dann war die Party weitergegangen, und als Levke sich gegen Mitternacht verdrückte, schien niemand sie zu vermissen. Schon am nächsten Morgen war sie zurück nach Langeoog gereist – froh, wieder in ihr neues altes Leben einzutauchen. An einem Ort, wo man sie kannte, wo niemand ihr so ein teures Ding schenken würde. Sowieso nicht als Abschiedsgeschenk, da sie nicht vorhatte, die Insel noch einmal zu verlassen.

Aber zu Weihnachten oder zum Geburtstag würde sie von ihrer Schwester vielleicht ein paar kostenlose Gymnastikstunden bekommen, von ihren Eltern ein Album mit ihren schönsten und lustigsten Kinderfotos und von Tjard eine Fischplatte, die für die ganze Familie reichen würde. Dann die Freunde: Katharina hätte ein Geschichtsbuch über Langeoog ausgegraben, von Sara gäbe es einen Gutschein für ein paar Gratiscocktails und von Nella eine selbst getöpferte Vase, die nicht annähernd so wertvoll war, aber dafür das Wattenmeer zum Motiv hatte. Annabel würde ihr Reitstunden anbieten und Sophie mit einer echten Friesentorte aufwarten. Na, und von Pauline gäbe es wahrscheinlich eine Flasche Aquavit.

All diese wären persönliche Dinge, die Levke das Gefühl geben würden, angekommen zu sein.

Aber dafür brauche ich gar keine Geschenke, dachte sie und lächelte. *Es war die beste Entscheidung meines Lebens, zurückzukehren. Hier leben meine Leute, meine Gefährten, hier ist meine Clique zu Hause.*

Sie prustete los. Höchste Zeit, zur Arbeit zu kommen, bevor sie vor lauter Rührung noch kitschiger wurde.

Sie lief wieder nach draußen, schwang sich aufs Fahrrad und machte sich auf den Weg.

Kaum losgefahren fiel ihr ein, dass sie später am Tag einen Termin bei Carl Sievers hatte, der seit vielen Jahren die Buchhaltung für den Inselferienhof erledigte. Sie wusste, er würde ihr gratulieren, denn sie hatte den Sommer über gut gewirtschaftet. Die zweite Hypothek konnte wahrscheinlich noch im laufenden Jahr getilgt werden. Mit dem Familienunternehmen ging es definitiv aufwärts. Den Sommer über war der Hof voll ausgebucht gewesen und auch für die Nachsaison gab es schon einige Anfragen.

Levke konnte sich ein stolzes Lächeln nicht verkneifen. Zwar war ihr klar, dass dies nicht allein ihr Verdienst war, denn die Familie hatte alle Kräfte mobilisiert, um aus dem Tal herauszukommen. Aber ein bisschen durfte sie sich schon auf die Schulter klopfen.

Die einzige Frage, die ihr Sorgen bereitete, war, ob der Betrieb auch im Herbst und Winter genug abwerfen würde, um sich selbst ein zumindest bescheidenes Gehalt auszuzahlen. Ihr Bewerbung als neue Direktorin der Kurklinik, an der Silka arbeitete, war erfolgreich gewesen. Aber die Stelle wurde erst zum 1. Mai im folgenden Jahr frei. Ihre Ersparnisse waren so gut wie aufgebraucht, und sie hatte schon angefangen, sich nach einem Nebenjob umzusehen. Bisher allerdings ohne

Erfolg. Viele Langeooger hatten während der kalten Jahreszeit keine Arbeit, und die wenigen verfügbaren Stellen waren
begehrt.

Ihr Handy klingelte, als sie am Dünenfriedhof vorbei-
radelte.

Sie bremste, stieg ab und schaute auf das Display.

»Sara«, sagte sie dann überrascht. »Ist alles in Ordnung?«

»Versprich mir, dass du nicht ausrastest.«

»Ich versuch's.«

Sara schwieg.

»Also gut, ich verspreche es.«

»Okay«, sagte Sara. »Kannst du heute Abend die Strandbar übernehmen? Vielleicht sogar das ganze Wochenende?
Auch wenn morgen am Samstag viel los ist?«

»Das schaffe ich schon. Katharina kann mir ja helfen. Und
Nella auch.«

Seit Sara aufgrund ihrer Schwangerschaft immer unbeweg-
licher wurde, sprangen die Freundinnen oft ein. Nella hatte
vor ein paar Jahren sogar fest in der Strandbar gearbeitet und
kannte sich besonders gut aus. Seit sie ihren Sohn Benno bekommen hatte und zudem ihr Töpfergeschäft gut lief, konnte
sie aber nur noch selten helfen. Katharina war ein bisschen
ungeschickt und langsam, erledigte aber, ohne zu murren,
die unangenehmeren Aufgaben wie Putzen und Abwaschen.
Levke wiederum hatte während ihrer Ausbildung auch einige
Monate hinter einer Hotelbar gestanden. Ihre Cocktails
konnten sich zwar nicht mit jenen von Sara messen, waren
aber ganz ordentlich.

»Wunderbar«, erwiderte Sara.

Im Hintergrund waren Geräusche zu hören, die Levke nicht

recht einordnen konnte. Als würde eine Spielzeuglok sehr schnell vorbeifahren. Oder sogar zwei.

Sie runzelte die Stirn.

»Wo bist du?«

Statt zu antworten, sagte Sara: »Ich bin bisher nicht dazu gekommen, aber ich wollte dir schon seit einer Weile anbieten, bei mir zu arbeiten, wenn die Zwillinge erst mal da sind. Du bist der perfekte Ersatz.«

»Oh«, stieß Levke aus.

Das war die Lösung ihrer Jobprobleme. »Das mache ich sehr gern. Aber es geht nur bis zum Frühjahr. Du weißt ja, dass ich dann eine neue Stelle antrete.«

»Klar. Bis dahin finde ich eine Aushilfe und vielleicht eine Nanny, so dass ich selbst wieder mit anpacken kann.«

Sara machte eine kurze Pause. Es schien Levke, als atme sie schwerer als sonst. Dann sagte sie: »Du kannst Dienstag gleich weiterarbeiten. Montag ist ja Ruhetag.«

»Sara.«

»Ja?«

»Wo bist du?«

»Im Krankenhaus in Wittmund.«

»Oh! Mein! Gott!«

»Kindchen«, sagte eine alte Dame auf dem Weg zum Friedhof. »Nicht so laut. Sie wecken ja Tote auf, und das hat der liebe Gott gar nicht gern.«

Levke musste ein hysterisches Lachen unterdrücken.

»Was ist passiert?«, fragte sie, als sie sich wieder einigermaßen im Griff hatte.

»Du hast versprochen, nicht auszurasten.«

»Entschuldigung.«

»Kein Grund zur Panik. Für morgen ist der Kaiserschnitt angesetzt.«

Levke holte tief Luft, schaffte es aber trotzdem nicht, ihre Stimme ruhig klingen zu lassen. »Es ist doch noch viel zu früh!«

»So früh nun auch wieder nicht. Ich bin in der fünfunddrei-ßigsten Woche plus zwei Tage. Das ist ziemlich weit für eine Zwillingsschwangerschaft. Letzte Nacht haben die Wehen eingesetzt, und beim ersten Tageslicht sind wir hergeflogen.«

Langeoog verfügte über einen kleinen Flugplatz, und Levke war heilfroh, dass ihre Freundin so reibungslos das Kranken-haus erreicht hatte. Bestimmt war das ein gutes Omen.

Ob sie mal kurz bei Pauline vorbeisah? Wenn die alte Frau wirklich das zweite Gesicht hatte, wüsste sie vielleicht, dass in vierundzwanzig Stunden alles gut sein würde. Sie tippte sich mit der freien Hand selbst gegen die Stirn.

»Den Lütten geht es gut«, fuhr Sara fort. »Hörst du das? Das sind ihre Herzgeräusche. Stark und regelmäßig.«

Die Spielzeugloks, dachte Levke.

»Da bin ich aber erleichtert«, sagte Levke.

»Ich muss jetzt auflegen. Danke für deine Hilfe. Ich halte euch auf dem Laufenden.«

»Bitte tu das«, flüsterte Levke, aber da war die Verbindung schon unterbrochen.

Tief in Gedanken versunken fuhr sie weiter. Sie begegnete einigen Leuten, die sie kannte, und grüßte höflich, war aber nicht bei der Sache. Noch immer konnte sie Sara nicht als enge Freundin bezeichnen, dennoch saß die Angst tief, die-ser kleinen mutigen Person könnte während der Geburt etwas passieren. Sie hatte den Ortskern fast durchquert, da traf sie eine Entscheidung. Anstatt an der Hauptstraße rechts in Richtung Ferienhof abzubiegen, fuhr sie nach links und erreichte kurz darauf die evangelische Inselkirche. In dem neugotischen Gebäude war Levke getauft und konfirmiert worden. Selbst wenn sie in ihrem Erwachsenenleben keine eifrige Kirchgängerin war, so glaubte sie doch, dass der liebe Gott ihr zuhören würde, wenn sie ein Gebet an ihn richtete. Es ging ja nicht um sie selbst, sondern um einen anderen Menschen.

Die alte Frau am Friedhof hatte sie auf die Idee gebracht, und nun ging Levke langsam auf das seltsame, moderne Altarbild zu. Es war ganz in Grün und Grau gehalten und zeigte Menschen, die auf einen morschen Kahn blickten. Eine gewisse Trostlosigkeit ging von dem Werk aus, und an ihm schieden sich die Geister.

Levke setzte sich auf eine Bank, sagte das Vaterunser auf und wunderte sich im Stillen, dass sie das Gebet noch auswendig kannte. Dann bat sie um Gesundheit für Sara und ihre Zwillingsmädchen und blieb noch eine Weile sitzen, um den Frieden zu genießen.

Als sie wieder hinaustrat, fühlte sie sich innerlich gestärkt, und sie nahm sich vor, dass dies nicht ihr letzter Kirchenbesuch sein würde. Auf jeden Fall war diese Aktion besser gewesen, als Pauline um Hilfe zu bitten.

»Da bist du ja endlich!«, rief ihre Mutter, als sie das Fahrrad durch den Vorgarten zum Stall schob.

Gunda lehnte sich aus dem Küchenfenster. »Ich dachte schon, ich muss alles allein machen.« Dabei lachte sie jedoch.

Seit ihrer Versöhnung mit ihrem Mann hatte sie wieder Spaß an der Arbeit und legte sich besonders für das Frühstück ins Zeug. Eier waren ihre Spezialität. Rühreier, Spiegeleier, Omelett, Eier Benedict – was immer die Gäste wünschten, Gunda zauberte es ohne Probleme. Die ersten Rezensionen sprachen bereits von dem ausgezeichneten Frühstück und würden ihnen weitere Gäste bescheren.

»Bin ja schon da«, sagte Levke, als sie die Küche betrat. »Was soll ich machen?«

»Geh mal nachschauen, ob noch genug Räucherfisch da ist. Und frag, ob irgendjemand ein normales weiches Ei möchte.«

»Okay.«

»Und dann rufst du deinen Vater. Der war vorhin nicht wachzukriegen.«

»Bin schon da, mein Schatz«, sagte Ubbo von der Küchentür her. »Wenn du mich die halbe Nacht auf Trab hältst, muss ich ja irgendwie wieder zu Kräften kommen.«

Er trat an den Herd und küsste seine Frau lange und ausgiebig.

Levke sah zu, dass sie wegkam. Manchmal wünschte sie sich die Zeiten zurück, in denen ihre Eltern sich nur gezofft hatten.

Nach dem Frühstücksdienst kümmerte sie sich zusammen mit Silka um die Zimmer. Levke erzählte von Sara, und die Schwestern versicherten einander gegenseitig, dass alles gut gehen werde. Anschließend fuhr Silka mit dem Fahrrad zur Arbeit in die Kurklinik, und Levke kümmerte sich um die Buchungen für den September. Der Tag zog sich zäh dahin, nur einmal kam eine kurze Nachricht von Sara. Alles sei so weit in Ordnung, schrieb sie.

Levke war regelrecht froh, als ihr Termin bei Carl Sievers anstand. Wie erwartet konnte er ihr ermutigende Zahlen vorlegen, und er nahm es ihr auch nicht übel, als sie ihm mitteilte, sie werde sich aus Kostengründen künftig selbst um die Buchhaltung kümmern. Schließlich habe sie auch das gelernt, und nach der Hauptsaison habe sie mehr Zeit. Sievers sagte, er habe mehr als genug Anfragen, es sei also schon in Ordnung. Levke war sich sicher, die zusätzliche Aufgabe auch zu schaffen, wenn sie Direktorin des Kurhotels wurde. Auf dem Ferienhof musste einfach gespart werden, wo es möglich war.

Am Abend in der Strandbar war die Stimmung unter den Freunden gedrückt. Alle wussten inzwischen von Sara, und trotz deren beruhigender Nachricht machte man sich doch Sorgen. Obwohl es Freitag und nicht Samstag war, hatte sich die ganze Gruppe eingefunden. Levke, Nella und Katharina erledigten die Arbeit routiniert, aber so manch ein Gast mochte sich über die besorgten Gesichter wundern. Sophie und Matteo, Annabel und Riccardo sowie Jack und Leo saßen zusammen, beschäftigten die Kinder und machten einander Mut. Auch Keno Fischer gesellte sich dazu, obwohl er nicht zum engeren Freundeskreis gehörte. Er brachte seine sympathische finnische Freundin Erja mit und seine Schwester Märta, um die Levke lieber einen großen Bogen machte. Etwas später tauchten auch Silka und Emil auf und integrierten sich nahtlos in die Gruppe.

Nach einem strahlenden Morgen und einem leicht bewölkten Tag, hatte sich der Himmel am Abend nun zugezogen. Levke war fest entschlossen, dies nicht als böses Omen zu sehen.

Die Stimmung hob sich nur dank der Gäste, die keine Ahnung hatten von dem, was vor sich ging.

Irgendwann tauchte Pauline mit einer großen Flasche Aquavit auf und kippte einen Schuss in alle Drinks, bei denen die Besitzer kurz unaufmerksam waren. Manch einer hielt ihr sein Glas auch erwartungsvoll entgegen. Dieses Inselvölkchen, so dachte man wohl, war ein bisschen durchgeknallt, aber einen Gratisschnaps wollte man nicht ablehnen.

»Wat seid ihr oll bloß so melanklüterisch!«, rief Pauline. »Hoch die Tassen, es gibt wat zu feiern.«

Die bösen Blicke der Freunde perlten an ihr ab wie Regentropfen an einem Seehund. Die verständnislosen Blicke der übrigen Gäste ohnehin.

»Die Frau ruiniert uns das Geschäft«, sagte Levke zu Katharina. »Macht sie das öfter?«

»Manchmal«, gab die Lehrerin schmunzelnd zurück und polierte ein paar Biergläser. »Aber wenn sie rüberkommt, lässt Sara sie machen und mixt ihre Cocktails einfach mit weniger Alkohol.«

»Das hätte mir jemand sagen sollen«, beschwerte sich Levke. »Jetzt werden wir gleich eine Bar voller besoffener Leute haben.«

»Soll in Bars schon mal vorkommen.«

Levke feixte.

Kaum hatte Pauline die ersten Runde ausgeschenkt, hielt Sophie plötzlich ihr Smartphone hoch.

»Sie sind da!«, rief sie. »Putzmuntere Mädchen! Zweitausendvierhundertzwanzig und zweitausendfünfhundertzehn Gramm.«

Nicht jeder auf der Terrasse und im Inneren der Bar konnte

damit etwas anfangen, aber als die Freundesgruppe sich jubelnd in die Arme fiel, machten die übrigen Gäste einfach mit. Ein Grund zum Feiern war immer willkommen, und die alte Frau mit dem köstlichen Schnaps kam schon wieder näher.

»Ich hab's doch gesagt!«, rief Pauline triumphierend.

Levke entschied, ihr von nun an alles zu glauben. Auch, dass Luca und sie füreinander bestimmt waren.

Na gut, *das* vielleicht doch nicht. Traurigkeit zog in ihr Innerstes, aber sie kämpfte dagegen an und drängelte sich zu Sophie durch. Die Eiscafébesitzerin war Saras erste Freundin auf der Insel gewesen. Da war es nur logisch, dass sie die Nachricht bekommen hatte.

»Die Zwillinge sollten doch erst morgen geholt werden«, sagte Levke besorgt.

Sophie lächelte. »Stimmt, aber es ging schneller als erwartet. Sara ist wohlauf, und Maria und Johanna mussten nicht einmal in den Brutkasten.«

So langsam fiel die Anspannung von ihr ab. »Hübsche Namen.«

»Nicht wahr?«, gab Sophie zurück. »Maria nach Saras Großmutter und Johanna nach Benedikts Mutter.« Sie kuschelte sich an ihren Mann und träumte vielleicht von einem weiteren Kind.

Levke sah sich nach Pauline um. Sie fand, auch eine Barkeeperin durfte sich zu besonderen Anlässen einen Schnaps gönnen. Und der Aquavit besaß hoffentlich Zauberkräfte, die ihr eigenes Herzensleid besänftigten.

Sie blieb stehen und rieb sich über die Stirn. Offenbar hatte sie im Laufe des Abends schon zu viele Cocktails probiert und war nicht mehr ganz klar im Kopf. Hochprozentiges war keine gute Idee mehr.

»Du kriegst sowieso keinen«, sagte Pauline, die Levkes Näherkommen sehr wohl mitgekriegt hatte. »Du hast immer noch nicht deinen bekloppten Großonkel im Griff. Der ist mal wieder bei mir aufgetaucht und hat mir irgendeinen Tüdelkram vom Wasserturm und vom Sonnenuntergang erzählt. Dann wollte er mich küssen! Pfui Düvel!«

Levke kicherte. »Wo ist er jetzt?«

»Im Büdchen. Hab ihn eingeschlossen.«

»Das kannst du doch nicht machen, Pauline!«

»Und ob ich das kann!«, erwiderte die alte Frau. »Er wollte mit mir zusammen rüberkommen und ein paar Platten auflegen. Wie in alten Zeiten. Sei froh, dass ich euch davor bewahrt habe.«

Levke stellte sich einen Abend voller Freddy Quinn vor und musste Pauline im Stillen recht geben. Trotzdem konnte sie Tjard nicht sich selbst überlassen. Sie gab Nella und Katharina Bescheid und lief hinüber zum Büdchen, um ihn zu befreien.

Er war sternhagelvoll. Anscheinend hatte er Paulines Vorrat an Aquavit gefunden.

»Muss meinen Liebeskummer in Alkohol ertränken«, nuschelte er. Eigentlich sagte er »Alloholerrännen«. Levke verstand ihn trotzdem.

»Willste mitmachen, Deern? Du bist doch genauso unglücklich wie ich.«

Die Versuchung war groß, und vielleicht klappte es sogar, und der Aquavit hatte wirklich Zauberkräfte. Aber dann ließ sie es doch lieber bleiben und rief ihren Vater an, damit er Tjard nach Hause brachte.

Sie selbst ging zurück in die Strandbar, und während des restlichen Abends fragte sie sich verzweifelt, wie schlimm es um sie stehen musste, wenn sie für einen kurzen Moment ernsthaft erwogen hatte, sich zusammen mit ihrem Großonkel zu betrinken. In der Strandbar ließ sie sich dann doch noch zu ein paar Drinks verleiten. Alle Gäste waren inzwischen fort, die Freunde feierten unter sich.

21. Kapitel

Hämmernde Kopfschmerzen waren am nächsten Morgen die Quittung für die vergangene Nacht. Levke wollte am liebsten liegen bleiben, doch es war Samstag, der Hauptarbeitstag auf dem Ferienhof, und sie hatte keine Wahl. Stöhnend quälte sie sich aus dem Bett und ging unter die Dusche.

Sie fand, dass sie danach immer noch wie ein Schnapsladen roch. Auf ihre Viertelstunde auf der Holzbank hinterm Haus verzichtete sie und goss nur drei Tassen Kaffee in sich hinein.

Dann machte sie sich auf den Weg, schob das Fahrrad allerdings neben sich her. Sie wusste nicht, wie viel Restalkohol sie noch im Blut hatte, und fürchtete, sie würde umkippen, wenn sie sich in den Sattel schwang.

Als sie durch die Barckhausenstraße kam, war sie auf einmal sicher, dass sie noch betrunken war. Vor einem Frühstückscafé saß eine kleine, dunkelhaarige Frau ungefähr im Alter ihrer Mutter, die ihr vage bekannt vorkam. Ihr gegenüber hatte ein Mann mit weißblondem Haar Platz genommen. Er kehrte Levke den Rücken zu, trotzdem raste ihr Herz auf einmal los, und ihr wurden mal wieder die Knie weich. Sie musste sich auf den Lenker stützen. Erst als sie merkte, dass die Frau sie stirnrunzelnd ansah, ging sie weiter.

Ich muss mich getäuscht haben, redete sie sich ein. *Das war bestimmt nicht Luca Sander. Was sollte er hier schon wollen?*

»Vielleicht endlich die Wahrheit herausfinden«, antwortete die kleine Stimme in ihrem Kopf, die sie einfach nicht loswurde.

Ach, Quatsch. Der hat bestimmt genug von uns. Außerdem gibt es eine Menge hellblonde Männer auf Langeoog. Das war irgendjemand anders.

Ihr Herz war mit der Erklärung nicht einverstanden, aber sie gab sich Mühe, es genauso wie die blöde Stimme zu ignorieren.

Als sie den Ferienhof erreichte, besorgte sie sich als Erstes zwei Aspirin und hoffte, sie würden schnell wirken. Sie ließ sich in der Küche ein Glas Wasser einlaufen, kam aber nicht dazu, die Tabletten zu nehmen.

»Nicht auf leeren Magen«, befahl Silka und nahm sie ihr aus der Hand. »Wahrscheinlich hast du schon Kaffee intus. Willst du ein Geschwür kriegen?«

»Du bist Krankengymnastin, keine Ärztin«, murrte Levke. »Außerdem vertrage ich heute früh noch keine feste Nahrung. Mir ist schon schlecht.«

»Ein bisschen was muss sein. Hinsetzen.«

Levke tat wie ihr geheißen. Ein paar Minuten später stand ein großer Becher heißer Ostfriesentee vor ihr, daneben ein Teller mit Zwieback.

Für sich selbst hatte Silka das gleiche Frühstück zubereitet. Auch sie hatte gestern in der Bar ordentlich gefeiert. Nun ließ sie Kluntjes, die typischen Brocken Kandiszucker, in die Tassen gleiten.

Einträchtig saßen die Schwestern beieinander, und Levke stellte fest, dass ihre Übelkeit nachließ.

Tjard tauchte auf, wie er immer auftauchte, und blickte missbilligend auf seine Großnichten.

»Das soll ein Frühstück sein? Die Zeiten, in denen ich wochenlang von vergammeltem Schiffszwieback leben musste, sind Gott sei Dank vorbei. Ich sage euch, Deerns, da wimmelten fette weiße Maden drin.«

»Du bist nie zur See gefahren«, erwiderte Levke und spürte, wie ihr wieder übel wurde. Das Stück Zwieback, das sie in der Hand hielt, ließ sie zurück auf den Teller fallen.

»Wat weißt du schon! Gibt's nischt Anständiges zu futtern?«

Ohne eine Antwort abzuwarten, ging er zum Kühlschrank und holte Wurst, Schinken, Käse und geräucherte Makrele heraus. Dazu Butter, Honig und Sanddornmarmelade.

Die große Brötchentüte vom Bäcker lag bereits auf der Anrichte, aber Silka gab ihm einen Klaps auf die Hände, als er sich auch daran bedienen wollte.

»Die sind für die Gäste, das weißt du genau.«

Tjard schimpfte in sich hinein, begnügte sich aber mit Bauernbrot.

»Ist noch Tee in der Kanne?«

Silka grinste amüsiert und goss ihm ein.

Levke knabberte weiter lustlos an ihrem Zwieback und trank in kleinen Schlucken aus ihrem Becher. Nach einer Weile fühlte sie sich ein bisschen besser, obwohl ihr Großonkel laut schmatzte und es inzwischen intensiv nach Makrele roch.

»Wie kann es sein, dass du schon wieder so frisch bist?«, fragte sie ihn. Vielleicht gab es ja ein Geheimrezept gegen Kater.

Tjard grinste und bestellte bei Silka erst mal zwei weiche Eier.

»Ihr jungen Leute könnt nichts mehr ab«, sagte er dann. »Unsereins hat früher ganze Fässer voller Rum geleert und ist dann trotzdem direktemang in die Takelage hochgeklettert.«

»Mensch, Tjard!«, schimpfte Silka. »Nun hör schon auf. Du warst auch nie Matrose im achtzehnten Jahrhundert.«

Die Eier kochte sie ihm trotzdem und stellte sie vor ihn hin.

Tjard köpfte sie mit Schwung und löffelte sie mit Genuss. Erst dann fuhr er fort: »Ihr Deerns habt keine Fantasie. Das ist euer Problem. Deswegen findet ihr auch nie einen Mann.«

»Was hat denn das eine mit dem anderen zu tun?«, fragte Silka und lachte.

Levke hingegen fühlte einen Stich, zwang sich aber, mitzulachen.

»Und falls du es nicht mitbekommen hast«, fügte Silka hinzu. »Ich bin wieder glücklich mit meinem Emil.«

»Diesem rothaarigen Wikinger? Na dann, herzlichen Glückwunsch.«

Es klang allerdings gar nicht freudig.

Silka tat es mit einem Achselzucken ab.

Levke sah zur großen Wanduhr über der Spüle. Fast sieben. Zeit, mit dem Frühstück für die Gäste zu beginnen.

Endlich nahm sie ihre Aspirintabletten. Sie fürchtete, Tjard würde nun sie und ihr brachliegendes Liebesleben ins Visier nehmen. Sie hätte keine Antwort parat gehabt.

Aber ihr Großonkel war wieder mit sich selbst beschäftigt.

»Gestern habe ich bei meiner geliebten Pauline einen großen Schritt vorwärts gemacht. Deshalb habe ich heute Nacht auch geträumt, ich wäre eine furchtloser Seemann aus alten Zeiten. Und wenn ich die ganze Welt umsegeln muss, so werde ich am Ende doch ihr Herz gewinnen.«

»Tjard«, sagte Levke sanft. »Pauline hat dich in ihrem Büdchen eingesperrt.«

»Ja, weil sie mich nie wieder gehen lassen wollte.«

»Aber sie selbst ist doch weggegangen.«

Begriff er nicht, dass er von seiner Angebeteten allein zurückgelassen worden war?

»Sie brauchte nur etwas Zeit zum Nachdenken.« Tjard hielt Silka die Teetasse zum Nachfüllen hin. »Ihr Deerns gebt einfach zu schnell auf. Das kommt von diesem vielen Wischen.«

Kurz dachte Levke an Feudel und Fußböden, bis ihr klar wurde, dass ihr Großonkel die moderne Form der Partnersuche meinte. Und er war noch nicht fertig: »Da braucht einer nur einen Pickel auf der Nase zu haben, und schon wird er aussortiert, weil bestimmt noch was Besseres kommt. Ihr habt kein Durchhaltevermögen mehr, das ist die Tragödie eurer Generation.«

Levke und Silka schauten sich betreten an. Tjard hatte etwas erschreckend Wahres ausgesprochen.

»Aber mein Emil und ich …«, setzte Silka an.

Tjard fiel ihr ins Wort. »Du hast bloß Glück gehabt, dass dein Wikinger bei der Stange geblieben ist.« Auf einmal schien ihm der Mann doch sympathisch zu sein.

»Aber für dich, Levke, habe ich keine Hoffnung mehr. Du weißt genau, wohin dein Herz gehört, aber du weigerst dich, ihm zu folgen. Bloß, weil es da ein klitzekleines Hindernis gibt.«

Bevor sie protestieren konnte, schlürfte er seinen Tee aus und verließ die Küche.

Levke fühlte Silkas prüfenden Blick auf sich ruhen. Sie starrte angestrengt auf ihren Teller, aber die Ohren konnte sie nicht verschließen.

»Was meinte Tjard damit? Bist du etwa in einen Mann verliebt, und ich weiß nichts davon? In wen denn?«

Levke pickte mit der Fingerspitze Krümel auf, aber so leicht ließ Silka sie nicht vom Haken.

»Doch nicht etwa in Jasper?«

»Rede keinen Stuss! Nicht jeder muss eine alte Liebe wieder aufleben lassen.«

»Klar, und in deinem Fall wär's eine urururalte Liebe. Aber in wen dann? Und warum weiß ich nichts davon?«

Endlich hob Levke den Blick und beantwortete zuerst die zweite Frage: »Weil ich auch nichts von dir und Emil wusste. Wir sind noch nicht wieder die Schwestern, die wir mal waren.«

Silka nickte bedrückt. »Aber wir müssen es unbedingt wieder werden.«

Levke lächelte. »Stimmt. Also gut, es geht um Luca Sander.«

Silka klappte ein paarmal den Mund auf und zu, bevor sie fragte: »Unser Bruder? Oder … ähm … Halbbruder?«

»Ob halb oder ganz, es ist eine unmögliche Liebe«, gab Levke düster zurück.

Silka schwieg ziemlich lange, und weil wohl alles gesagt war, stand Levke auf, um mit den Vorbereitungen für das

Gästefrühstück zu beginnen. Jeden Moment konnte außerdem ihre Mutter in die Küche kommen, um sich an die Zubereitung der Eier zu machen. Sie hätte sofort gemerkt, dass etwas nicht stimmte, und Levke wollte einfach nicht in noch mehr entsetzte Gesichter schauen.

»Es passt nicht zusammen«, sagte Silka dann doch noch. »Wieso will Tjard, dass du deinem Herzen folgst? Der ist nicht senil, auch wenn er manchmal so tut als ob. Inzest hat es vielleicht vor Jahrhunderten auf diesen Inseln gegeben, weil man kaum eine andere Wahl hatte. Damals gab es wenig Einwohner und kaum Reisemöglichkeiten. Aber das gilt doch heutzutage nicht mehr.«

Levke sank auf ihren Stuhl zurück, ein winziger Funken Hoffnung wärmte ihr Innerstes. »Meinst du?«

»Klar. Der weiß was, und aus irgendwelchen Gründen will er es nicht verraten.«

Levke erinnerte sich an den Morgen vor zwei Wochen, als Tjard anscheinend eine Erkenntnis gewonnen hatte, die er mit ihr und Ubbo nicht teilen wollte. Sie erzählte ihrer Schwester davon.

»Interessant«, meinte Silka, als sie geendet hatte. »Dass er sauer auf Papa ist, verstehe ich ja, aber dir wird er bestimmt die Wahrheit sagen, wenn wir ihn nur ordentlich bitten.«

»Auf mich ist er aber auch nicht gut zu sprechen, weil ich ihm die Sache mit Pauline madig mache.«

Silka winkte ab. »Das kriegen wir schon hin. Gleich nach dem Frühstück quetschen wir ihn aus.«

»Okay!«, sagte Levke.

Dummerweise war Tjard den ganzen verflixten Tag lang nirgends zu finden. Wann immer die Schwestern Zeit hatten, suchten sie nach ihm. Zuerst natürlich in seiner Dachkammer, dann auf dem gesamten Hof. Schließlich im Ort, am endlosen Strand und sogar bei Pauline.

Doch niemand hatte ihn gesehen. Er entzog sich allen Blicken, als wäre er zum Geist geworden, der nur in den Köpfen der Leute herumspukte.

Der kleine Funken Hoffnung in Levke erlosch, und bald war ihr nur noch kalt.

Am späten Nachmittag saß sie mit Silka zusammen auf der Hollywoodschaukel. Sie gähnte erschöpft, und es graute ihr ein bisschen vor dem langen Dienst in der Strandbar am Abend. Andererseits würde sie dort hoffentlich auf andere Gedanken kommen.

»Wie kann ein alter Mann bloß so gründlich verschwinden«, sagte Silka. »Wir sollten vielleicht mal auf dem Friedhof nachsehen.«

»Das könnte dir so passen!«, schimpfte Tjard und ließ sich in einen Korbsessel fallen. »So schnell kriegt ihr mich nicht unter die Erde. Außerdem will ich ein Seemannsgrab.«

»Wo kommst du denn auf einmal her?«, fragte Levke erschrocken.

Tjard deutete vage in Richtung Fußweg, wo gerade Ubbo vorbeiging.

»Und wo will Papa hin?«

Im selben Moment traten Ubbo und Gunda aus dem Haus.

»Wer sucht nach mir?«, fragte er.

Levke konnte ihn nur anstarren.

Bevor sich irgendwas aufklärte, stieß Tjard einen ohrenbetäubenden Pfiff aus. Dann sagte er: »Hab heute Morgen Leute im Ort getroffen. Dann habe ich gehandelt. Das Elend war ja nicht mehr mit anzusehen.«

Die dunkelhaarige Frau die Levke am Morgen aufgefallen war, kam durch den Vorgarten auf sie zu. An ihrer Seite ging Luca Sander. Auf einmal erinnerte Levke sich: Sie hatte die Frau auf dem Foto gesehen, das Silka aus Lucas Reisetasche gefischt hatte.

»Das wird aber voll hier«, meinte Gunda misstrauisch. Ubbo hatte in einem Korbsessel Platz genommen. Sie blieb lieber stehen. Tjard auch.

Logisch, dachte Levke. *Im Sitzen verschwindet es sich nicht so leicht.*

Ihr Blick hing an Luca, und auch er sah sie kurz an. Dann jedoch schaute er zwischen der Frau und Ubbo hin und her.

»Nun?«, fragte er schließlich. »Habt ihr euch nichts zu sagen? Mama? Herr Dirks?«

Die Frau wirkte ausgesprochen verwirrt. »Guten Abend. Ich bin Monika Sander aus Berlin. Lucas Mutter«, sagte sie zu niemandem im Bestimmten.

Levke sah, dass Gunda rot anlief, aber bevor sie reagieren konnte, fuhr Monika Sander fort: »Ich weiß nicht. Es ist so viel Zeit vergangen.«

Also übernahm Luca das Reden, und jedes Wort versetzte Levke einen Stich. »Meine Mutter hat mir erst vor Kurzem gestanden, dass ich das Ergebnis einer Affäre bin. Sie war vor einundvierzig Jahren zur Kur auf Langeoog und hat sich mit Ubbo Dirks eingelassen.«

Alle Blicke schossen zu Ubbo. Der war jetzt auch rot geworden, aber er schlug mit der Faust so fest auf die Armlehne, dass ein Stück vom Korb abbrach.

»Das ist eine verdammte Lüge!«, schrie er.

»Nee«, warf Tjard ein.

Nur Levke hörte ihn.

»Ich kenne diese Frau nicht!«

»Jo«, murmelte Tjard.

Levke zupfte ihren Großonkel am Hemd. »Wat denn nu?«

»Wart's ab, Deern.«

Er zog ein Handy von der Größe einer Seegurke aus seiner Hosentasche, wählte umständlich eine Nummer und rief: »Kannst jetzt kommen!«

»Das hätte ich auch ohne Handy gehört«, sagte zwei Minuten später Ubbo von der Gartenpforte aus.

Ubbo im Korbsessel bekam Stielaugen. Alle anderen auch.

Silka fing sich als Erste. »Ich sag's ja, Inzest. War früher weit verbreitet.«

Levke versuchte einen klaren Gedanken zu fassen. Zwecklos. Die Männer ähnelten einander wie Zwillinge.

»Hallo Ubbo«, sagte Monika Sander leise. Zu dem Ubbo an der Gartenpforte.

Der runzelte die Stirn. »Ist es schlimm, wenn ich nicht mehr genau weißt, wer du bist?«

»Ach was, gar nicht.«

Tjard meldete sich wieder zu Wort. »Bin mit der Fähre aufs Festland und habe Ubbo Dirks entführt.«

»Ich bin freiwillig mitgekommen«, korrigierte ihn der Ubbo von der Gartenpforte. »Ich freue mich immer, ein weiteres Kind von mir kennenzulernen.«

»Der Ubbo da war mal der Casanova von Langeoog«, erklärte Tjard. »Der Vorname war vor sechzig, siebzig Jahren in Mode, und Dirks gibt's auch 'ne Menge. Irgendwann ist er nach Esens gezogen. Er heißt nur zufällig wie du, mein lieber Neffe.«

»Und er sieht auch so aus wie ich«, sagte Ubbo. Die Erleichterung war ihm ins Gesicht geschrieben. »Komm her, darauf müssen wir einen trinken.«

»Ja, gleich.« Sein Namensvetter ging zu Luca. »Hallo Sohn.«

»Was soll das heißen, ein weiteres Kind?«

»Nun, du hast noch ein paar Halbgeschwister. Ich bin verheiratet und habe zwei Söhne und zwei Töchter. Möglicherweise gibt es auch noch welche, von denen ich nichts weiß. So wie dich.« Er sagte das mit einem gewissen Stolz in der Stimme.

Das Gesicht von Levkes Vater verdüsterte sich. Vielleicht wäre er auch gern so fruchtbar gewesen.

»Aber diese beiden jungen Frauen hier auf der Hollywoodschaukel gehören nicht dazu?«, fragte Luca.

»Nein.«

Das war der Moment, in dem Levke alles zu viel wurde. Sie sprang auf und lief fort. In ihrem Kopf herrschte ein heilloses Durcheinander.

Ubbo Dirks und Ubbo Dirks. Nicht miteinander verwandt, zumindest nicht näher. Monica Sander. Kurschatten. Der andere Ubbo Dirks. Luca Sander. Deren gemeinsames Kind. Nicht mein Bruder, nicht mein Bruder!

Nach einer Weile sah sie sich um und stellte fest, dass sie auf den Wasserturm zulief.

»Aber es ist doch bewölkt!«, rief sie verzweifelt und erntete ein paar verständnislose Blicke von Passanten.

»Das macht nichts«, sagte jemand hinter ihr und keuchte. »Morgen scheint wieder die Sonne.«

Levke roch Tannenwald und Meer. Sie wirbelte herum.

»Das verstehst du nicht.«

»Dann erklär's mir. Aber bitte lauf nicht mehr in dem Tempo weg. Da komme ich ja kaum mit.«

Sie lachte und weinte gleichzeitig, was sie vollkommen angemessen fand.

»Es geht um den Wasserturm und eine alte Legende.«

Luca nickte, als nehme er sie ernst. »Interessant, aber können wir irgendwohin, wo wir allein sind?«

Inzwischen schauten mehr und mehr Leute neugierig zu ihnen herüber.

»Klar.« Sie nahm seine Hand, als wäre es die natürlichste Sache der Welt, und führte ihn den Weg zurück, den sie gekommen war. Aber am Ferienhof hielt sie nicht an. Dort stieg inzwischen eine Party auf der Terrasse. Sie bemerkte, dass sich Pauline zu der Gruppe gesellt hatte. Die alte Frau schenkte fleißig Aquavit aus und verpasste Tjard eine Kopfnuss, als der ihr einen Arm um die Schultern legte. Schien ihn nicht weiter zu kümmern.

Neben Silka auf der Hollywoodschaukel saß jetzt Emil, und Gunda hatte auf Ubbos Schoß Platz genommen. Wahrscheinlich dachte sie, sicher sei sicher. Der andere Ubbo und Monika Sander hielten gesitteten Abstand. Sie saß im zweiten Korbsessel, er stand an der Hauswand. Levke hoffte, das möge so bleiben. Noch mehr Kudddelmuddel wäre echt schwer zu bewältigen.

Weiter ging es über die Dünen zum Strand, und Levke erzählte Luca vom Wasserturm, vom Sonnenuntergang, von den Wünschen.

»Und du wolltest darum bitten, dass wir uns lieben?«,

hakte er nach und zog sie hinter einen Strandkorb. Das leuchtende Blau seiner Augen wirkte auf einmal dunkler.

»Mhm«, machte sie unsicher.

»Dafür brauchen wir keinen Wasserturm.«

Er nahm sie in die Arme und küsste sie. Leicht erst und flüchtig, dann fordernd und leidenschaftlich, und schließlich sanft und zart.

»Oha«, murmelte Levke, als er sie zu ihrem Leidwesen wieder freigab.

»Stimmt etwas nicht?«, fragte er besorgt.

Sie strahlte ihn an. »Man merkt, dass du friesische Wurzeln hast.«

Das konnte er auffassen, wie er wollte, sie gab ihm keine Gelegenheit, noch einmal nachzufragen. Küssen war wichtiger.

Später, viel später an diesem Abend, nachdem Luca ihr wie selbstverständlich in der Strandbar geholfen und sich nahtlos in die Freundesgruppe integriert hatte, erzählte er ihr, dass er sein hektisches Leben in Berlin leid war und plane, ein kleines, aber feines Fischlokal auf Langeoog zu eröffnen.

Levke musste auf einmal an Pauline denken. Die alte Frau hatte tatsächlich recht behalten. Sie beschloss aber, Luca vorerst nichts davon zu sagen. Manche Merkwürdigkeiten von Langeoog sollten lieber in kleinen Portionen verabreicht werden.

Anmerkung der Autorin

Das auf S. 130 gespielte Lied zitiert »Ich glaub, es geht schon wieder los«, geschrieben von Franz Bartzsch, Peter Wagner und Roland Kaiser und gesungen von Roland Kaiser, das auf S. 131 gespielte Lied zitiert »Warum hast du nicht nein gesagt«, geschrieben von Götz von Sydow und Maite Kelly, gesungen von Roland Kaiser und Maite Kelly. Das auf S. 235 erwähnte Lied zitiert »Dich zu lieben«, geschrieben von Joachim Heider, Roland Kaiser und Norbert Hammerschmidt und gesungen von Roland Kaiser.